James Redfield

De Celestijnse belofte

Een spiritueel avontuur

2006 – Forum – Amsterdam

Oorspronkelijke titel: The Celestine Prophecy
Oorspronkelijke uitgever: Hoover, Satori Publishing, 1993
Vertaling: Jaap van Spanje
Omslagontwerp: Miep van de Manakker
Foto omslag: Celestine Film Holding Company LLC

Vijfenvijftigste druk, juli 2006

ISBN-10: 90-225-4634-9
ISBN-13: 978-90-225-4634-5

DANKBETUIGING

Zoveel mensen hebben hun stempel op dit boek gedrukt dat ik hen onmogelijk allemaal kan noemen. Maar ik ben bijzondere dank verschuldigd aan Alan Shields, Jim Gamble, Mark Lafountain, Marc en Debra McElhaney, Dan Questenberry, BJ Jones, Bobby Hudson, Joy en Bob Kwapien, Michael Ryce, maker van een reeks videobanden onder de titel *Why is this happening to me again*, en vooral mijn vrouw Salle.

INHOUD

OPMERKING VAN DE AUTEUR

Al sinds een halve eeuw begint een nieuw bewustzijn in de mensenwereld door te dringen, een nieuw besef dat alleen maar transcendent, spiritueel kan worden genoemd. Als u dit boek aan het lezen bent, bent u misschien al iemand die vanbinnen aanvoelt wat er gaande is.

Het begint met een verhoogde waarneming van de manier waarop ons leven zich ontplooit. Het valt ons op dat zich op precies het juiste moment allerlei toevallige gebeurtenissen voordoen en precies de juiste mensen opduiken die ons leven plotseling een nieuwe en belangrijke wending geven. Misschien sterker dan anderen in andere tijden voelen we in deze geheimzinnige gebeurtenissen intuïtief een hogere betekenis. We weten wat het leven eigenlijk is: een spirituele ontplooiing die persoonlijk en betoverend is—een ontplooiing die geen wetenschap of wijsbegeerte of godsdienst volledig heeft kunnen verklaren. En we weten ook nog iets anders: als we eenmaal begrijpen wat er gaande is, als we begrijpen hoe we dit ondergrondse proces kunnen aanwenden en zorgen dat het zoveel mogelijk in ons leven plaatsvindt, zal de menselijke samenleving een quantumsprong naar een heel nieuwe manier van leven maken—waarin het beste van onze traditie tot uiting komt—en een cultuur scheppen die de hele geschiedenis lang het doel van de mens is geweest.

Het nu volgende verhaal is als bijdrage tot dit nieuwe besef bedoeld. Als het u raakt, als het iets uitkristalliseert dat u zelf in het leven waarneemt, geef dan wat u ziet aan anderen door—want ik denk dat ons nieuwe besef van het spirituele zich op precies deze manier verbreidt, niet in rages of met opgeklopte kretologie, maar door een soort positieve, psychische besmetting van mensen.

Niemand van ons hoeft iets anders te doen dan net lang genoeg zijn twijfels en afleidingen uit te schakelen... dan kan deze werkelijkheid op wonderbaarlijke wijze ons eigendom worden.

KRITISCHE MASSA

Ik reed naar het restaurant, parkeerde en bleef even achterovergeleund zitten nadenken. Ik wist dat Charlene binnen zat te wachten om met me te praten. Maar waarom? Ik had al zes jaar niets van haar gehoord. Waarom dook ze uitgerekend nu op, net nu ik me een week lang in het bos had teruggetrokken?

Ik stapte de bestelwagen uit en liep naar het restaurant. Achter me in het westen ging de zon gloeiend onder en wierp opvallende, goud-amberen vlekken op het natte parkeerterrein. Een uur eerder was alles in een korte donderbui doornat geraakt, en nu was de zomeravond koel en fris en deed in het steeds vagere licht bijna surreëel aan. Aan de hemel hing een halvemaan.

Onder het lopen kwamen allerlei oude beelden van Charlene op. Was ze nog steeds mooi, intens? Hoe zou de tijd haar veranderd hebben? En wat moest ik denken van dat oude manuscript waarover ze het had—dat oude handschrift dat in Zuid-Amerika gevonden was en waarover ze me dolgraag iets wilde vertellen?

'Ik heb een tussenstop van twee uur op het vliegveld,' had ze door de telefoon gezegd. 'Zullen we samen gaan eten? Wat er in dit manuscript staat, vind je vast prachtig. Dat weet ik. Het is precies jouw soort geheimzinnigheid.' Mijn soort geheimzinnigheid? Wat bedoelde ze daarmee?

Het restaurant binnen was stampvol. Diverse paren stonden te wachten op een tafel. Toen ik de gastvrouw vond, vertelde ze dat Charlene al een tafel had en wees me naar een terras boven de grote eetzaal.

Ik liep de trap op en zag een mensenmassa zich rond een van de tafels verdringen. Twee van hen waren politieagenten, die zich plotseling omdraaiden en langs me heen de trap afliepen. Toen de rest zich verspreidde, zag ik tussen hen door wie het middelpunt van hun aandacht was geweest—een vrouw die nog steeds aan tafel zat... Charlene!

Ik liep snel naar haar toe. 'Charlene! Wat is er aan de hand? Is er iets mis?'

Met gespeelde irritatie gooide ze het hoofd in haar nek, stond op en produceerde haar beroemde glimlach. Haar kapsel was misschien anders dan vroeger, maar haar gezicht was precies zoals ik me dat herinnerde: fijne, tere trekken, een grote mond en enorme blauwe ogen. 'Het is niet te geloven,' zei ze, terwijl ze me vriendschappelijk omhelsde. 'Ik ging een paar minuten geleden naar het toilet en terwijl ik weg was, heeft iemand mijn koffertje gestolen.'

'Wat zat erin?'

'Niets belangrijks. Gewoon een paar boeken en tijdschriften die ik bij me had voor op reis. Het is waanzinnig. De mensen aan de andere tafels vertelden dat iemand gewoon binnenkwam, het koffertje pakte en wegliep. Ze hebben de politie een beschrijving gegeven en de agenten zeiden dat ze de buurt gaan doorzoeken.'

'Moet ik ze niet helpen?'

'Nee, nee. Laten we het maar vergeten. Ik heb niet veel tijd en ik wil met je praten.'

Ik knikte, en Charlene stelde voor te gaan zitten. Een kelner verscheen, we keken dus naar het menu en gaven onze bestelling op. Daarna praatten we een kwartiertje over koetjes en kalfjes. Ik deed nogal nonchalant over mijn zelfgekozen isolement, maar mijn vaagheid ontging Charlene allerminst. Ze boog zich voorover en schonk me weer die glimlach.

'En wat is er écht met je aan de hand?' vroeg ze.

Ik keek haar recht in de ogen en zag de intense blik waarmee ze me aankeek. 'Jij wilt altijd meteen het hele verhaal, hè?'

'Altijd,' zei ze.

'Eigenlijk heb ik op dit moment wat tijd gemaakt voor mezelf en woon bij het meer. Ik heb hard gewerkt en denk over een andere richting in mijn leven.'

'Ik weet nog dat je over dat meer vertelde. Ik dacht dat jij en je zuster het moesten verkopen.'

'Nog niet, maar de onroerend-goedbelasting is een probleem. Omdat dat stuk grond zo dicht bij de stad ligt, gaat de belasting elk jaar omhoog.'

Ze knikte. 'Wat ga je daarna doen?'

'Ik weet het nog niet. Iets anders.'

Ze gaf me een betekenisvolle blik. 'Klinkt alsof je net zo rusteloos bent als ieder ander.'

'Dat zal wel,' zei ik. 'Waarom zeg je dat?'

'Dat staat in het manuscript.'

Ik beantwoordde haar blik en we zwegen allebei.

'Vertel 's wat over dat manuscript,' zei ik. Ze leunde achterover in haar stoel alsof ze haar gedachten ordende en keek me toen weer aan. 'Ik heb je door de telefoon al verteld, geloof ik, dat ik een paar jaar geleden ben weggegaan bij de krant en ging werken voor een onderzoeksbureau dat voor de VN culturele en demografische veranderingen onderzoekt. Mijn laatste standplaats was Peru. Toen ik daar op de universiteit van Lima wat onderzoek zat af te ronden, hoorde ik almaar geruchten over een oud manuscript dat ontdekt was, maar niemand wist er het fijne van, zelfs niet op de archeologie- of antropologiefaculteiten. En toen ik contact opnam met de regering, ontkenden ze dat ze iets wisten, maar iemand anders vertelde dat de regering bezig was dat manuscript om een of andere reden in de doofpot te stoppen. Maar ook hij had dat niet uit de eerste hand. Je kent me,' vervolgde ze. 'Ik ben een nieuwsgierig type. Toen ik mijn werk af had, besloot ik nog een paar dagen te blijven om te kijken of ik iets kon ontdekken. Aanvankelijk bleek elk spoor een doodlopende weg, maar op een gegeven moment zat ik in een café buiten Lima te lunchen, toen ik zag dat een priester me gadesloeg. Na een paar minuten kwam hij naar me toe en gaf toe dat hij me eerder die dag naar het manuscript had horen vragen. Hij wilde niet zeggen hoe hij heette, maar was wel bereid al mijn vragen te beantwoorden.'

Ze aarzelde even en keek me nog steeds intens aan. 'Hij zei dat het manuscript dateert van rond 600 voor Christus. Het voorspelt een grootscheepse verandering van de menselijke samenleving.'

'En wanneer moet die beginnen?' vroeg ik.

'In de laatste decennia van de twintigste eeuw.'

'Nu?'

'Ja, nu.'

'En wat voor soort verandering is dat dan wel?' vroeg ik.

Ze keek heel even verlegen en zei toen nadrukkelijk: 'Volgens de priester een soort wedergeboorte van het bewustzijn, die heel langzaam verloopt. Niet in godsdienstige maar in spirituele zin. We ontdekken iets nieuws over het leven op deze planeet, over wat ons bestaan betekent, en volgens die priester zal die kennis de menselijke cultuur diepgaand veranderen.'

Opnieuw zweeg ze even en vervolgde toen: 'De priester vertelde dat het manuscript in afdelingen of hoofdstukken is verdeeld, die allemaal aan een bepaald levensinzicht zijn gewijd. Het manuscript voorspelt dat de huidige mensheid die inzichten achtereenvolgens gaat begrijpen, eerst het ene inzicht en dan het andere, en dat we vanaf het punt waar we nu zijn, een volledig spirituele cultuur op aarde gaan ontwikkelen.'

Ik schudde mijn hoofd en trok cynisch een wenkbrauw op. 'Geloof je dat echt allemaal?'

'Nou ja,' zei ze, 'ik denk...'

'Kijk rond,' onderbrak ik haar, en wees naar de menigte in de zaal beneden ons. 'Dat is de echte wereld. Zie je daar soms iets veranderen?'

Net toen ik dat zei, maakte iemand aan een tafel tegen de verste wand een boze opmerking die ik niet kon verstaan, maar die luid genoeg was om de hele zaal tot zwijgen te brengen. Eerst dacht ik dat er weer iemand beroofd werd, maar besefte toen dat het een gewone ruzie was. Een vrouw van in de dertig stond op en staarde verontwaardigd naar de man tegenover haar. 'Nee,' gilde ze. 'Het probleem is dat onze verhouding niet gaat zoals ik wilde! Snap je dat? Het gaat niet zoals ik wilde!' Ze beheerste zich, gooide haar servet op tafel en liep weg.

Charlene en ik staarden elkaar geschokt aan: die uitbarsting had precies plaatsgevonden op het moment dat we het over de mensen beneden ons hadden gehad. Eindelijk knikte Charlene in de richting van de tafel waar de man alleen was achtergebleven, en zei: 'De echte wereld is aan het veranderen.'

'Hoe dan?' vroeg ik, nog steeds van mijn stuk gebracht.

'De verandering begint met het Eerste Inzicht, en volgens de priester komt dat aanvankelijk altijd onbewust naar boven als een fundamenteel gevoel van rusteloosheid.'

'Rusteloosheid?'

'Ja.'

'Maar wat zoeken we dan?'

'Dat ís het nou net! Aanvankelijk weten we dat niet. Volgens het Manuscript beginnen we een alternatief soort ervaring te vermoeden... momenten in ons leven die op een of andere manier anders aanvoelen... intenser, inspirerender. Maar we weten niet wat die ervaring is of hoe we die langer moeten laten duren, en als die eindigt, voelen we ons rusteloos en ontevreden over een leven dat opnieuw doodgewoon lijkt.'

'Denk jij dat de woede van die vrouw uit zo'n rusteloosheid voortkwam?'

'Ja. Ze is net zoals wij allemaal. We zoeken allemaal naar een betere vervulling van ons leven en we willen niet opgescheept zitten met allerlei beperkingen. Dat rusteloze zoeken is de achtergrond van de "ik eerst"-houding die de laatste decennia iedereen besmet heeft, van Wall Street tot straatbendes.'

Ze keek me recht aan. 'En wat relaties betreft zijn we zo veeleisend dat we ze bijna onmogelijk maken.'

Bij die opmerking moest ik aan mijn laatste twee relaties denken. Allebei waren die heel intens begonnen maar binnen een jaar geëindigd. Toen ik mijn blik weer op Charlene richtte, zat ze geduldig te wachten. 'Wat doen we dan precies met onze romantische relaties?' vroeg ik.

'Daar heb ik met die priester een hele tijd over gepraat,' antwoordde ze. 'Als beide partners in een relatie te veel eisen, als ze allebei verwachten dat de ander in zijn of haar wereld leeft en altijd beschikbaar is om mee te doen aan de activiteiten die hij of zij kiest, dan komt het volgens de priester onvermijdelijk tot een gevecht tussen de ego's.'

Wat ze zei, sloeg de spijker op de kop. Mijn laatste twee relaties waren inderdaad afgezakt tot machtsgevechten. In beide situaties bleken we in een agendaconflict te verzeilen. Het tempo was te hoog. We hadden te weinig tijd voor coördinatie van onze afwijkende ideeën over wat we doen moesten, waar we heen moesten en welke belangen we moesten najagen. Uiteindelijk werd de kwestie van wie de leiding kreeg, wie de richting van die dag bepaalde, een onoplosbaar probleem.

Charlene vervolgde: 'Volgens het Manuscript merken we dat het juist vanwege die machtsstrijd heel moeilijk is om het een tijdje bij een en dezelfde persoon uit te houden.'

'Dat klinkt niet erg spiritueel,' zei ik.

'Dat is precies wat de priester zei,' antwoordde ze. 'Hij zei dat je niet moet vergeten dat dit probleem tijdelijk is en zal worden opgelost omdat het grootste deel van onze huidige maatschappelijke kwalen aan dat rusteloze zoeken te wijten is. Ten slotte gaan we beseffen wat we eigenlijk zoeken en wat die andere, vollediger ervaring eigenlijk is. Als we die volledig begrijpen, hebben we het Eerste Inzicht bereikt.'

De maaltijd kwam, en we zwegen terwijl de kelner meer wijn inschonk en wij elkaars gerechten proefden. Toen Charlene haar hand over de tafel uitstrekte om een stukje zalm van mijn bord te pakken, trok ze haar neus op en giechelde. Ik merkte hoe vanzelfsprekend het was om bij haar te zijn.

'Oké,' zei ik. 'Wat is die ervaring dan die we zoeken? Wat is dat Eerste Inzicht?'

Ze aarzelde alsof ze niet wist waar ze beginnen moest. 'Dat is moeilijk uit te leggen,' zei ze. 'Maar de priester drukte het als volgt uit. Volgens hem treedt het Eerste Inzicht op als we ons bewust worden van het *toeval* in ons leven.'

Ze boog zich voorover. 'Heb je weleens een voorgevoel of een intuïtie gehad over wat je wilde doen? Een weg die je wilde inslaan wat je leven betreft? En je afgevraagd hoe dat zou kunnen? En dat je dan, als je dat al weer half vergeten was en met andere dingen bezig was, plotseling iemand ontmoette of iets las of ergens naar toe ging waardoor je precies de kans kreeg die je voor ogen had? Volgens de priester,' vervolgde ze, 'komt het toeval steeds vaker voor, en als dat gebeurt, hebben we de indruk dat toevalligheden eigenlijk niet alleen door het toeval verklaard kunnen worden. Ze lijken een soort lotsbestemming—alsof ons leven door een soort onverklaarde macht wordt geleid. Die ervaring brengt een gevoel van mysterie en opwinding teweeg, en als gevolg daarvan leven we intenser. De priester zei dat we een glimp van die ervaring opvangen en die proberen te bestendigen. Elke dag weten meer mensen zeker dat die geheimzinnige beweging echt bestaat en iets betekent, en dat er buiten ons dagelijkse leven iets anders gaande is. Dat besef is het Eerste Inzicht.'

Ze keek me vol verwachting aan, maar ik zei niets.

'Begrijp je het niet?' vroeg ze. 'Het Eerste Inzicht is een herwaardering van het mysterie dat onze individuele levens op deze planeet omringt. Die geheimzinnige toevalligheden ervaren we, en hoewel we ze nog niet begrijpen, weten we dat ze echt zijn. Net als in onze kinderjaren voelen we weer dat ons leven een andere kant heeft die we nog moeten ontdekken, een of ander proces achter de schermen.' Charlene boog zich steeds verder naar me voorover en gebaarde al pratend met haar handen. 'Je hebt je hier echt ingestort, hè?' vroeg ik.

'Ik kan me de tijd herinneren,' zei ze streng, 'dat jij het ook over dit soort ervaringen had.'

Haar opmerking gaf me een schok. Ze had gelijk. Er was een periode in mijn leven geweest dat ik inderdaad dit soort toeval had meegemaakt en zelfs geprobeerd had psychologisch te verklaren. In de jaren daarna was mijn opvatting veranderd. Ik was dat soort waarnemingen om een of andere reden kinderlijk en irreëel gaan vinden, en ik had er zelfs niet meer op gelet.

Ik keek Charlene recht aan en zei verdedigend: 'In die tijd studeerde ik waarschijnlijk, oosterse filosofie of christelijke mystiek. Dat weet je natuurlijk nog. Hoe dan ook, over wat jij het Eerste Inzicht noemt, is al eindeloos geschreven, Charlene. Waar ligt het verschil? Hoe kan de waarneming van geheimzinnige gebeurtenissen tot een culturele verandering leiden?'

Charlene keek even naar de tafel en richtte haar blik toen weer op mij. 'Begrijp me niet verkeerd,' zei ze. 'Natuurlijk is het toeval al eerder ervaren en beschreven. De priester zei dan ook nadrukkelijk dat het Eerste Inzicht niets nieuws was. Hij zei dat er altijd al mensen zijn geweest die die onverklaarbare toevallen meemaakten, en dat uit die waarneming veel grootse pogingen tot wijsgerige en godsdienstige systemen zijn voortgekomen. Maar het verschil van tegenwoordig is een kwestie van aantal. Volgens de priester is die verandering nu aan de gang vanwege het aantal mensen dat dat besef deelt.'

'Wat bedoelde hij daar precies mee?' vroeg ik.

'Volgens hem staat in het Manuscript dat het aantal mensen dat zich van dit soort toeval bewust is, in het zesde decennium van de twintigste eeuw dramatisch zou stijgen. Hij zei dat die groei zou doorgaan tot ongeveer het begin van de volgende eeuw, als een percentage van die mensen een bepaald niveau bereikt—een niveau dat ik als een kritische massa beschouw. Het Manuscript voorspelt,' vervolgde ze, 'dat onze hele cultuur bij het bereiken van deze kritische massa die toevallige ervaringen serieus begint te nemen. We zullen ons massaal gaan afvragen welk proces aan het menselijke leven op deze planeet ten grondslag ligt. En als die vraag door genoeg mensen tegelijk wordt gesteld, kunnen we ook de andere inzichten gaan verwerven—want als genoeg mensen zich in ernst afvragen wat er in dit leven gaande is, zullen we die ook ontdekken, zegt het Manuscript. Die andere inzichten zullen achtereenvolgens worden onthuld.' Ze zweeg om een hap in haar mond te steken.

'En als wij die andere inzichten onder de knie hebben,' vroeg ik, 'gaat dan de cultuur verschuiven?'

'Dat is wat de priester zei,' zei ze.

Ik keek haar even aan, overwoog het idee van een kritische massa en zei: 'Dat klinkt allemaal heel ingewikkeld voor een Manuscript uit 600 voor Christus, hè?'

'Dat weet ik,' antwoordde ze. 'Dat heb ik mezelf ook afgevraagd. Maar de priester verzekerde me dat de geleerden die het Manuscript vertaalden, absoluut overtuigd waren van zijn echtheid. Vooral omdat het geschreven is in het Aramees, de taal waarin een groot deel van de bijbel is geschreven.'

'Aramees in Zuid-Amerika? Hoe is dat daar in 600 voor Christus terechtgekomen?'

'Dat wist hij niet.'

'Steunt zijn Kerk het Manuscript?' vroeg ik.

'Nee,' zei ze. 'Hij zei dat het grootste deel van de clerus het Manuscript met man en macht probeert te onderdrukken. Daarom wilde hij niet zeggen hoe hij heet. Kennelijk was alleen erover praten al gevaarlijk.'

'Zei hij waaróm de meeste hogere geestelijken ertegen gekant zijn?'

'Ja, omdat het de volledigheid van hun godsdienst in twijfel trekt.'

'Hoe dan?'

'Dat weet ik niet precies. Hij heeft daar niet veel over gezegd, maar kennelijk breiden die andere inzichten de traditionele ideeën van de Kerk zodanig uit dat de hiërarchie ervan schrikt, want die is heel tevreden met de huidige gang van zaken.'

'Ik begrijp het.'

'De priester zei ook,' vervolgde Charlene, 'dat het Manuscript volgens hem geen enkel kerkelijk principe ondermijnt, maar eerder nauwkeurig verklaart wat met die spirituele waarheden wordt bedoeld. Hij was ervan overtuigd dat ook de leiding van de Kerk dat zou inzien als ze een nieuwe poging deden om het leven weer als een mysterie te beschouwen en daarna de weg via de andere inzichten zouden gaan.'

'Heeft hij je verteld hoeveel inzichten er zijn?'

'Nee, maar hij had het wel over het Tweede Inzicht. Hij vertelde dat dat een juistere interpretatie van de moderne geschiedenis en een verdere verklaring van die transformatie bevat.'

'Heeft hij daarover uitgeweid?'

'Nee, daar had hij geen tijd voor. Hij zei dat hij weg moest om iets te regelen. We spraken af dat we elkaar die middag weer in zijn huis zouden ontmoeten, maar toen ik daar kwam, was hij er niet. Ik heb drie uur gewacht, maar hij kwam niet opdagen. Uiteindelijk ben ik weggegaan om mijn vlucht naar huis niet te missen.'

'Je bedoelt dat je niet meer met hem hebt kunnen praten?'

'Klopt. Ik heb hem niet teruggezien.'

'En de regering heeft het bestaan van dat Manuscript ook nooit bevestigd?'

'Nee.'

'En hoe lang geleden is dat gebeurd?'

'Ongeveer anderhalve maand.'

Minutenlang aten we zwijgend. Eindelijk keek Charlene op en vroeg: 'Wat vind je ervan?'

'Ik weet het niet,' zei ik. Ik bleef deels sceptisch bij de gedachte dat mensen echt konden veranderen. Maar voor een ander deel was ik geïntrigeerd door het idee dat een manuscript met een dergelijke inhoud echt kon bestaan.

'Heeft hij je een kopie of zoiets laten zien?' vroeg ik.

'Nee. Ik heb alleen mijn aantekeningen.'

Opnieuw zwegen we. 'Weet je,' zei ze, 'ik had gedacht dat je echt enthousiast zou zijn over die ideeën.'

Ik keek haar aan. 'Misschien wil ik wel eerst een soort bewijs zien dat het echt waar is wat dat Manuscript zegt.'

Opnieuw glimlachte ze breed.

'Wat?' vroeg ik.

'Dat is ook precies wat ík zei.'

'Tegen wie? Tegen die priester?'

'Ja.'

'En wat zei hij?'

'Hij zei dat de ervaring het bewijs was.'

'Wat bedoelde hij daarmee?'

'Hij bedoelde dat onze ervaring bevestigt wat in het Manuscript staat. Als we echt nadenken over hoe we ons vanbinnen voelen, hoe ons leven zich op dit moment ontplooit, dan zien we dat de ideeën van dat Manuscript voor de hand liggen en de waarheid bevatten.' Ze aarzelde. 'Vind jij ze niet logisch?'

Ik dacht even na. Klonken ze logisch? Was iedereen zo rusteloos als ik, en zo ja, kwam dat dan voort uit het eenvoudige inzicht—een simpel besef dat in de loop van dertig jaar is opgebouwd—dat het leven meer omvat dan we weten, meer dan we ervaren kunnen? 'Ik weet het niet,' zei ik eindelijk. 'Ik moet er maar eens over nadenken.'

Ik liep de tuin naast het restaurant in en ging achter een cederhouten bank tegenover de fontein staan. Rechts van me zag ik de knipperlichten van het vliegveld en hoorde ik de brullende motoren van een straalvliegtuig dat klaar was voor de start.

'Wat een prachtige bloemen,' zei Charlene achter me. Ik draaide me om en zag haar over het pad op me afkomen. Ze bewonderde de rijen petunia's en begonia's in de borders. Ze kwam naast me staan en ik legde een arm om haar heen. Ik werd door herinneringen overspoeld. Toen we jaren geleden nog allebei in Charlottesville, Virginia, woonden hadden we vaak hele avonden gepraat. De meeste discussies gingen over wetenschappelijke theorieën en psychische groei. Allebei waren we gefascineerd door die gesprekken en door elkaar. Toch viel me op hoe platonisch onze verhouding altijd was geweest.

'Goh,' zei ze, 'wat leuk om je weer te zien.'
'Dat weet ik,' antwoordde ik. 'Als ik jou zie, komen een hele hoop herinneringen terug.'
'Ik vraag me af waarom we geen contact hebben gehouden,' zei ze aarzelend.
Die opmerking bracht me weer naar het verleden. Ik herinnerde me de laatste keer dat ik Charlene had gezien. Ze zei me toen bij mijn auto gedag. In die tijd zat ik vol nieuwe ideeën en vertrok uit mijn geboorteplaats om met ernstig mishandelde kinderen te gaan werken. Ik meende te weten hoe ik die kinderen hun intense reacties en geobsedeerde gedrag kon laten overwinnen, die verhinderden dat ze een normaal leven leidden. Maar in de loop van de tijd was mijn benadering onjuist gebleken. Ik moest mijn onkunde toegeven. Het was me nog steeds een raadsel hoe mensen zich van hun verleden kunnen bevrijden.
Terugkijkend op de laatste zes jaar wist ik dat die ervaring de moeite waard was geweest. Toch voelde ik ook de drang om iets anders te gaan doen. Maar wat? Waar? Sinds Charlene me had geholpen mijn ideeën over jeugdtrauma's vorm te geven, had ik maar een paar keer aan haar gedacht, en nu was ze weer in mijn leven terug—en was ons gesprek weer even opwindend als vroeger.
'Ik zal wel verdronken zijn geweest in mijn werk,' zei ik.
'Ik ook,' antwoordde ze. 'Bij de krant moest ik het ene verhaal na het andere schrijven. Ik vergat al het andere.'
Ik kneep in haar schouder. 'Weet je, Charlene, ik was helemaal vergeten hoe goed we met elkaar kunnen praten; onze gesprekken zijn altijd zo makkelijk en spontaan.'
Haar blik en glimlach bevestigden mijn opmerking. 'Dat weet ik,' zei ze. 'Gesprekken met jou geven me altijd zoveel energie.'
Ik wilde nog iets anders zeggen, toen Charlene langs me heen naar de ingang van het restaurant begon te staren. Haar gezicht werd bleek en bezorgd.
'Wat is er?' vroeg ik. Ik keek om. Allerlei mensen liepen achteloos pratend naar het parkeerterrein en ik zag niets ongewoons.

Ik keek Charlene weer aan. Nog steeds keek ze geschrokken en verward.

'Wat was er?' drong ik aan.

'Daar, bij die eerste rij auto's—zag je daar die man in dat grijze pak?'

Ik keek opnieuw naar het parkeerterrein. Een nieuwe groep mensen liep de deur uit. 'Welke man?'

'Hij is misschien al weg,' zei ze, uit alle macht turend. Ze keek me diep in de ogen. 'Toen de mensen aan de andere tafels de man beschreven die mijn koffertje had gestolen, zeiden ze dat hij dun haar en een baard had, en een grijs overhemd aan had. Volgens mij zag ik hem daar bij die auto staan... en hij keek naar ons.'

Ik voelde mijn maag samentrekken van bezorgdheid. Ik zei tegen Charlene dat ik zo terug was en liep naar het parkeerterrein om rond te kijken, maar zorgde dat ik niet te ver uit de buurt raakte. Ik zag niemand die aan die beschrijving voldeed.

Toen ik weer bij de bank kwam, deed Charlene een stap naar me toe en vroeg zacht: 'Denk jij dat die man denkt dat ik een kopie van het manuscript heb? En dat hij daarom mijn koffertje heeft gestolen? Dat hij het terug probeert te krijgen?'

'Ik weet het niet,' zei ik. 'Maar we bellen de politie en vertellen wat je gezien hebt. Volgens mij zouden ze ook de passagiers voor jouw vlucht moeten controleren.'

We liepen naar binnen en belden de politie, en toen die kwam, vertelden we wat er gebeurd was. Ze namen twintig minuten de tijd om in elke auto te kijken en legden toen uit dat ze verder geen tijd hadden. Ze beloofden alle passagiers op Charlenes vliegtuig te laten nagaan.

'Waar hadden we het trouwens over voordat we die man zagen?' vroeg ze.

'Over onszelf,' antwoordde ik. 'Charlene, hoe kwam je op het idee om mij hierover te bellen?'

Ze keek me verbluft aan. 'Toen ik in Peru was en die priester me over het Manuscript vertelde, moest ik almaar aan jou denken.'

'O ja?'

'Op dat moment zei me dat niet zoveel,' vervolgde ze, 'maar toen ik later in Virginia terug was, moest ik elke keer dat ik aan het Manuscript dacht, ook aan jou denken. Daarna kreeg ik die opdracht in Miami waar ik nu naar toe ga, en pas in het vliegtuig ontdekte ik dat we hier een tussenlanding maakten. Toen ik landde, heb ik je nummer opgezocht. Volgens je antwoordapparaat mocht ik je bij het meer alleen in noodgevallen bellen, maar ik dacht dat je dat wel goed vond.'

Ik keek haar even aan en wist niet wat ik zeggen moest. 'Natuurlijk,' zei ik eindelijk. 'Ik was blij dat je belde.'

Charlene keek op haar horloge. 'Het is al laat. Ik ga maar naar het vliegveld.'

'Stap maar in mijn auto,' zei ik.

We reden naar de hoofdterminal en liepen naar de vertrekhal. Ik lette zorgvuldig op alles wat ongewoon was. Toen we aankwamen, gingen de mensen al aan boord, en een van de politieagenten die we ontmoet hadden, bekeek elke passagier. Toen we bij hem kwamen, zei hij dat hij iedereen met een ticket bekeken had maar dat niemand aan de beschrijving voldeed.

We bedankten hem, en toen hij weg was, draaide Charlene zich om. Ze glimlachte naar me. 'Ik moet gaan,' zei ze, en stak haar armen uit om me te omhelzen. 'Hier heb je mijn nummers. Laten we ditmaal contact blijven houden.'

'Luister,' zei ik, 'wees alsjeblieft voorzichtig en bel de politie als je iets raars ziet.'

'Maak je over mij geen zorgen,' zei ze. 'Ik red me wel.'

Even keken we elkaar diep in de ogen.

'Wat ga je aan dat Manuscript doen?' vroeg ik.

'Dat weet ik niet. Kijken of er nieuwsberichten over komen, denk ik.'

'En als het in de doofpot wordt gestopt?'

Opnieuw die volle glimlach. 'Ik wist het wel,' zei ze. 'Je bent om. Ik zei je toch dat je het prachtig zou vinden? Wat ga jíj eraan doen?'

Ik haalde mijn schouders op. 'Waarschijnlijk kijken of ik er iets over ontdekken kan.'
'Goed. Bel me als je iets vindt.'
We namen opnieuw afscheid en ze liep weg. Ze draaide zich eenmaal om en zwaaide, en toen verdween ze de slurf in. Ik stapte in mijn bestelwagen en reed naar het meer. Onderweg stopte ik alleen om te tanken.
Eenmaal thuis liep ik naar de afgeschermde veranda en ging in een van de schommelstoelen zitten. De avondlucht was vol krekels en boomkikkers, en in de verte hoorde ik een nachtzwaluw. In het westen, aan de overkant van het meer, zakte de maan steeds lager en zond zijn gerimpelde weerschijn over het wateroppervlak naar me toe.
Het was een interessante avond geweest, maar ik was nog steeds sceptisch over het idee van een culturele ommezwaai. Net als veel andere mensen was ik verstrikt geraakt in het maatschappelijke idealisme van de jaren zestig en zeventig, en bovendien in de spirituele belangen van de jaren tachtig. Maar het was moeilijk te zeggen wat er eigenlijk gaande was. Wat voor soort nieuwe informatie zou de hele mensenwereld kunnen veranderen? Het klonk allemaal te idealistisch en te vergezocht. De mensen woonden immers al heel lang op deze planeet. Waarom zouden we nu pas plotseling inzicht in ons bestaan verwerven?
Ik staarde nog een paar minuten over het water, deed het licht uit en ging naar de slaapkamer om te lezen.

De volgende ochtend werd ik plotseling wakker met een droom die nog fris in mijn geheugen lag. Een minuut of twee bleef ik naar het plafond staren en wist alles nog. Ik had me een weg door een bos gebaand, want ik zocht iets. Het was een groot en ongewoon mooi bos. Tijdens mijn zoektocht kwam ik in een aantal situaties terecht waarin ik me totaal verloren en verbijsterd voelde en niet kon besluiten hoe ik verder moest. Ongelooflijk genoeg verscheen op al die momenten uit het niets een persoon, alsof die me speciaal kwam uitleggen waar ik heen moest. Ik wist nooit helemaal precies wat ik zocht, maar die droom had me heel optimistisch en zelfbewust gestemd.

Ik ging zitten en zag een straal zonlicht vol vonkende stofjes via het raam door de kamer vallen. Ik liep naar het raam en trok de gordijnen open. Het was een schitterende dag met een wolkeloze hemel en helder zonlicht. Een stevige bries schudde zachtjes aan de bomen. Op deze tijd van de dag zou het meer wel volop rimpelen en glinsteren en blies een frisse wind over je heen als je zwom.

Ik liep naar buiten en dook erin, kwam boven water, zwom naar het midden en draaide me op mijn rug om naar de vertrouwde bergen te kijken. Het meer lag in een diep dal waar drie bergruggen samenkwamen: een volmaakt uitzicht dat mijn grootvader in zijn jeugd had ontdekt.

Het was nu al honderd jaar geleden dat hij voor het eerst als kleine ontdekkingsreiziger over die bergen had gelopen, een wonderkind opgroeiend in een wereld stampvol poema's en beren en Creek-Indianen, die in primitieve hutten op de noordelijke bergrug huisden. Hij had in die tijd gezworen dat hij ooit in dit volmaakte dal met die dikke oude bomen en zeven bronnen zou gaan wonen, en uiteindelijk lukte dat. Later legde hij het meer aan, bouwde een huisje en maakte met een jonge kleinzoon talloze wandelingen. Ik had mijn grootvaders hartstocht voor dit dal nooit helemaal begrepen; toch had ik dit stuk grond altijd in stand proberen te houden, ook toen de beschaving oprukte en het uiteindelijk omringde.

Vanaf het midden van het meer zag ik bij de top van de noordelijke rug een speciale rotspunt uitsteken. Een dag eerder was ik in de traditie van mijn grootvader naar dat overhangende stuk rots geklommen en had geprobeerd wat vrede te vinden in het uitzicht en de geuren en de manier waarop de wind in de boomtoppen wervelde. En toen ik daar zat en uitkeek over het meer en het dichte bladerdak in het dal beneden, was ik me langzaam beter gaan voelen, alsof de energie en het perspectief een soort blokkade in mijn geest ophieven. Een paar uur later zat ik met Charlene te praten en hoorde ik voor het eerst over het Manuscript.

Ik zwom terug en trok me aan de houten steiger voor het huisje uit het water. Ik wist dat dit allemaal een beetje te veel van het goede was. Hier zat ik me in deze heuvels te verbergen omdat ik schoon genoeg had van het leven dat ik leidde, toen plotseling Charlene opdook en me de oorzaak van mijn onrust uitlegde—daarbij een oud manuscript citerend dat het geheim van het menselijke bestaan beloofde te onthullen.

Maar ik wist ook dat Charlenes komst precies het soort toeval was waar het Manuscript het over had, iets dat te onwaarschijnlijk leek om alleen maar toeval te kunnen zijn. Kon dat oude document gelijk hebben? Hadden we misschien ondanks al onze ontkenningen en cynisme langzaam een kritische massa mensen opgebouwd die zich van dat toeval bewust was? Waren de mensen nu rijp om dat verschijnsel te begrijpen en dus eindelijk het doel te begrijpen achter het leven zelf?

Maar wat was dat nieuwe begrip dan? vroeg ik me af. Zou de rest van de inzichten in het Manuscript ons dat duidelijk maken, zoals de priester had gezegd?

Ik moest een beslissing nemen. Ik voelde een nieuwe richting in mijn leven, een nieuw punt om me op te richten. De vraag was alleen wat ik nu doen moest. Ik kon hier blijven, of een manier zoeken om de zaak verder te onderzoeken. De gedachte aan het mogelijke gevaar kwam bij me op. Wie had Charlenes koffertje gestolen? Was die iemand soms bezig het Manuscript in de doofpot te stoppen? Hoe kwam ik daarachter?

Ik dacht lang over de mogelijke risico's na, maar uiteindelijk kreeg mijn optimisme de overhand. Ik besloot me geen zorgen te maken. Ik wilde voorzichtig, stapje voor stapje verder gaan. Ik liep naar binnen en belde het reisbureau met de grootste advertentie in de *Gouden Gids*.

De man met wie ik praatte, zei dat hij inderdaad een reis naar Peru kon regelen. Toevallig was er zelfs een afzegging waarvan ik gebruik kon maken—een vlucht met al bevestigde hotelre-

servering in Lima. Ik kon het hele arrangement met korting krijgen, zei hij… als ik over drie uur vertrok.
Drie uur?

HET LANGERE NU

Ik pakte als een razende mijn spullen, scheurde over de autoweg en was net op tijd op het vliegveld om het ticket op te halen voor mijn vlucht naar Peru. Toen ik naar het staartgedeelte van het vliegtuig liep en op mijn raamplaats ging zitten, werd ik door vermoeidheid overmand.

Ik wilde even een dutje doen, maar toen ik lui in mijn stoel ging hangen en mijn ogen dichtdeed, kon ik me niet ontspannen. Ik voelde me plotseling nerveus en tweeslachtig over deze tocht. Het was toch waanzinnig om zonder enige voorbereiding te vertrekken? Waar moest ik in Peru heen? Met wie kon ik praten? Het zelfvertrouwen dat ik aan het meer had gevoeld, veranderde snel in scepsis. Zowel het Eerste Inzicht als het idee van een culturele verandering leek vergezocht en irreëel. En toen ik daarover nadacht, leek het Tweede Inzicht net zo onwaarschijnlijk. Hoe kon een nieuw historisch perspectief onze waarneming van die toevallen op gang brengen en zorgen dat de mensen er zich bewust van bleven?

Ik rekte me verder uit en haalde diep adem. Misschien werd het wel een nutteloze reis, besloot ik. Een snelle vlucht naar Peru en terug, misschien zonde van het geld, maar geen halszaak.

Het vliegtuig schoot met een ruk naar voren en taxiede naar de startbaan. Ik deed mijn ogen dicht en voelde een lichte duizeligheid toen het grote straalvliegtuig de kritische snelheid bereikte en in een dik wolkendek opsteeg. Toen we op kruishoogte waren, ontspande ik me eindelijk en viel langzaam in slaap. Dertig of veertig minuten later werd ik wakker van wat turbulentie en stond op om naar het toilet te gaan.

Door de cabine lopend viel me een lange man met een ronde bril op, die naast het raam met iemand van de bemanning stond te praten. Hij keek me even aan, maar praatte toen door. Hij had donkerbruin haar en leek een jaar of vijfenveertig. Even dacht ik dat ik hem herkende, maar toen ik hem nauwkeurig bekeek, bleek ik me te vergissen. Toen ik hem passeerde, hoorde ik een deel van het gesprek.

'In ieder geval bedankt,' zei de man. 'U reist heel vaak naar Peru en dus dacht ik dat u misschien iets over het Manuscript had gehoord.' Hij draaide zich om en liep naar de voorkant van het vliegtuig.

Ik was verbijsterd. Had hij het over datzelfde Manuscript? Ik liep naar het toilet en probeerde te besluiten wat ik doen moest. Ik dacht erover om de hele zaak te vergeten. Waarschijnlijk had hij het over iets anders, een heel ander boek.

Ik liep naar mijn stoel terug en deed mijn ogen weer dicht—tevreden dat het incident niets te betekenen had, en blij dat ik de man niet hoefde te vragen wat hij bedoelde. Maar intussen dacht ik ook aan de opwinding die ik bij het meer had gevoeld. Stel dat deze man inderdaad informatie over het Manuscript had. Wat zou er dan kunnen gebeuren? Als ik er niet naar vroeg, kwam ik het nooit te weten.

Ik aarzelde nog even, maar eindelijk stond ik op en liep naar het voorste deel van het vliegtuig. Hij bleek ongeveer halverwege het gangpad te zitten. Recht achter hem was een lege stoel. Ik liep terug, zei tegen een purser dat ik wilde verhuizen, pakte mijn spullen en nam de stoel in beslag. Een paar minuten later tikte ik hem op de schouder.

'Pardon,' zei ik, 'maar ik hoorde u net een manuscript noemen. Bedoelde u soms het Manuscript dat in Peru is gevonden?'

Hij keek me eerst verbaasd en toen behoedzaam aan. 'Ja, inderdaad,' zei hij aarzelend.

Ik stelde mezelf voor en vertelde dat een vriendin van mij kort geleden in Peru was geweest en me over het bestaan van dat Manuscript had verteld. Hij ontspande zichtbaar en stelde zich voor als Wayne Dobson, wetenschappelijk medewerker aan de geschiedenisfaculteit van de universiteit van New York.

Al pratende merkte ik een geërgerde blik op bij de man die naast me zat. Hij lag achterover in zijn stoel en probeerde te slapen.

'Hebt u het Manuscript gezien?' vroeg ik de historicus.

'Stukken ervan,' zei hij. 'U?'

'Nee, maar die vriendin heeft me over het Eerste Inzicht verteld.'

De man naast me ging verliggen. Dobson keek zijn kant op. 'Neem me niet kwalijk, meneer. Ik weet dat we storen. Zou het erg lastig voor u zijn om van plaats te ruilen?'

'Nee,' zei de man. 'Dat zou zelfs heel wat beter zijn.'

Allemaal liepen we het gangpad op. Toen liet ik me weer op de raamplaats glijden en ging Dobson naast me zitten. 'Vertel eens wat u over het Eerste Inzicht hebt gehoord,' zei hij.

Ik zweeg even en probeerde in gedachten samen te vatten wat ik begrepen had. 'Het Eerste Inzicht is, geloof ik, een besef van de geheimzinnige gebeurtenissen die iemands leven veranderen, het gevoel dat er een of ander proces gaande is.' Wat ik zei, klonk belachelijk. Dobson haakte op mijn onbehagen in.

'Wat vindt u van dat inzicht?' vroeg hij.

'Ik weet het niet,' zei ik.

'Het past niet helemaal bij ons moderne gezonde verstand, vindt u niet? Zou u zich niet prettiger voelen als u het hele idee uit uw hoofd zette en u met praktischer kwesties bezighield?'

Ik lachte en knikte bevestigend.

'Nou, die neiging heeft iedereen. Hoewel we af en toe duidelijk zien dat er in ons leven ook nog iets anders gaande is, zijn we eraan gewend dat soort ideeën als onkenbaar te beschouwen en zetten vervolgens het hele besef van ons af. Daarom is het Tweede Inzicht noodzakelijk. Als we eenmaal de historische achtergrond van ons besef zien, lijkt het solider.'

Ik knikte. 'U als historicus denkt dus dat de voorspelling van het Manuscript over een wereldwijde verandering juist is?'

'Ja.'
'Als historicus?'
'Ja! Maar je moet op de juiste manier naar de geschiedenis kijken.' Hij haalde diep adem. 'Geloof me, en ik zeg dat als iemand die vele jaren lang de geschiedenis verkeerd heeft bestudeerd en onderwezen! Ik richtte me altijd alleen op de technologische prestaties van de beschaving en de grote mannen die die vooruitgang tot stand brachten.'
'Wat is daar verkeerd aan?'
'Op zichzelf niets. Maar het echt belangrijke is een globale kijk op elke historische periode, op wat de mensen voelen en denken. Het heeft lang geduurd voordat ik dat begreep. De geschiedenis moet ons kennis verschaffen over de langere context waarbinnen ons leven plaatsvindt. Geschiedenis is niet alleen de ontwikkeling van technologie, maar ook de ontwikkeling van het denken. Door de werkelijkheid te begrijpen van de mensen die ons zijn voorgegaan, begrijpen we waarom we op onze manier naar de wereld kijken en wat onze bijdrage tot de vooruitgang van de toekomst is. Dan kunnen we vaststellen wat onze rol in de ontwikkeling van de beschaving is, en dat geeft ons een idee van waar we naar toe gaan.'
Hij zweeg even en vervolgde toen: 'Het Tweede Inzicht geeft ons precies dat historische perspectief, in ieder geval vanuit het gezichtspunt van het Westerse denken. Het plaatst de voorspellingen van het Manuscript in een langere context, en daardoor lijken ze niet alleen plausibel, maar zelfs onvermijdelijk.'
Ik vroeg Dobson hoeveel inzichten hij gezien had, en dat bleken alleen de eerste twee te zijn. Hij had ze, vertelde hij, gevonden nadat een gerucht over het Manuscript hem drie weken geleden had aangezet tot een korte reis naar Peru.
'Eenmaal in Peru,' vervolgde hij, 'ontmoette ik een paar mensen die het bestaan van het Manuscript bevestigden maar doodsbang leken om erover te praten. Volgens hen was de regering een beetje *loco* geworden en iedereen naar het leven gaan staan die kopieën had of informatie verspreidde.'

Zijn blik werd ernstig. 'Dat maakte me zenuwachtig. Maar later vertelde een kelner in mijn hotel over een priester die hij kende die het vaak over het Manuscript had. Volgens die kelner probeerde de priester zich te verzetten tegen de regeringspoging om het document te bagatelliseren. Ik kon de verleiding niet weerstaan en ging naar een huis waar die priester naar men zei meestal was.'

Ik keek kennelijk verbaasd, want Dobson vroeg: 'Wat is er?'

'Mijn vriendin,' antwoordde ik, 'die me over het Manuscript vertelde, had alles wat ze wist van een priester gehoord. Hij wilde niet zeggen hoe hij heette, maar één keer heeft ze met hem over het Eerste Inzicht gepraat. Ze zou hem later opnieuw ontmoeten, maar hij kwam niet opdagen.'

'Dat zou dezelfde man kunnen zijn,' zei Dobson. 'Want ik heb hem evenmin kunnen vinden. Het huis was op slot en zo te zien verlaten.'

'U hebt hem nooit gezien?'

'Nee, maar ik besloot een beetje rond te kijken. Aan de achterkant van het huis stond een oude opslagplaats open, en om een of andere reden besloot ik binnen een kijkje te nemen. Achter wat afval, onder een losse plaat tegen de muur, vond ik het Eerste en Tweede Inzicht.' Hij keek me veelbetekenend aan.

'U kwam ze gewoon toevallig tegen?' vroeg ik.

'Ja.'

'Hebt u de Inzichten nu bij u?'

Hij schudde zijn hoofd. 'Nee. Ik besloot ze grondig te bestuderen en bij een paar collega's achter te laten.'

'Kunt u het Tweede Inzicht voor me samenvatten?' vroeg ik.

Dobson zweeg een tijd, glimlachte toen en knikte. 'Daarom zullen we wel in dit vliegtuig zitten. Het Tweede Inzicht,' zei hij, 'plaatst ons huidige bewustzijn in een ruimer historisch perspectief. Als de jaren negentig voorbij zijn, hebben we immers niet alleen de twintigste eeuw achter de rug, maar ook een duizendjarige geschiedenisperiode. Dan voltooien we het hele tweede millennium. Voordat wij in het Westen kunnen begrijpen waar we zijn en wat er nu gaat gebeuren, moeten we begrijpen wat er in die duizendjarige periode echt is gebeurd.'

'Wat zegt het Manuscript daar precies over?' vroeg ik.

'Dat wij aan het einde van het tweede millennium—nu dus—die hele periode als één geheel kunnen zien, ook de speciale preoccupatie die zich in de tweede helft van dat millennium ontwikkeld heeft, namelijk in wat de Moderne Tijd wordt genoemd. Ons huidige besef van het toeval vertegenwoordigt een soort ontwaken daaruit.'

'En wat is die preoccupatie dan?' vroeg ik.

Hij keek me met een ondeugend glimlachje aan. 'Bent u bereid het verhaal van dat millennium te horen?'

'Natuurlijk, vertel maar.'

'Het is niet genoeg dat ik het u vertel. Vergeet niet wat ik daarnet tegen u zei: om de geschiedenis te begrijpen, moet je begrijpen hoe je dagelijkse kijk op de wereld ontwikkeld is, hoe die is geschapen door de werkelijkheid van de mensen van vroeger. Het kostte duizend jaar om de moderne kijk op de dingen tot stand te brengen, en om echt te begrijpen op welk punt we zijn aangeland, moet u zich laten terugvoeren tot het jaar 1000 en vandaaruit empirisch dat hele millennium doorleven alsof u die hele periode in één enkel leven meemaakte.'

'Hoe doe ik dat?'

'Ik zal u leiden.'

Ik aarzelde even, keek uit het raampje en zag het land beneden. Nu al begon de tijd anders aan te voelen. 'Ik probeer het,' zei ik ten slotte.

'Goed,' antwoordde hij. 'Stel u voor dat u leeft in het jaar 1000, in wat we de middeleeuwen hebben genoemd. Allereerst moet u begrijpen dat de werkelijkheid van die tijd gedefinieerd wordt door de machtige vertegenwoordigers van de christelijke Kerk. Vanwege hun positie hebben deze mensen een enorme invloed op het denken van de bevolking. En de wereld die deze priesters als werkelijkheid beschrijven, is bovenal spiritueel. Zij scheppen een werkelijkheid waarin hun idee over Gods plan met de mensheid het middelpunt van het leven is. Stel u dat concreet voor. U bent lid van de klasse van uw vader—bijna altijd edelman of boer—en u weet dat u nooit aan die klasse kunt ontsnappen. Maar ondanks uw klasse of het werk dat u doet, beseft u algauw dat uw maatschappelijke positie minder belangrijk is dan de spirituele werkelijkheid van het leven, zoals de Kerk die definieert. U ontdekt dat het leven eigenlijk het afleggen van een spirituele proef is. De Kerk legt uit dat God de mensheid in het middelpunt van het universum heeft gezet en door de hele kosmos heeft omringd, en wel met maar één doel: de verlossing verwerven of verliezen. En bij deze proef moet u de juiste keuze maken tussen twee tegengestelde krachten: de kracht van God en de loerende verleidingen van de hel. Maar begrijp goed dat u deze strijd niet in uw eentje onder ogen ziet,' vervolgde hij. 'Als gewoon individu bent u niet bevoegd in dit opzicht uw status te bepalen. Dat is het terrein van de Kerk; zij bestaat om de Schrift te interpreteren en u bij elke stap op uw weg te vertellen of u in overeenstemming met God handelt dan wel bedrogen wordt door Satan. Als u haar voorschriften volgt, bent u verzekerd van een bevredigend leven na de dood. Maar als u niet de koers volgt die zij voorschrijft, dan... wel, dan volgt excommunicatie en onvermijdelijke verdoemenis.'

Dobson keek me gespannen aan. 'Volgens het Manuscript is het belangrijk om te begrijpen dat elk aspect van het middeleeuwse leven met bovenaardse termen wordt omschreven. Alles wat er in het leven gebeurt—van een toevallige donderbui of aardbeving tot het succes van de oogst of de dood van een geliefde—wordt hetzij als de wil van God, hetzij als boosaardigheid van de duivel beschouwd. Er bestaat geen begrip voor dingen als het weer, geologische krachten, tuinbouw of ziekte. Dat komt allemaal pas later. Voorlopig hecht u volledig geloof aan de Kerk; de wereld die voor u een gegeven is, functioneert alleen met geestelijke middelen.'

Hij hield op met praten en keek me aan. 'Bent u in die werkelijkheid?'

'Ja, ik zie het voor me.'
'Stel u dan nu voor dat die werkelijkheid begint af te brokkelen.'
'Hoe bedoelt u dat?'
'De middeleeuwse wereldopvatting, uw wereldopvatting, begint in de veertiende en vijftiende eeuw uiteen te vallen. Allereerst merkt u bepaalde ongepastheden bij de leden van de Kerk zelf. Ze schenden bijvoorbeeld heimelijk hun kuisheidsgelofte of laten zich betalen om de andere kant op te kijken als overheidsdienaren de wetten van de Schrift schenden. U schrikt daarvan, want de leden van die Kerk beweren de enige verbinding tussen u en God te zijn. Vergeet niet dat zij de enige uitleggers van de Schrift zijn, de enige scheidsrechters van uw verlossing. Plotseling bevindt u zich midden in een regelrechte opstand. Een groep onder leiding van Maarten Luther roept op tot een volledige breuk met het christendom van de paus. De vertegenwoordigers van de Kerk zijn corrupt, zeggen ze, en ze eisen een einde aan hun heerschappij over de geest van de mens. Nieuwe Kerken worden gesticht op grond van het idee dat iedereen persoonlijk toegang moet kunnen hebben tot de Schrift en die persoonlijk en zonder tussenpersonen moet kunnen verklaren. U kijkt ongelovig toe hoe die opstand slaagt. De Kerk begint te verliezen. Eeuwenlang heeft zij de werkelijkheid bepaald, en nu verliezen ze hun geloofwaardigheid waar u bij staat. Als gevolg daarvan wordt de hele wereld ter discussie gesteld. De heersende opvatting over de aard van het universum en het doel van de mensheid daarin was gebaseerd op de beschrijving van de Kerk. Die begint in te storten, en u en alle anderen in de westerse cultuur komen in een heel hachelijke positie. U bent er immers aan gewend geraakt dat het gezag in uw leven de werkelijkheid voorschreef, en zonder die externe leiding voelt u zich verward en verdwaald. Als de Kerk ongelijk had met haar beschrijving van de werkelijkheid en de reden van het menselijke bestaan, dan gaat u zich afvragen hoe het dan wél in elkaar zit.'
Hij zweeg even. 'Ziet u hoe hard die klap aankwam?'

'Dat moet nogal onthutsend zijn geweest,' zei ik.
'Dat is zacht uitgedrukt,' antwoordde hij. 'Er vond een verschrikkelijke omwenteling plaats. Overal werd de oude wereldopvatting ter discussie gesteld. Al vóór de zeventiende eeuw hadden astronomen onomstotelijk vastgesteld dat de zon en de sterren zich niet rond de aarde bewogen, zoals de Kerk beweerde. De aarde was kennelijk maar een kleine planeet rond een kleine zon in een melkweg die miljarden van dat soort sterren bevatte.'
Hij boog zich naar me toe. 'Dat is belangrijk. De mens was zijn plaats in het middelpunt van Gods universum kwijt. Begrijpt u de gevolgen daarvan? Als u nu naar het weer of naar groeiende planten kijkt of iemand plotseling ziet sterven, dan voelt u zich bezorgd en verbijsterd. Vroeger had u kunnen zeggen dat God of de duivel dat gedaan had. Maar nu de middeleeuwse wereldopvatting te gronde gaat, gaat ook dat te gronde. Alles wat u ooit vanzelfsprekend vond, moet opnieuw gedefinieerd worden, vooral de aard van God en uw verhouding tot God. Met dat besef begint de Moderne Tijd. Er is een groeiende democratische geest en een massaal wantrouwen jegens het pauselijke en koninklijke gezag. Definities van het universum op basis van speculatie of geloof in de Schrift worden niet langer automatisch aanvaard. Ondanks het verlies van onze zekerheid wilden we niet het risico lopen dat een andere groep onze werkelijkheid ging bepalen, net zoals de Kerk had gedaan. Als u toen geleefd had, zou u hebben meegewerkt aan de schepping van een nieuw mandaat voor de wetenschap.'
'Een wat?'
Hij lachte. 'U zou over dat enorme, ongedefinieerde universum hebben uitgekeken en u zou, net als de denkers uit die tijd, gedacht hebben dat er een methode nodig was om overeenstemming te bereiken, een manier om die nieuwe wereld van ons systematisch te doorzoeken. En die nieuwe manier van denken zou u de wetenschappelijke methode hebben genoemd, en die betekent alleen maar dat je een idee over het functioneren van

het universum beproeft, daaruit een conclusie trekt en die aan anderen voorlegt om te zien of ze het ermee eens zijn. Vervolgens zou u ontdekkingsreizigers hebben opgeleid om gewapend met de wetenschappelijke methode dat nieuwe universum in te trekken en u zou ze hun historische opdracht hebben gegeven: onderzoek hoe het hier is, ontdek hoe het werkt en wat het betekent dat we hier blijken te leven. U wist dat u uw zekerheid van een door God beheerst universum kwijt was en daarmee ook uw zekerheid over de aard van God zelf. Maar u wist ook dat u een methode had, een proces om overeenstemming te bereiken en de aard van alles om u heen te ontdekken, inclusief de aard van God en het ware doel van het menselijke bestaan op de planeet. Dus stuurde u die ontdekkingsreizigers uit om de ware aard van uw situatie te ontdekken en daarover te rapporteren.'

Hij zweeg en keek me aan. 'Volgens het Manuscript,' zei hij, 'begon op dit punt de preoccupatie waaruit we nu ontwaken. We stuurden die ontdekkingsreizigers uit om een volledige verklaring van ons bestaan mee terug te nemen, maar vanwege de complexiteit van het universum kwamen ze niet meteen terug.'

'Wat was die preoccupatie dan?'

'Verplaats uzelf weer in die periode,' zei hij. 'Toen de wetenschappelijke methode niet terugkwam met een nieuw beeld van God en het doel van de mensheid op de planeet, werd de westerse cultuur diep aangevreten door het gebrek aan zekerheid en betekenis. Tot onze vragen beantwoord waren, moesten we iets anders gaan doen. Uiteindelijk vonden we een oplossing die heel logisch leek. We keken elkaar aan en zeiden: Oké, onze ontdekkingreizigers zijn nog niet terug met onze ware spirituele situatie; waarom maken we het ons al wachtend niet gemakkelijk in deze nieuwe wereld? In ieder geval leren we genoeg om deze wereld in ons eigen voordeel te manipuleren. Waarom gaan we in de tussentijd niet aan de slag om onze levensstandaard en ons gevoel van veiligheid in de wereld te vergroten?'

Hij grijnsde. 'En dat deden we dus. Vier eeuwen geleden! We schudden het gevoel van verdwaald zijn van ons af door de zaak in eigen hand te nemen, door ons op de verovering van de aarde te richten, en haar rijkdommen te gebruiken om onze situatie te verbeteren. Pas nu we het einde van het millennium bereiken, kunnen we zien wat er gebeurd is. Onze preoccupatie werd langzamerhand een obsessie. We verdwaalden volledig bij de opbouw van een wereldlijke veiligheid, een economische veiligheid, als vervanging van de spirituele veiligheid die we kwijt waren. De vraag waarom we leefden en wat er spiritueel feitelijk gaande was, werd langzamerhand terzijde geschoven en in de doofpot gestopt.'

Hij peilde mijn reactie en zei: 'Het streven naar een comfortabeler manier van leven heeft als levensdoel langzamerhand al het andere verdrongen. Langzaam maar zeker zijn we onze oorspronkelijke vraag vergeten... We zijn vergeten dat we nog steeds niet weten waarvoor we eigenlijk leven.'

Buiten, heel diep onder me, zag ik een grote stad. Afgaande op onze vluchtroute nam ik aan dat het Orlando in Florida was. Ik werd getroffen door de wiskundige aanleg van straten en lanen, het geplande en ordelijke samenstel van wat de mensen gebouwd hadden. Ik keek in Dobsons richting. Hij had zijn ogen dicht en leek te slapen. Een uur lang was hij over het Tweede Inzicht blijven praten. Toen kwam onze lunch. We aten en ik vertelde hem over Charlene en waarom ik besloten had naar Peru te gaan. Daarna wilde ik alleen nog maar naar de wolkformaties kijken en nadenken over wat hij gezegd had.

'En, wat vindt u?' vroeg hij plotseling. Hij keek me slaperig aan. 'Hebt u het Tweede Inzicht begrepen?'

'Dat weet ik nog niet.'

Hij knikte in de richting van de andere passagiers. 'Hebt u het gevoel van een duidelijker zicht op de mensenwereld? Ziet u hoe geobsedeerd iedereen is geweest? Dat zicht verklaart heel veel. Hoeveel mensen kent u niet die geobsedeerd zijn door hun werk en stressachtige ziektes hebben zonder het kalmer aan te kunnen doen? Ze kunnen het niet kalmer aan doen omdat ze zich alleen routinematig ontspannen en hun leven uithollen tot alleen de praktische kanten ervan. En dat doen ze om er niet aan herinnerd te worden hoe onzeker ze zijn over waarom ze leven. Het Tweede Inzicht breidt ons bewustzijn van de historische tijd uit,' voegde hij eraan toe. 'Het laat zien dat we de cultuur niet alleen vanuit het perspectief van onze eigen generatie moeten gadeslaan, maar ook vanuit het perspectief van een heel millennium. Dat onthult onze vooroordelen maar tilt ons er ook boven uit. U hebt daarnet deze langere geschiedenis ervaren. Daarmee leeft u nu in een *langer nu*. Als u nu naar de mensenwereld kijkt, zou u die obsessie, die intense gerichtheid op de economische vooruitgang, heel duidelijk moeten kunnen zien.'

'Maar wat is daar verkeerd aan?' protesteerde ik. 'Dat heeft de westerse beschaving groot gemaakt!'

Hij lachte hardop. 'Natuurlijk, u hebt gelijk. Niemand zegt dat dat verkeerd was. Volgens het Manuscript was die obsessie zelfs een noodzakelijke ontwikkeling, een fase in de evolutie van de mensheid. Maar inmiddels hebben we genoeg tijd besteed aan het ons makkelijk maken in de wereld. Nu is het moment gekomen om uit onze obsessie te ontwaken en weer over de oorspronkelijke vraag na te denken. Wat schuilt er achter het leven op deze planeet? Waarom zijn we hier eigenlijk?'

Ik keek hem een hele tijd aan en vroeg. 'Denkt u dat de andere inzichten dat doel uitleggen?'

Dobson rekte zijn hals. 'Ik denk dat het de moeite van een kijkje waard is. Ik hoop alleen dat niemand de rest van het Manuscript vernietigt voordat wij de kans hebben om dat te ontdekken.'

'Maar hoe kan de Peruaanse overheid denken dat ze straffeloos een belangrijk document kunnen vernietigen?' vroeg ik.

'Dat doen ze dan wel in het geheim,' antwoordde hij. 'Het officiële standpunt is dat het hele Manuscript niet bestaat.'

'Maar volgens mij komt dan de hele wetenschappelijke wereld in opstand.'

Hij keek me vastbesloten aan. 'Dat komen we ook. Daarom ga ik naar Peru terug. Ik vertegenwoordig tien vooraanstaande wetenschappers, die allemaal eisen dat het oorspronkelijke manuscript gepubliceerd wordt. Ik heb een brief naar de betrokken diensthoofden van de Peruaanse overheid gestuurd met de mededeling dat ik kom en medewerking verwacht.'

'Ik begrijp het. Ik vraag me af hoe ze reageren.'

'Waarschijnlijk met ontkenningen. Maar in ieder geval is het een officieel begin.'

Hij draaide zich diep in gedachten om en ik keek weer uit het raampje. Omlaagkijkend drong tot me door dat de technologie van het vliegtuig waarin we zaten vier eeuwen vooruitgang vertegenwoordigde. We hadden veel geleerd over de manipulatie van de rijkdommen die we op aarde hadden aangetroffen. Hoeveel mensen, peinsde ik, hoeveel generaties waren nodig om de produkten en het begrip tot stand te brengen waardoor dit vliegtuig kon ontstaan? En hoeveel mensen richtten hun hele leven op maar één minuscuul aspect, op één klein stapje, zonder ooit hun hoofd boven die obsessie uit te steken?

Op datzelfde moment leek het stuk geschiedenis dat Dobson en ik besproken hadden plotseling één geheel te worden. Ik zag het millennium duidelijk voor me alsof het een deel van mijn eigen levensgeschiedenis was. Duizend jaar geleden leefden we in een wereld waarin God en de menselijke spiritualiteit duidelijk omschreven waren. En toen waren we dat kwijtgeraakt, of liever gezegd: we hadden vastgesteld dat aan dat verhaal nog meer vastzat. Dus hadden we ontdekkingsreizigers uitgestuurd om de echte waarheid te vinden en daarover te rapporteren, en toen hun terugkeer te lang op zich liet wachten, raakten we geobsedeerd door een nieuw, wereldlijk doel; namelijk ons in de wereld vestigen en het er ons gemakkelijker maken.

En we hadden ons inderdaad gevestigd. We ontdekten dat metaalertsen konden worden omgesmolten en in allerlei handige dingetjes te veranderen waren. We ontdekten energiebronnen. Eerst stoom, toen gas, elektriciteit en kernsplitsing. We systematiseerden het boerenbedrijf en de massaproduktie en bezaten nu enorme voorraden materiële goederen en reusachtige distributienetwerken.

Dat alles werd aangedreven door de roep om vooruitgang, het verlangen van het individu om zijn eigen veiligheid en eigen doelen te scheppen—in afwachting van de waarheid. We hadden besloten voor onszelf en onze kinderen een gerieflijker en aangenamer leven te scheppen, en in het verloop van meer dan vierhonderd jaar had onze obsessie een wereld geschapen waar al het denkbare comfort produceerbaar was. Het probleem was dat onze obsessieve drang om de natuur te bedwingen en het ons makkelijker te maken, de natuurlijke systemen van de planeet had vervuild en op de rand van instorting had gebracht. Op deze weg konden we niet doorgaan.

Dobson had gelijk. Het Tweede Inzicht zorgde dat ons nieuwe besef onvermijdelijk leek. In onze culturele doelstellingen naderden we een climax. We vervulden een gezamenlijke opdracht, en in die vervulling werd onze obsessie gebroken en ontwaakten we in een nieuw besef. Ik kon de vaart van de Moderne Tijd bijna zien vertragen terwijl we het einde van het millennium bereikten. Een vierhonderd jaar oude obsessie was in vervulling gegaan. We hadden de middelen voor de materiële veiligheid geschapen en leken nu klaar—of zelfs in de startblokken—te staan om te ontdekken waarom we dat gedaan hadden. Op de gezichten van de passagiers om me heen zag ik het bewijs van hun obsessie, maar meende ook hier en daar een korte glimp van besef op te vangen. Hoeveel mensen, vroeg ik me af, hadden die toevalligheden al opgemerkt?

Het vliegtuig ging schuin omlaaghangen en begon aan zijn afdaling. De steward meldde dat we straks in Lima zouden landen. Ik gaf Dobson de naam van mijn hotel en vroeg waar hij logeerde. Hij vertelde hoe zijn hotel heette en zei dat het maar een paar kilometer van het mijne lag.

‘Wat bent u van plan?’ vroeg ik.

‘Daar heb ik over nagedacht,’ zei hij. ‘Allereerst ga ik, denk ik, naar de Amerikaanse ambassade om te vertellen waarom ik hier ben. Je weet maar nooit.’

'Goed idee.'

'Daarna ga ik met zoveel mogelijk Peruaanse wetenschappers praten. Die van de universiteit van Lima hebben al tegen me gezegd dat ze niets van het Manuscript weten, maar er zijn ook andere wetenschappers, die aan allerlei ruïnes werken en misschien willen praten. En u? Hebt u plannen?'

'Geen enkel,' antwoordde ik. 'Vindt u het erg als ik met u meega?'

'Volstrekt niet. Dat wilde ik juist voorstellen.'

Toen het vliegtuig geland was, haalden we onze bagage op en maakten een afspraak voor later op de dag in Dobsons hotel. Ik liep in het afnemende schemerlicht naar buiten en wenkte een taxi. De lucht was droog en er stond een pittige wind.

Toen de taxi wegreed, zag ik achter ons een andere taxi snel optrekken en zich toen een stukje laten terugzakken in het verkeer. De auto bleef ook na diverse bochten achter ons en op de achterbank kon ik één gestalte onderscheiden. Ik vroeg de chauffeur, die Engels sprak, niet rechtstreeks naar het hotel te gaan, maar een tijdje rond te rijden. Ik zei dat ik iets van de stad wilde zien. Aan dat verzoek voldeed hij zonder commentaar. De taxi bleef ons volgen. Wat had dit allemaal te betekenen?

Toen we bij mijn hotel kwamen, zei ik tegen de chauffeur dat hij in de auto moest blijven. Ik deed het portier open en deed net of ik betaalde. De taxi die ons achtervolgde, parkeerde een eind achter ons. De man stapte uit en liep langzaam naar de ingang van het hotel.

Ik sprong de auto weer in, sloeg het portier dicht en vroeg de chauffeur weg te rijden. Terwijl we wegscheurden, liep de man de straat op en keek ons na tot we uit het gezicht verdwenen waren. Ik zag het gezicht van de chauffeur in de achteruitkijkspiegel. Hij keek me aandachtig en verontrust aan. 'Het spijt me,' zei ik. 'Ik heb besloten een ander hotel te nemen.' Ik glimlachte moeizaam en gaf hem de naam van Dobsons hotel—hoewel ik overwoog meteen weer naar het vliegveld terug te gaan om de eerste vlucht naar huis te nemen.

Een half blok vóór onze bestemming vroeg ik de chauffeur te stoppen. 'Wacht hier,' zei ik. 'Ik ben zo terug.'
De straten waren vol mensen, vooral Peruanen. Maar af en toe passeerde ik een paar Amerikanen en Europeanen. De aanblik van toeristen gaf me op een of andere manier een veiliger gevoel. Toen ik vijftig meter van het hotel was, bleef ik staan. Er klopte iets niets. Plotseling klonken er schoten en werd overal geschreeuwd. De menigte voor me liet zich op de grond vallen, waardoor ik het hele trottoir kon overzien. Dobson kwam met een wilde blik in paniek op me af rennen. Hij werd achtervolgd. Een van zijn achtervolgers schoot in de lucht en beval hem te blijven staan.
Toen Dobson vlak bij me was, sloeg zijn blik om in herkenning. 'Rennen!' schreeuwde hij. 'In godsnaam, rennen!' Ik draaide me om en liep doodsbang een steeg in. Aan de andere kant versperde een houten schutting me de weg. Toen ik die bereikte, sprong ik zo hoog mogelijk, pakte met mijn handen de bovenkant van de planken en zwaaide mijn rechterbeen eroverheen. Terwijl ik er ook mijn linkerbeen overheen trok en me aan de andere kant liet vallen, keek ik weer de steeg in. Dobson rende wanhopig. Opnieuw werd er geschoten. Hij struikelde en viel. Ik rende blindelings verder en sprong over hopen vuilnis en stapels kartonnen dozen. Even dacht ik achter me voetstappen te horen, maar ik durfde niet om te kijken. De steeg kwam uit op de volgende straat. Ook daar waren veel mensen, maar niemand leek in paniek. Toen ik de straat op liep, waagde ik met bonzend hart een blik achterom. Er was niemand. Haastig liep ik over het rechtertrottoir en probeerde in de menigte te verdwijnen. Waarom had Dobson zo gerend? Was hij vermoord?
'Wacht even,' zei iemand hard fluisterend achter mijn linkerschouder. Ik begon te rennen, maar hij stak zijn hand uit en pakte mijn arm. 'Wacht alstublieft even,' zei hij opnieuw. 'Ik heb gezien wat er gebeurd is. Ik probeer u te helpen.'
'Wie bent u?' vroeg ik bevend.
'Wilson James,' zei hij. 'Ik leg het straks wel uit. Eerst moeten we deze straten uit zien te komen.'

Zijn stem en gedrag brachten mijn paniek tot bedaren en ik besloot hem te volgen. Een eind verderop in de straat liepen we een leerwinkel in. Hij knikte naar een man achter de toonbank en bracht me naar een muffe, ongebruikte kamer achterin. Hij deed de deur en de gordijnen dicht.

Hij was al boven de zestig, hoewel hij veel jonger leek. Dat kwam misschien door een sprankeling in zijn ogen. Zijn huid was donkerbruin en zijn haar zwart. Hij leek van Peruaanse afstamming, maar zijn Engels klonk bijna Amerikaans. Hij had een lichtblauw T-shirt en een spijkerbroek aan. 'Hier bent u wel even veilig,' zei hij. 'Waarom zitten ze u achterna?'

Ik antwoordde niet.

'U bent hier vanwege het Manuscript, hè?' vroeg hij.

'Hoe wist u dat?'

'Dat geldt ook voor de man die bij u was, neem ik aan.'

'Ja. Hij heet Dobson. Hoe wist u dat we met z'n tweeën waren?'

'Ik heb een kamer die uitkijkt op de steeg. Ik keek uit het raam toen ze u achternazaten.'

'Hebben ze Dobson neergeschoten?' vroeg ik vol angst over het mogelijke antwoord.

'Dat weet ik niet,' zei hij. 'Dat kon ik niet zien. Maar toen ik zag dat u ontsnapt was, ben ik de achtertrap af gerend om u te onderscheppen. Ik dacht dat ik u misschien kon helpen.'

'Waarom?'

Even keek hij me aan alsof hij niet wist hoe hij mijn vraag moest beantwoorden. Toen werd zijn blik een en al warmte. 'U begrijpt het vast niet, maar ik stond daar bij het raam en moest plotseling aan een oude vriend denken. Hij is nu dood, omdat hij vond dat de mensen iets over het Manuscript moesten weten. Toen ik zag wat er in de steeg gebeurde, had ik het gevoel dat ik u moest helpen.'

Hij had gelijk: ik begreep het niet. Maar ik had het gevoel dat hij volstrekt eerlijk tegen me was. Ik wilde hem iets vragen, maar hij nam weer het woord.

'Daar moeten we het later over hebben,' zei hij. 'Eerst moeten we een veiliger plek vinden.'

'Wacht even, Wilson,' zei ik. 'Ik wil alleen maar terug naar huis. Hoe doe ik dat?'

'Noem me maar Wil,' antwoordde hij. 'Volgens mij moet je voorlopig uit de buurt van het vliegveld blijven. Als ze je nog steeds zoeken, controleren ze ook daar. Maar ik heb een paar vrienden buiten de stad. Daar kun je onderduiken. Er zijn diverse andere manieren om het land uit te komen. Als je klaar bent, zeggen ze wel waar je heen moet.'

Hij deed de deur van de kamer open en keek de winkel in. Toen liep hij de straat op en keek speurend rond. Toen hij terugkwam, gebaarde hij dat ik hem moest volgen. We liepen over straat en Wil wees naar een blauwe jeep. Toen we instapten, zag ik dat de achterbank met zorg was volgestouwd met voedsel en tenten en rugzakken, alsof we een lange tocht gingen maken.

We reden zwijgend. Ik zat achterovergeleund op de passagiersplaats en probeerde na te denken. Mijn maag was verkrampt van angst. Dit had ik nooit verwacht. Stel dat ik gearresteerd werd en in een Peruaanse gevangenis werd gegooid. Of zonder omhaal vermoord werd? Ik moest alle mogelijkheden onder ogen zien. Ik had geen kleren, maar wel geld en één creditcard, en om een of andere reden had ik alle vertrouwen in Wil.

'Wat hadden jij en–hoe heette hij ook weer? Dobson?–gedaan dat die mensen achter jullie aan zaten?' vroeg Wil plotseling.

'Helemaal niks, volgens mij,' antwoordde ik. 'Ik heb Dobson in het vliegtuig leren kennen. Hij is historicus en kwam hierheen om het Manuscript officieel te onderzoeken. Hij vertegenwoordigt een groep wetenschappers.'

Wil keek verrast. 'Wist de regering van zijn komst?'

'Ja. Hij had een paar ambtenaren geschreven dat hij hun medewerking wilde. Ik kan niet geloven dat ze hem wilden arresteren; hij had niet eens zijn kopieën bij zich.'

'Heeft hij kopieën van het Manuscript?'

'Alleen van de twee eerste inzichten.'

'Ik had geen idee dat er in de Verenigde Staten kopieën waren. Hoe is hij daaraan gekomen?'

'Bij een eerdere reis kreeg hij te horen dat een bepaalde priester dingen over het Manuscript wist. Hij kon hem niet vinden, maar vond wel de kopieën verstopt achter zijn huis.'

Wil keek bedroefd. 'José.'

'Wie?' vroeg ik.

'Dat is de vriend over wie ik je vertelde, de man die vermoord is. Hij wilde met alle geweld zoveel mogelijk mensen over het Manuscript vertellen.'

'Wat is er met hem gebeurd?'

'Hij is vermoord. Ik weet niet door wie. Ze vonden zijn lijk op kilometers afstand van zijn huis. Maar ik moet aannemen dat het zijn vijanden zijn geweest.'

'De regering?'

'Sommige mensen in de regering of in de Kerk.'

'Durft de Kerk zover te gaan?'

'Misschien. De Kerk verzet zich heimelijk tegen het Manuscript. Een paar priesters begrijpen het document en verdedigen het in het geheim, maar ze moeten heel voorzichtig zijn. José praatte er openlijk over tegen iedereen die het horen wilde. Al maanden voor zijn dood waarschuwde ik hem dat hij subtieler moest zijn en geen kopieën moest geven aan iedereen die langskwam. Hij zei dat hij deed wat hij naar zijn overtuiging doen moest.'

'Hoe is het Manuscript eigenlijk ontdekt?' vroeg ik.

'Het is drie jaar geleden voor het eerst vertaald. Niemand weet wanneer het ontdekt is. We denken dat het origineel jarenlang rondzwierf onder de Indianen, tot José het vond. Alleen hij wist het vertaald te krijgen. Maar zodra de Kerk ontdekte wat het Manuscript inhield, probeerden ze het natuurlijk totaal in de doofpot te stoppen. Nu hebben we alleen nog maar kopieën. Ik denk dat ze het origineel vernietigd hebben.'

Wil was oostwaarts de stad uitgegaan, en nu reden we over een smalle tweebaansweg door een overvloedig geïrrigeerd gebied. We passeerden allerlei hutjes van planken en toen een groot stuk weidegrond met een dure omheining.

'Heeft Dobson je iets over de eerste twee inzichten verteld?' vroeg Wil.

'Alleen over het tweede,' antwoordde ik. 'Een vriendin van me vertelde me over het Eerste Inzicht. Zij heeft bij een andere gelegenheid met een priester gepraat. Met José, denk ik.'

'Begrijp je die twee inzichten?'

'Ik denk van wel.'

'Begrijp je dat toevallige ontmoetingen vaak een diepere betekenis hebben?'

'Zo te zien,' zei ik, 'bestaat deze hele reis uit het ene toeval na het andere.'

'Dat begint zodra je waakzaam wordt en bent aangesloten op de energie.'

'Aangesloten?'

'Dat wordt verderop in het Manuscript genoemd.'

'Daar wil ik graag iets over horen,' zei ik.

'Daarover praten we straks,' zei hij, en duidde met een knikje aan dat hij met de auto een grindpad op ging rijden. Dertig meter verderop stond een bescheiden houten huis. Wil reed naar een grote boom rechts van het huis en parkeerde eronder.

'Mijn vriend werkt voor de eigenaar van het grote landbouwbedrijf dat de meeste grond hier in de buurt bezit,' zei hij, 'en die stelt ook dit huis ter beschikking. Die man is heel machtig en een geheime aanhanger van het Manuscript. Hier ben je veilig.'

Op de veranda ging een licht aan. Een korte, gedrongen man—zo te zien een Peruaan—rende met een brede glimlach naar buiten en zei heel geestdriftig iets in het Spaans. Toen hij de jeep bereikte, sloeg hij Wil door het open raampje op zijn schouder en wierp een opgewekte blik op mij. Wil vroeg hem Engels te praten en stelde ons toen aan elkaar voor.

'Hij heeft een beetje hulp nodig,' zei Wil tegen de man. 'Hij wil naar de Verenigde Staten terug maar zal heel voorzichtig moeten zijn. Ik denk dat ik hem maar bij jou achterlaat.'

De man keek Wil aandachtig aan. 'Jij gaat zeker weer achter het Negende Inzicht aan, hè?' vroeg hij.

'Ja,' zei Wil, die uit de jeep stapte.

Ik deed mijn portier open en liep rond de auto. Wil en zijn vriend wandelden al pratend naar het huis, maar ik kon hen niet verstaan. Toen ik bij hen in de buurt kwam, zei de man: 'Ik begin aan de voorbereidingen,' en liep weg. Wil draaide zich naar me om.

'Wat bedoelde hij,' vroeg ik, 'toen hij over het Negende Inzicht begon?'

'Een deel van het Manuscript is nooit gevonden. In de oorspronkelijke tekst stonden acht inzichten, maar het laatste, het Negende, werd erin genoemd. Al veel mensen hebben ernaar gezocht.'

'Weet jij waar het is?'

'Nee, niet echt.'

'Hoe kun je het dan vinden?'

Wil glimlachte. 'Net zoals José de eerste acht vond. Net zoals jij de eerste twee vond en toen mij tegen het lijf liep. Als iemand genoeg energie kan opbouwen en zich daarop aansluit, gaat het ene toeval zich aan het andere rijgen.'

'Zeg hoe ik dat moet doen,' zei ik. 'Welk inzicht is dat?'

Wil keek me aan alsof hij mijn begripsniveau taxeerde. 'Hoe je je moet aansluiten is niet één inzicht, maar omvat ze allemaal. Weet je nog dat het Tweede Inzicht beschrijft dat ontdekkingsreizigers zouden worden uitgestuurd om met behulp van de wetenschappelijke methode de betekenis van het menselijk leven op deze planeet te ontdekken? Maar dat die misschien niet direct zouden terugkomen?'

'Ja.'

'Nou, de rest van de inzichten bevat de antwoorden die uiteindelijk wél terugkomen. Maar die komen niet van de officiële wetenschap. De antwoorden waar ik het over heb, komen uit vele verschillende terreinen van onderzoek. De resultaten van de natuurkunde, de psychologie, de mystiek en de godsdienst komen allemaal samen in een nieuwe synthese, gebaseerd op de waarneming van het toeval. We leren gedetailleerd wat die toe-

valligheden betekenen en hoe ze werken, en al doende bouwen we met het ene inzicht na het andere een hele nieuwe wereldvisie op.'
'Dan wil ik alle acht inzichten weten,' zei ik. 'Kun je ze me uitleggen voordat je vertrekt?'
'Ik heb ontdekt dat dat zo niet werkt. Je moet ze allemaal op een verschillende manier ontdekken.'
'Hoe?'
'Dat gebeurt gewoon. Het werkt niet als ik je ze gewoon vertel. Dan heb je over alle acht misschien wel de informatie, maar nog niet het inzicht. Je moet ze in de loop van je eigen leven ontdekken.'
We staarden elkaar zwijgend aan. Wil glimlachte. Als ik met hem praatte, voelde ik me ongelooflijk levend.
'Waarom ga je nu achter het Negende Inzicht aan?' vroeg ik.
'Dit is het juiste moment. Ik ben hier gids geweest, ik ken het gebied en ik begrijp alle acht inzichten. Toen ik bij mijn raam boven de steeg stond en aan José dacht, had ik al besloten om nog één keer naar het noorden te gaan. Daar ergens is het Negende Inzicht. Dat weet ik. En ik word er niet jonger op. Bovendien heb ik voor mijn geestesoog gezien dat ik het vond en bereikte wat erin staat. Ik weet dat het Negende Inzicht belangrijker is dan de andere. Het plaatst alle andere in perspectief en vertelt het ware doel van het leven.'
Plotseling zweeg hij en begon ernstig te kijken. 'Ik had al een halfuur geleden willen vertrekken, maar ik had het knagende gevoel dat ik iets vergeten was.' Hij zweeg opnieuw. 'Precies toen *jij* opdook.'
We keken elkaar een hele tijd aan.
'Denk jij dat ik eigenlijk met je mee moet?' vroeg ik.
'Wat denk jij?'
'Ik weet het niet,' zei ik onzeker. Ik voelde me verward. Het verloop van mijn reis naar Peru schoot in een flits door me heen: Charlene, Dobson, en nu Wil. Ik was vanuit een lichte nieuwsgierigheid naar Peru gekomen, maar moest nu plotseling onder-

duiken: een vluchteling tegen wil en dank die niet eens wist wie zijn achtervolgers waren. En het vreemdste van alles was nog dat ik me op dit moment helemaal niet doodsbang of in een toestand van totale paniek voelde. Ik was opgewonden. Eigenlijk moest ik al mijn slimheid en instincten bijeenrapen om weer thuis te komen, maar wat ik echt wilde, was meegaan met Wil—naar iets dat onbewistbaar gevaarlijker was.

Al mijn mogelijkheden overwegend besefte ik dat ik eigenlijk geen keus had. Het Tweede Inzicht had de terugweg naar mijn oude obsessies afgesneden. Als ik geestelijk wakker wilde blijven, moest ik voorwaarts.

'Ik ben van plan hier vannacht te blijven,' zei Wil. 'Je hebt dus tot morgenochtend om te beslissen.'

'Ik heb al besloten,' zei ik. 'Ik ga mee.'

EEN KWESTIE VAN ENERGIE

We stonden bij zonsopgang op en reden de hele morgen vrijwel in stilte naar het oosten. Al aan het begin had Wil gezegd dat we dwars over de Andes zouden rijden naar wat hij het Hoge Oerwoud noemde, een gebied dat uit beboste heuvels en plateaus bestond, maar veel meer had hij niet gezegd. Ik had hem van alles gevraagd over zijn achtergrond en waar we heengingen, maar hij had me beleefd afgescheept en liet doorschemeren dat hij zich op het rijden wilde concentreren. Ten slotte hield ik op met praten en keek in plaats daarvan aandachtig naar het landschap. Het uitzicht vanaf de bergtoppen was verbijsterend.

Toen we rond het middaguur de laatste torenhoge bergrug bereikten, stopten we bij een uitkijkpunt om in de jeep een paar boterhammen te eten en naar het brede, kale dal voor ons uit te kijken. Aan de andere kant van het dal waren lagere, weelderig begroeide heuvels. Onder het eten zei Wil dat we de nacht gingen doorbrengen in Casa Viciente, een oud, negentiende-eeuws landhuis dat vroeger eigendom van de Spaanse katholieke Kerk was geweest. Viciente was nu van een vriend van hem, legde hij uit, en functioneerde als centrum voor zakelijke en wetenschappelijke conferenties.

Met alleen die korte uitleg reden we weer zwijgend verder. Een uur later kwamen we op Viciente aan. We reden door een poort van steen en ijzer het landgoed op en vervolgden onze weg over een smal grindpad naar het noordoosten. Opnieuw stelde ik een paar voorzichtige vragen over Viciente en waarom we hier waren, maar opnieuw weerde Wil mijn gevraag af, en zei ditmaal

met zoveel woorden dat ik om me heen moest kijken.
De schoonheid van Viciente trof me onmiddellijk. We waren door kleurige weiden en boomgaarden omringd en het gras leek ongewoon groen en gezond. Het groeide zelfs heel dicht onder de enorme eiken die met een meter of dertig tussenruimte over de weilanden verspreid stonden. Iets aan die bomen trok me enorm aan, maar ik kon niet goed benoemen wat dat was.
Na een kilometer of anderhalf boog de weg naar het oosten af en begon te stijgen. Boven op de heuvel stond het huis: een groot gebouw van balken en grijze steen in Spaanse stijl. Zo te zien waren er minstens vijftig kamers; een lange, beschutte veranda besloeg de hele zuidelijke muur. Op het terrein rond het huis stonden nog meer enorme eiken en er waren bloembedden met exotische planten. De paden waren afgezet met oogverblindende bloemen en varens. Groepen mensen praatten ontspannen op de veranda en tussen de bomen.
Toen we uit de auto stapten, bleef Wil even staan en nam de omgeving in zich op. Voorbij het huis daalde de grond geleidelijk naar het oosten en veranderde in een vlakte met weilanden en bossen. In de verte was een andere, blauwig-paarse heuvelrug te zien.
'Ik denk dat ik maar 's naar binnen ga en voor kamers zorg,' zei Wil. 'Waarom blijf je hier niet even rondkijken. Ik weet zeker dat je het hier mooi zult vinden.'
'Daar kun je donder op zeggen,' zei ik.
Bij het weglopen draaide hij zich om en keek me aan. 'Vergeet niet de proeftuinen te bekijken. We zien elkaar weer bij het avondeten.'
Wil liet me kennelijk met een bepaalde bedoeling alleen, maar dat kon me niet schelen. Ik voelde me fantastisch en niet in het minst ongerust. Wil had me al verteld dat Viciente heel wat toeristendollars het land in bracht en dat de overheid zich daarom altijd op afstand hield, ook al werd hier veel over het Manuscript gepraat. Allerlei grote bomen en een kronkelpad naar het zuiden lokten me aan en dus liep ik die kant op. Toen ik de bomen bereikte, zag ik dat het pad onder een ijzeren poortje door-

ging en via verscheidene stenen treden omlaag op een weiland vol wilde bloemen uitkwam. In de verte zag ik een of andere boomgaard, een beekje en nog meer bos. Ik bleef bij de poort staan, haalde meermaals diep adem en bewonderde de schoonheid beneden me.

'Prachtig, hè?' zei een stem achter me.

Ik draaide me snel om. Een vrouw van ver in de dertig met een rugzak om stond achter me.

'Dat is het zeker,' zei ik. 'Zoiets als dit heb ik nooit eerder gezien.'

Even keken we uit over de open velden en de waterval van tropische planten in de terrasbedden links en rechts van ons, en toen vroeg ik: 'Weet u toevallig waar de proeftuinen zijn?'

'Natuurlijk,' zei ze. 'Daar ga ik zelf ook naar toe. Ik wijs de weg wel.'

We stelden ons aan elkaar voor, liepen de treden af en kwamen op het uitgesleten pad naar het zuiden terecht. Ze heette Sarah Lorner, had zandkleurig haar en blauwe ogen, en als ze zich niet zo ernstig gedroeg, zou je haar meisjesachtig hebben genoemd. We liepen minutenlang zwijgend verder.

'Ben je hier voor het eerst?' vroeg ze.

'Inderdaad,' antwoordde ik. 'Ik weet nauwelijks iets over deze plek.'

'Nou, ik ben hier met enige onderbrekingen al bijna een jaar en kan je dus wel iets vertellen. Een jaar of twintig geleden werd dit landgoed populair als een soort internationaal wetenschappelijk trefpunt. Allerlei wetenschappelijke organisaties hadden hier vergaderingen, vooral biologen en natuurkundigen. Maar een paar jaar geleden...' Ze aarzelde even en keek me aan. 'Heb je weleens gehoord over het Manuscript dat hier in Peru is ontdekt?'

'Ja, inderdaad,' zei ik. 'Ze hebben me de twee eerste inzichten verteld.' Ik wilde haar vertellen hoezeer het document me fascineerde, maar beheerste me en vroeg me af of ik haar volledig kon vertrouwen.

'Dat vermoedde ik al,' zei ze. 'Je leek je te goed te doen aan de energie hier.'

We staken een houten brug over de beek over. 'Wat voor energie?' vroeg ik.

Ze bleef staan en leunde met haar rug tegen de brugleuning. 'Weet je iets over het Derde Inzicht?'

'Niets.'

'Dat beschrijft een nieuw begrip van de materiële wereld. Het vertelt dat de mensen een voorheen onzichtbaar soort energie zullen leren waarnemen. Het huis is een verzamelpunt geworden van wetenschappers die dat verschijnsel graag bestuderen en bediscussiëren.'

'Wetenschappers vinden die energie dus echt?' vroeg ik.

Ze draaide zich om en wilde verder de brug over lopen. 'Maar een paar,' zei ze, 'en we hebben het nogal zwaar te verduren.'

'Jij bent wetenschapper?'

'Ik geef natuurkunde op een klein college in Maine.'

'Waaom zijn de meeste wetenschappers het dan niet met je eens?'

Ze zweeg even alsof ze nadacht. 'Daarvoor moet je de geschiedenis van de wetenschap begrijpen,' zei ze, en keek me aan alsof ze zich afvroeg of ik dieper op het onderwerp wilde ingaan. Ik knikte bevestigend.

'Denk maar even aan het Tweede Inzicht. Na de ondergang van de middeleeuwse wereldopvatting beseften wij in het Westen plotseling dat we in een volstrekt onbekend universum leefden. Als we de aard van dit universum wilden leren begrijpen, moesten we op een of andere manier de feiten scheiden van het bijgeloof. In dit opzicht namen wij, wetenschappers, een houding aan die bekendstaat als "wetenschappelijke scepsis", die kort gezegd betrouwbare bewijzen vraagt voor elke nieuwe bewering over hoe de wereld werkt. Vroeger geloofden we alles; nu wilden we zichtbare, tastbare bewijzen. Elke gedachte die niet op een materiële manier te bewijzen viel, werd systematisch verworpen. En God weet dat die houding ons bij voor de hand liggender natuurverschijnselen van dienst is geweest: bij stenen en lichamen en bomen, dingen die iedereen kan waarnemen, hoe sceptisch hij ook is. We gingen snel op pad, benoemden elk deel van de materiële wereld en probeerden te ontdekken waarom het universum op juist deze manier werkt. Ten slotte concludeerden we dat alles wat in de natuur gebeurt, aan een of andere natuurwet gehoorzaamt en dat elke gebeurtenis een directe materiële en begrijpelijke reden heeft.' Ze glimlachte veelbetekenend naar me. 'De wetenschappers zijn in veel opzichten niet veel anders geweest dan de anderen in deze periode, snap je. Samen met ieder ander besloten we de plek waar we nu eenmaal waren, aan ons te onderwerpen. We wilden een begrip van het universum tot stand brengen waarin de wereld veilig en beheersbaar leek, en de sceptische houding hield ons gericht op concrete problemen opdat ons bestaan wat minder moeilijk zou lijken.'

Vanaf de brug hadden we het kronkelpad gevolgd door een kleine wei, en hier stonden de bomen weer dichter opeen.

'Met die houding,' vervolgde ze, 'haalde de wetenschap stelselmatig het onzekere en esoterische uit de wereld weg. We concludeerden zoals Isaac Newton dat het universum altijd net als een enorme machine op een voorspelbare manier werkt, want lange tijd was dat het enige dat we bewijzen konden. Gebeurtenissen die gelijktijdig met andere plaatsvonden maar geen oorzakelijk verband hielden, werden toeval genoemd. Toen vonden twee onderzoeken plaats die onze ogen weer openden voor het mysterie in het universum. De laatste decennia is veel geschreven over de revolutie in de natuurkunde, maar de veranderingen komen eigenlijk voort uit twee ontdekkingen: die van de quantummechanica en die van Albert Einstein. Einsteins levenswerk was aantonen dat wat wij als harde materie waarnemen, grotendeels lege ruimte is met een energiepatroon erdoorheen. Dat geldt ook voor onszelf. En de quantummechanica heeft aangetoond op welke verbijsterende resultaten we stuiten als we die energiepatronen op steeds diepere niveaus bekijken.

Uit experimenten is bijvoorbeeld het volgende gebleken: als je die energie in kleine stukjes uiteen laat vallen, in de zogenoemde elementaire deeltjes, en dan gaat kijken hoe ze zich gedragen, dan blijkt de observatie zelf de resultaten te veranderen—alsof die elementaire deeltjes beïnvloed worden door wat de toekijker verwacht. Dat geldt zelfs als die deeltjes daarvoor moeten opduiken op plaatsen waar ze niet kunnen zijn op grond van de wetten van het universum zoals wij die kennen: op twee plaatsen tegelijk, voor- en achteruit in de tijd, dat soort dingen.'

Ze bleef staan en keek me opnieuw aan. 'Met andere woorden: de basismaterie van het universum lijkt in de grond van de zaak een soort pure energie waaraan de menselijke bedoeling vorm kan geven op een manier die ons oude, mechanistische model van het universum tart—alsof onze verwachting zelf zorgt dat onze energie de wereld instroomt en andere energiesystemen beïnvloedt. Wat natuurlijk precies de opvatting is waartoe het Derde Inzicht leidt.'

Ze schudde haar hoofd. 'Helaas nemen de meeste geleerden die gedachte niet serieus. Ze blijven liever sceptisch en wachten of we het bewijzen kunnen.'

'Hé, Sarah, we zijn hier,' riep een zwakke stem uit de verte. Een meter of vijftig rechts van ons zagen we door de bomen iemand zwaaien.

Sarah keek me aan. 'Ik moet even met die mensen praten. Ik heb een vertaling van het Derde Inzicht bij me. Als je wilt, zoek een plekje en ga er wat in lezen tot ik terugkom.'

'Heel graag,' zei ik.

Ze haalde een map uit haar rugzak, gaf die aan mij en liep weg. Ik pakte de map aan en zocht een plekje om te gaan zitten. De bosgrond stond hier vol struiken en was een beetje vochtig, maar naar het oosten werd het hoger. Daar leek een heuveltje te zijn. Ik besloot die kant op te lopen en een stuk droge grond te zoeken.

Boven aan de helling bleef ik vol ontzag staan. Ook hier was het uitzicht ongelooflijk mooi. De knoestige eiken stonden een meter of vijftien uit elkaar en hun brede ledematen leken bovenin helemaal te vergroeien, zodat een soort gewelf ontstond. Op de grond groeiden tropische planten tot zo'n anderhalve meter hoogte en hun bladeren waren soms wel vijftien centimeter breed. Tussen die planten stonden grote varens en met witte bloemen beladen struiken. Ik vond een droog plekje en ging zitten. Ik rook muffe bladeren en de verrukkelijk geurende bloemen.

Ik maakte de map open en vond het begin van de vertaling. Een korte inleiding legde uit dat het Derde Inzicht een herzien begrip van het materiële universum biedt. De bewoordingen ervan leken sterk op Sarahs samenvatting. Ergens tegen het einde van het tweede millennium, luidde de voorspelling, zouden de mensen een nieuwe energie ontdekken die uitstraalde van en de grondslag vormde voor alle dingen, ook onszelf.

Ik bepeinsde die gedachte even en las toen iets dat me fascineerde: volgens het Manuscript begint de menselijke waarneming van die energie met een intenser gevoel voor schoonheid. Terwijl ik daarover nadacht, trok het geluid van iemand die beneden op het pad liep, mijn aandacht. Ik zag Sarah op hetzelfde moment dat zij naar het heuveltje keek en mij zag.

'Het is hier zo fantastisch,' zei ze, toen ze me bereikte. 'Heb je dat stuk over de waarneming van schoonheid al gelezen?'

'Ja,' zei ik, 'maar ik weet niet goed wat het betekent.'

'Verderop in het Manuscript,' zei ze, 'wordt dat gedetailleerder uitgelegd, maar ik zal het kort samenvatten. De waarneming van schoonheid is een soort barometer die aan iedereen verraadt hoe dicht we de waarneming van die energie genaderd zijn. Dat is duidelijk, want als je die energie eenmaal ziet, besef je dat die in hetzelfde continuüm zit als schoonheid.'

'Dat klinkt alsof je die gezien hebt,' zei ik.

Ze keek me zonder enige verlegenheid aan. 'Ja, dat klopt, maar allereerst heb ik een dieper gevoel voor schoonheid ontwikkeld.'

'Maar hoe kan dat dan? Is schoonheid dan niet betrekkelijk?'

Ze schudde haar hoofd. 'Misschien ervaart iedereen iets anders als "mooi", maar de kenmerken die we aan mooie dingen toekennen, zijn vergelijkbaar. Ga maar na. Als wij iets opvallend mooi vinden, vertoont het een duidelijker aanwezigheid, een scherpere vorm en een levendiger kleur, hè? Het treedt naar voren. Het glanst. Het lijkt bijna iriserend vergeleken met de saaiheid van minder aantrekkelijke dingen.'

Ik knikte.

'Kijk maar om je heen,' vervolgde ze. 'Ik weet dat je betoverd bent door deze plek, want dat zijn we allemaal. Alles springt gewoon op je af. De kleuren en vormen lijken vergroot. Welnu, het volgende waarnemingsniveau is dat je rond alles een energieveld ziet hangen.'

Ik had kennelijk verbijsterd gekeken, want ze begon te lachen maar zei toen doodernstig: 'Misschien moeten we maar eens naar de tuinen gaan. Die liggen ruim een halve kilometer verder naar het zuiden. Volgens mij vind je ze interessant.'

Ik bedankte haar voor het feit dat ze de tijd nam om een volmaakt vreemde het Manuscript uit te leggen en me op Viciente rond te leiden.

Ze haalde haar schouders op. 'Volgens mij sta je sympathiek tegenover wat we hier doen,' zei ze. 'En we weten allemaal dat we hier een PR-campagne voeren. Als we verder willen met dit onderzoek, moeten we het in de Verenigde Staten en elders aan de grote klok hangen. De plaatselijke autoriteiten lijken niet al te dol op ons.'

Plotseling riep iemand achter ons: 'Een ogenblikje alstublieft!' We draaiden ons om en zagen drie mannen snel over het pad naar ons toe lopen. Allemaal waren ze eind veertig en stijlvol gekleed.

'Kan iemand van u me vertellen waar de proeftuinen zijn?' vroeg de langste van de drie.

'Kunt ú mij vertellen wat u hier komt doen?' vroeg Sarah op haar beurt.

'Mijn collega's en ik hebben toestemming van de eigenaar om

de tuinen te bekijken en met iemand te praten over het zogenaamde onderzoek dat hier wordt gedaan. Wij zijn van de universiteit van Peru.'
'Zo te horen bent u het niet met onze bevindingen eens,' zei Sarah glimlachend. Ze probeerde kennelijk een lichte toets aan te slaan.
'Allerminst,' zei een van de andere mannen. 'Volgens ons is het belachelijk om te stellen dat je tegenwoordig een soort geheimzinnige energie kunt zien die nooit eerder is waargenomen.'
'Hebt u die weleens probéren te zien?' vroeg Sarah.
De man negeerde dat en vroeg opnieuw: 'Kunt u de weg wijzen naar de tuinen?'
'Natuurlijk,' zei Sarah. 'Een meter of honderd verderop ziet u een pad naar het oosten. Als u dat opgaat, vindt u ze een halve kilometer verderop vanzelf.'
'Dank u,' zei de lange man, en ze liepen haastig weg.
'Je hebt ze de verkeerde kant op gestuurd,' zei ik.
'Niet echt,' antwoordde ze. 'Daar in de buurt zijn andere tuinen. En de mensen daar zijn meer bereid om met dit soort sceptici te praten. Af en toe krijgen we dit soort mensen over de vloer, niet alleen geleerden maar ook nieuwsgierigen, mensen die niet het minste begrip hebben voor wat we hier doen... en dat onderstreept het probleem dat aan het wetenschappelijk begrijpen inherent is.'
'Wat bedoel je?' vroeg ik.
'Zoals ik daarnet al zei, werkte die oude, sceptische houding uitstekend bij het onderzoek van de meer zichtbare en tastbare natuurverschijnselen, zoals bomen of zonneschijn of onweer. Maar er is een andere, subtielere groep waarneembare verschijnselen die je pas kunt bestuderen—en waarvan je zelfs pas weet dat ze bestaan—als je je scepsis even opzij zet of opheft en ze op alle mogelijke manieren probeert waar te nemen. Zodra je dat kunt, keer je weer naar je strenge studie terug.'
'Interessant,' zei ik.
Voor ons uit eindigde het bos, en ik zag tientallen lapjes be-

bouwde grond waarop allemaal verschillende soorten planten groeiden. De meeste leken voor consumptie bestemd: alles van bananen tot spinazie. Langs de oostrand van elk stuk grond liep een breed grindpad noordwaarts naar wat eruitzag als een openbare weg. Langs het pad stonden op regelmatige afstanden drie metalen bijgebouwen, en bij allemaal waren vier of vijf mensen aan het werk.

'Ik zie een paar vrienden van me,' zei Sarah, en wees naar het dichtstbijzijnde gebouw. 'Laten we er even naar toe gaan. Ik wil je graag aan hen voorstellen.'

Sarah liet me kennismaken met drie mannen en één vrouw, die allemaal aan onderzoek bezig waren. De mannen praatten even met me, verontschuldigden zich en gingen weer aan het werk, maar de vrouw—een biologe die Marjorie heette—leek tijd te hebben om te praten.

Ik richtte me tot haar. 'Wat onderzoeken jullie hier precies?'

Die vraag leek haar te overvallen, maar ze glimlachte en antwoordde toen: 'Ik weet niet precies waar ik beginnen moet,' zei ze. 'Zegt het Manuscript je iets?'

'De eerste paar stukken,' zei ik. 'Ik ben net aan het Derde Inzicht begonnen.'

'Dat is precies waar het hier om gaat. Ga mee, ik laat het je wel zien.' Ze gebaarde me haar te volgen en we liepen rond het metalen gebouw naar een veld met bonen. Ze zagen er ongewoon gezond uit, zonder dode bladeren of zichtbare schade door insekten. De planten groeiden in wat een humusrijke, bijna luchtige grond leek, en elke plant stond op een zorgvuldig berekende afstand van de ander. De stengel en bladeren van de ene plant groeiden tot dicht in de buurt van de volgende, maar ze raakten elkaar nooit.

Ze wees naar de dichtstbijzijnde plant. 'We proberen deze planten als energiesystemen te beschouwen en denken aan alles wat ze nodig hebben om te gedijen: bodem, voedingsstoffen, vocht, licht. We hebben ontdekt dat het totale ecosysteem rond elke plant inderdaad een levend systeem, een organisme is. En de gezondheid van alle delen draagt bij tot de gezondheid van het geheel.'

Ze aarzelde even en zei toen: 'Waar het om gaat is het volgende: toen we eenmaal over de energierelaties rond de plant dachten, begonnen we verbazingwekkende resultaten te zien. De planten bij ons onderzoek waren niet duidelijk groter, maar naar de maatstaven van de voedingsleer wel voedzamer.'

'Hoe hebben jullie dat gemeten?'

'Ze bevatten meer eiwitten, koolhydraten, vitamines en mineralen.' Ze keek me vol verwachting aan. 'Maar dat was niet het verbazingwekkendste! We ontdekten dat de planten die de meest gerichte menselijke aandacht hadden gehad, nog rijker aan voedingsmiddelen waren.'

'Wat voor soort aandacht?' vroeg ik.

'Je weet wel,' zei ze, 'van alles doen met de aarde eromheen, elke dag komen kijken; dat soort dingen. We hebben een experiment met een controlegroep gedaan: sommige kregen bijzondere aandacht, andere niet, en onze uitkomst werd bevestigd. Bovendien,' vervolgde ze, 'verbreedden we het uitgangspunt en lieten we een onderzoeker de planten niet alleen aandacht geven maar lieten hem ze ook in feite vragen om sterker te worden. Die ging echt bij ze zitten en richtte al zijn aandacht en zorg op hun groei.'

'En werden ze sterker?'

'Significant, en ze groeiden ook sneller.'

'Dat is ongelooflijk.'

'Ja, dat is het...' Haar stem stierf weg toen ze een oudere man, zo te zien in de zestig, op ons af zag komen. 'De man die daar aankomt, is microvoedingsdeskundige,' zei ze zachtjes. 'Hij kwam hier een jaar geleden voor het eerst en nam meteen een jaar verlof van de universiteit van de staat Washington. Hij heet professor Hains. Hij heeft een paar fantastische onderzoeken gedaan.'

Bij zijn aankomst werd ik voorgesteld. Hij was een sterk uitziende man en had zwart haar met strepen grijs bij de slapen. Na

enige aandrang van Marjorie begon hij zijn onderzoek samen te vatten. Hij stelde vooral belang, vertelde hij, in de werking van de organen, met name in hoeverre die beïnvloed werden door de kwaliteit van het voedsel. Dat werd met uiterst verfijnde bloedproeven gemeten. Bijzonder interessant vond hij de uitkomsten van een speciaal onderzoek waaruit bleek dat de voedzame planten van het soort dat op Viciente groeide, de doeltreffende werking van het lichaam sterk vergrootten—zelfs veel sterker dan redelijkerwijs mocht worden verwacht van de voedingsstoffen zelf, uitgaande van wat we weten over hun werking in het menselijk lichaam. Iets dat aan de structuur van deze planten inherent was, had een nog steeds niet verklaard effect.
Ik keek naar Marjorie en vroeg: 'Maar heeft die gerichte aandacht deze planten dan iets gegeven dat op zijn beurt de menselijke kracht bevordert als ze worden opgegeten? Is dat de energie die in het Manuscript wordt genoemd?'
Marjorie keek de professor aan. Hij glimlachte vaag. 'Dat weet ik nog niet,' zei hij.
Ik vroeg hem naar het onderzoek dat hij nog van plan was. Hij legde uit dat hij een replica van deze tuin in de staat Washington wilde aanleggen en lange-termijnonderzoek beginnen om te kijken of mensen die deze planten aten, meer energie vertoonden of langer gezond bleven. Terwijl hij stond te praten, wierp ik onwillekeurig af en toe een blik op Marjorie. Ik vond haar ineens buitengewoon mooi. Zelfs in haar wijde broek en T-shirt leek haar lichaam lang en slank. Haar ogen en haar waren donkerbruin en haar haar viel in geleidelijk dunnere krullen rond haar gezicht.
Ik voelde een sterke lichamelijke aantrekkingskracht, maar op het moment dat ik me daarvan bewust werd, draaide ze zich om, keek me recht aan en deed een stap achteruit.
'Ik heb een afspraak met iemand,' zei ze. 'Misschien zie ik je straks nog.' Ze nam afscheid van Hains, keek me verlegen aan en liep langs het metalen gebouw het pad af. Na nog een paar minuten praten wenste ik de professor het beste en liep terug

naar de plek waar Sarah stond. Ze stond aandachtig met een van de andere onderzoekers te praten, maar volgde me met haar ogen. 'Iets ontdekt?' vroeg ze.

'Ja,' zei ik afwezig. 'Zo te horen doen ze hier interessante dingen.'

Ik keek naar de grond toen ze vroeg: 'Waar is Marjorie heen?'

Toen ik opkeek, zag ik haar vermaakt kijken.

'Ze zei dat ze een afspraak had.'

'Heb je haar verjaagd?' vroeg ze glimlachend.

Ik lachte. 'Dat zal wel. Maar ik heb geen woord gezegd.'

'Dat hoefde ook niet,' zei ze. 'Marjorie nam een verandering in je veld waar. Die was nogal opvallend. Ik kon het van hier af zien.'

'Een verandering in mijn wat?'

'In het energieveld rond je lichaam. De meesten van ons hebben dat leren zien, in ieder geval in een bepaald licht. Als iemand seksuele gedachten heeft, gaat zijn energieveld op een bepaalde manier tollen en reikt letterlijk naar degene die het doelwit is.'

Dit leek me totale waanzin, maar voordat ik iets kon zeggen, werden we afgeleid doordat diverse mensen het gebouw uit kwamen.

'Tijd voor de energieprojecties,' zei Sarah. 'Die wil je vast graag zien.'

We liepen achter vier jongemannen, kennelijk studenten, naar een maïsveld. Toen we dichterbij kwamen, zag ik dat het veld eigenlijk uit twee kleinere velden bestond, allebei van een meter of drie in het vierkant. Op het ene stond de maïs ongeveer zestig centimeter hoog, op het andere minder dan vijfenveertig. De vier mannen liepen naar de hoge maïs en gingen elk op een hoek van het veldje zitten met hun gezicht naar het midden. Als op bevel leken ze allemaal hun blik op de planten te richten. Het was laat in de middag, de zon scheen van achter me en baadde het veldje in een zacht, amberkleurig licht, maar de bossen in de verte bleven donker. Het maïsveldje en de studenten waren afgetekend tegen een bijna zwarte achtergrond.

Sarah stond naast me. ‘Dit is perfect!’ zei ze. ‘Kijk! Kun je dat zien?’
‘Wat?’
‘Ze projecteren hun energie op de planten.’
Ik keek aandachtig naar het tafereel, maar zag niets bijzonders. ‘Ik zie niets,’ zei ik.
‘Ga dan wat lager op je hurken zitten,’ zei Sarah, ‘en richt je aandacht op de ruimte tussen de mensen en de planten.’
Even dacht ik dat ik licht zag flikkeren, maar concludeerde dat dat gewoon een nabeeld of gezichtsbedrog was. Ik probeerde nog een paar maal iets te zien, maar gaf het toen op. ‘’t Lukt niet,’ zei ik, terwijl ik opstond.
Sarah klopte me op mijn schouder. ‘Maak je maar geen zorgen. De eerste keer is altijd de moeilijkste. Meestal moet je eerst wat experimenteren met de manier waarop je je blik richt.’
Een van de mensen die aan het mediteren waren, wierp een blik op ons en legde zijn vinger op zijn lippen, en we liepen dus weer naar het gebouw.
‘Blijf je nog lang op Viciente?’ vroeg Sarah.
‘Waarschijnlijk niet,’ zei ik. ‘Ik ben hier samen met iemand die het laatste deel van het Manuscript zoekt.’
Ze keek verrast. ‘Ik dacht dat we alles al hadden. Maar goed, dat soort dingen weet ik nooit. Ik ga zo op in het deel dat met mijn werk te maken heeft, dat ik van de rest niet veel gelezen heb.’
Onwillekeurig reikte ik naar mijn broekzak, want plotseling wist ik niet meer waar Sarahs vertaling was. De papieren zaten opgerold in mijn achterzak.
‘Weet je,’ zei Sarah. ‘We hebben ontdekt dat twee momenten van de dag in het bijzonder ervoor zorgen dat je de energievelden ziet. De ene is de zonsondergang. De andere zonsopgang. Als je wilt, maken we een afspraak voor morgenochtend vroeg. Dan proberen we het opnieuw.’ Ze pakte de map aan. ‘Die kant op,’ vervolgde ze. ‘Ik kan de vertaling kopiëren, en dan kun je hem meenemen.’
Ik overwoog haar voorstel even en stelde vast dat dat geen

kwaad kon. 'Waarom niet?' zei ik. 'Maar dat moet ik even overleggen met mijn vriend, want ik weet niet of we genoeg tijd hebben.' Ik glimlachte naar haar. 'Waarom denk je eigenlijk dat ik dat spul kan leren zien?'

'Noem het maar intuïtie.'

We maakten een afspraak voor zes uur 's morgens op de heuvel en ik begon in mijn eentje aan de anderhalve kilometer van de terugweg naar het huis. De zon was al weg, maar zijn licht baadde de grijze wolken langs de horizon nog in oranje tinten. Het was een beetje kil, maar er stond geen wind.

In het huis stond een rij mensen bij de serveerbalie in de enorme eetzaal. Ik had honger en liep naar de kop van de rij om te zien wat er die avond te eten was. Wil en professor Hains stonden bijna voorin over ditjes en datjes te praten.

'Dag,' zei Wil. 'Hoe ging het vanmiddag?'

'Fantastisch,' zei ik.

'Dit is William Hains,' vervolgde Wil.

'Ja,' zei ik. 'We hebben elkaar al ontmoet.'

De professor knikte.

Ik vertelde dat ik de volgende ochtend vroeg een afspraak had. Wil zag geen probleem, want hij wilde nog een paar mensen zien te vinden die hij nog niet gesproken had en verwachtte niet vóór negenen te kunnen vertrekken.

Op dat moment bewoog de rij zich naar voren en de mensen achter ons nodigden me uit om me bij mijn vrienden te voegen. Ik ging naast de professor in de rij staan.

'Wat vindt u van wat we hier doen?' vroeg Hains.

'Ik weet het niet,' zei ik. 'Ik probeer het een beetje tot me te laten doordringen. Dat idee van energievelden is voor mij nieuw.'

'De werkelijkheid ervan is voor iedereen nieuw,' zei hij, 'maar het interessante is dat die energie precies datgene is waarnaar de wetenschap altijd heeft gezocht: de gemeenschappelijke basis van alle materie. Vooral sinds Einstein heeft de natuurkunde een veldtheorie gezocht. Ik weet niet of die energie die theorie levert, maar het Manuscript heeft op z'n allerminst tot interessant onderzoek geleid.'

'Wat zou de wetenschap eisen om dat idee te aanvaarden?' vroeg ik.

'Een manier om de energie te meten,' zei hij. 'Het bestaan van deze energie is eigenlijk niet eens vreselijk nieuw. Karateka's hebben altijd gepraat over de fundamentele *tsji*-energie van waaruit ze schijnbaar onmogelijke stunts uithalen, zoals het breken van bakstenen met hun handen of onbeweeglijk op één plek blijven zitten terwijl vier mannen hen omver proberen te duwen. En allemaal hebben we atleten spectaculaire bewegingen zien maken; ze wentelen en draaien en hangen in de lucht, daarbij de zwaartekracht tartend. Dat is allemaal het gevolg van die verborgen energie waaruit we kunnen putten. Maar natuurlijk wordt het idee pas gemakkelijker aanvaard als meer mensen haar kunnen waarnemen.'

'Hebt u die energie zelf weleens gezien?' vroeg ik.

'Ik heb iets gezien,' zei hij, 'maar dat hangt echt af van wat ik gegeten heb.'

'Hoezo?'

'De mensen hier die de energievelden makkelijk kunnen zien, eten vooral groente. En meestal eten ze alleen die uiterst krachtige planten die ze zelf gekweekt hebben.'

Hij wees naar de voedselbalie. 'Een deel daarvan komt hier vandaan, maar goddank serveren ze ook wat vis en gevogelte voor ouwe knakkers zoals ik die verslaafd zijn aan vlees. Maar als ik mezelf dwing om anders te eten, kan ik inderdaad iets zien.'

Ik vroeg waarom hij zijn manier van eten dan niet langduriger veranderd had.

'Ik weet het niet,' zei hij. 'Oude gewoonten zijn taai.'

De rij schoof naar voren en ik bestelde alleen groente. We gingen met z'n drieën aan een grotere tafel met gasten zitten en praatten een uurtje over van alles en nog wat. Toen liepen Wil en ik naar de jeep om onze spullen te halen. 'Heb jij die energievelden gezien?' vroeg ik.

Hij glimlachte en knikte. 'Mijn kamer is op de eerste verdieping,' zei hij. 'De jouwe op de derde. Kamer 306. Je kunt bij de receptie je sleutel ophalen.'

De kamer had geen telefoon, maar een personeelslid dat ik in de gang tegenkwam, verzekerde me dat iemand stipt om vijf uur de volgende ochtend op mijn deur zou kloppen. Ik ging liggen en dacht een paar minuten na. Het was een lange en overvolle middag geweest, en ik begreep Wils zwijgen. Hij wilde me het Derde Inzicht op mijn eigen manier laten ervaren.

Ik werd wakker doordat iemand op de deur bonsde. Ik keek op mijn horloge: vijf uur. Toen de man opnieuw klopte, riep ik: 'Dank u,' hard genoeg om hoorbaar te zijn. Ik stond op en keek door het kleine raamkozijn. Het enige voorteken van de ochtend was een bleke lichtgloed in het oosten.

Ik liep de gang door, douchte me, kleedde me snel aan en liep naar beneden. De eetzaal was open en verrassend veel mensen waren al op. Ik at alleen wat fruit en liep snel naar buiten.

Mistvlagen zweefden over het terrein en bleven boven de verre weilanden hangen. Zangvogels riepen elkaar vanuit de bomen toe. Toen ik bij het huis vandaan liep, kwam het bovenste randje van de zon net boven de horizon uit. De kleuren waren spectaculair en de hemel was diepblauw boven een heldere, perzikkleurige horizon. Ik was een kwartier te vroeg bij het heuveltje. Ik ging dus zitten en leunde, gefascineerd door het web van knoestige takken boven mijn hoofd, tegen de stam van een grote boom. Een paar minuten later hoorde ik iemand over het pad mijn kant op komen. Ik keek en verwachtte Sarah te zien, maar het was een man van midden veertig die ik niet kende. Hij verliet het pad en kwam mijn richting uit zonder me op te merken. Pas toen hij drie meter bij me vandaan was zag hij me plotseling, en bij zijn schrik deinsde ook ik terug.

'O, hallo,' zei hij met een zwaar Brooklyns accent. Hij had een spijkerbroek en trekkerslaarzen aan en zag er ongewoon fit en atletisch uit. Zijn haar krulde en stond een beetje uit.

Ik knikte.
'Sorry dat ik je overviel,' zei hij.
'Geeft niet.'
Hij vertelde dat hij Phil Stone heette, en ik zei wie ik was en dat ik op een kennis wachtte. 'Je doet hier zeker onderzoek,' voegde ik eraan toe.
'Eigenlijk niet,' antwoordde hij. 'Ik werk voor de universiteit van Zuid-Californië. We doen in een andere provincie onderzoek naar de uitputting van het regenwoud, maar altijd als ik in de gelegenheid ben, rij ik hierheen om even bij te komen. Ik ben graag in heel verschillende bossen.' Hij keek rond. 'Besef je dat sommige bomen hier bijna vijfhonderd jaar oud zijn? Dit is echt maagdelijk bos, en dat zie je niet vaak. Alles is volmaakt in evenwicht: de grotere bomen filteren het zonlicht, waardoor beneden een overvloedige tropische plantengroei kan gedijen. Het planteleven in een regenwoud is ook oud, maar kent een andere groei. Dat is vooral oerwoud. Dit lijkt meer op een oud bos in een gematigde streek zoals de VS.'
'Zo'n omgeving als hier heb ik nooit eerder gezien,' zei ik.
'Dat klopt,' zei hij. 'Er zijn er nog maar een paar. De meeste die ik ken, worden door de overheid aan houtbelangen verkocht, alsof ze in een bos als dit alleen maar zo- en zoveel kuub hout zien. Het zou een schande zijn als iemand met een plek als deze ging knoeien. Kijk maar naar de energie.'
'Kun jij de energie hier zien?' vroeg ik.
Hij keek me aandachtig aan, alsof hij overwoog of hij daarop moest ingaan. 'Ja, inderdaad,' zei hij toen.
'Nou, ik kan 't niet,' zei ik. 'Ik heb het gisteren geprobeerd toen ze met de planten in de tuin aan het mediteren waren.
'In het begin kon ik zulke grote velden ook niet zien,' zei hij. 'Ik moest eerst naar mijn vingers kijken.'
'Wat bedoel je?'
'Laten we even daarheen gaan,' zei hij, en wees naar een stuk bos waar de bomen iets verder uit elkaar stonden en de blauwe lucht te zien was. 'Ik zal het je voordoen.'

Toen we er waren, zei hij: 'Leun achterover en leg de toppen van je wijsvingers tegen elkaar. Houd de blauwe lucht op de achtergrond. Haal je vingers nu een paar centimeter van elkaar en kijk naar het stukje ertussen. Wat zie je?'
'Stof op mijn ooglens.'
'Negeer dat,' zei hij. 'Ga een beetje wazig kijken, breng je vingers dichter naar elkaar en daarna verder van elkaar af.'
Terwijl hij zat te praten, bewoog ik mijn vingers een beetje, maar ik wist niet precies wat hij bedoelde met 'een beetje wazig kijken'. Eindelijk richtte ik mijn blik min of meer op het gebied tussen mijn vingers. Beide vingertoppen vervaagden een beetje, en toen dat gebeurde, zag ik tussen mijn vingertoppen iets dat op rooksliertjes leek. 'Goeie hemel,' zei ik, en legde uit wat ik zag.
'Dat is 't! Dat is 't!' zei hij. 'Nu moet je er een beetje mee spelen.'
Ik legde mijn vier vingers tegen elkaar en toen ook mijn handpalmen en onderarmen. Steeds bleef ik flitsen energie tussen mijn lichaamsdelen zien. Ik liet mijn armen vallen en keek Phil aan.
'Wil je de mijne zien?' vroeg hij. Hij stond op, liep een halve meter naar achteren en hield zijn hoofd en romp zodanig dat de hemel recht achter hem was. Ik probeerde het een paar minuten, maar een geluid achter ons verbrak mijn concentratie. Ik draaide me om en zag Sarah.
Phil deed een stap naar voren en grijnsde breed. 'Dit is die kennis op wie je wachtte?'
Toen Sarah in de buurt kwam, glimlachte ook zij. 'Hé, ik ken jou,' zei ze op Phil wijzend.
Ze omhelsden elkaar warm, en toen keek Sarah me aan en zei: 'Sorry dat ik zo laat ben. Om een of andere reden liep mijn mentale wekker niet af. Maar ik denk dat ik wel weet waarom. Op die manier hadden jullie de kans om te praten. Wat hebben jullie gedaan?'
'Hij heeft net geleerd om de velden tussen zijn vingers te zien,' zei Phil.

Sarah keek me aan. 'Vorig jaar waren Phil en ik hier op deze zelfde plek en leerden we hetzelfde.' Ze wierp een blik op Phil. 'Laten we met onze ruggen naar elkaar gaan staan. Misschien ziet hij de energie tussen ons.'

Ze gingen met hun ruggen naar elkaar toe staan. Ik stelde voor om wat dichter in mijn buurt te komen, en ze liepen naar me toe tot ze op ruim een meter afstand waren. Ze stonden afgetekend tegen een hemel die in die richting nog steeds donkerblauw was. Tot mijn verrassing leek de ruimte tussen hun ruggen lichter: geel of geelachtig roze.

'Hij ziet het,' zei Phil, die mijn gelaatsuitdrukking zag.

Sarah draaide zich om en greep Phil bij de arm. Samen liepen ze langzaam bij me uit de buurt tot hun lichamen op een meter of drie afstand waren. Rond het bovenste deel van hun romp hing een bleekroze energieveld.

'Oké,' zei Sarah ernstig. Ze was naar me toe gelopen en ging op haar hurken naast me zitten. 'Kijk nu naar de omgeving, hoe mooi het is.' Ik keek meteen vol ontzag naar de vormen om me heen. Ik leek me op elke zware eik als geheel te kunnen concentreren—niet alleen maar op een onderdeel maar op de hele vorm tegelijk. Ik werd direct getroffen door het uniek gevormde samenstel van ledematen dat elke boom vertoonde. Ik keek van de ene naar de andere, overal om me heen. Door dat te doen werd de gevoelde aanwezigheid versterkt die elke eik naar me uitstraalde alsof ik ze voor het eerst zag, of ze in ieder geval voor het eerst echt tot me liet doordringen.

Plotseling trokken de tropische planten onder de enorme bomen mijn aandacht. Opnieuw keek ik naar de unieke vorm van elke plant. Ook viel me op hoe de exemplaren van elke soort dicht bij elkaar groeiden in wat wel kleine gemeenschappen leken. Grote bananeboomachtige planten waren vaak omringd door kleine filodendrons die op hun beurt weer tussen nog kleinere varenachtige planten stonden. Naar die minibiotopen kijkend werd ik opnieuw getroffen door hoe uniek hun aanwezigheid en contouren waren.

Een bijzondere bladplant op minder dan drie meter afstand trok mijn aandacht. Ik had precies deze plantesoort, een speciale variëteit van de filodendron, thuis vaak als potplant gehad. Zijn donkergroene bladeren vertakten zich tot ruim één meter doorsnee. De plant zag er volmaakt gezond en vitaal uit.
'Ja, concentreer je op die, maar losjes,' zei Sarah.
Al doende speelde ik met het brandpunt van mijn ogen. Op zeker moment probeerde ik me te concentreren op een gebied van vijftien centimeter naast elk deel van de plant. Langzamerhand begon ik flikkerend licht te zien en toen zag ik zelfs met één enkele aanpassing van mijn blik een bel wit licht rond de hele plant.
'Nu zie ik iets,' zei ik.
'Kijk maar eens rond,' zei Sarah.
Geschokt deed ik een stap naar achteren. Rond elke plant die ik zien kon, hing een veld van wit licht, zichtbaar maar volledig doorschijnend, zodat niets van de vorm of kleur van de plant aan het oog werd onttrokken. Ik besefte wat ik zag: een uitbreiding van de unieke schoonheid van elke plant. Het was net alsof ik eerst de planten had gezien en daarna hun unieke aanwezigheid, en of de zuivere schoonheid van hun materiële uiting ten slotte door iets was versterkt, zodat ik op dat moment de energievelden kon zien.
''s Kijken of je dit ziet,' zei Sarah. Met haar gezicht naar de filodendron ging ze voor me op de grond zitten. Een pluim wit licht rond haar lichaam reikte naar buiten en omvatte de plant. De doorsnee van het energieveld van de filodendron werd op zijn beurt minstens een meter breder.
'Verrek!' riep ik uit, wat aan de twee vrienden gelach ontlokte. Algauw lachte ik ook. Ik wist natuurlijk hoe vreemd deze gebeurtenissen waren, maar voelde geen onbehagen nu ik heel gemakkelijk verschijnselen zag die ik een paar minuten eerder nog volmaakt had betwijfeld. Ik besefte dat de waarneming van de velden geen surrealistisch gevoel bij me opriep, maar zorgde dat de dingen om me heen steviger en echter leken dan eerst.

Maar tegelijkertijd leek alles om me heen anders. Mijn enige aanknopingspunt voor deze ervaring was misschien een film waarin de kleuren van een bos versterkt waren om een mystiek en betoverd effect te bereiken. De planten, de bladeren, de hemel vertoonden zich nu met een aanwezigheid en een lichte flikkering die daar een leven—misschien wel bewustzijn—deed vermoeden dat je normale uitgangspunten oversteeg. Nu ik dit gezien had, zou geen bos me ooit nog onverschillig laten.

Ik keek naar Phil. 'Ga zitten en richt je energie op de filodendron,' zei ik. 'Ik wil vergelijken.'

Phil leek onthutst. 'Dat kan ik niet,' zei hij. 'Ik weet niet waarom.'

Ik keek Sarah aan. 'Sommige mensen kunnen het, anderen niet,' zei ze. 'Daar zijn we nog niet achter. Marjorie moet haar ouderejaarsstudenten testen om te zien wie het kan. Een paar psychologen proberen dit vermogen in verband te brengen met persoonlijkheidskenmerken, maar tot dusver weet niemand iets.'

'Laat mij het proberen,' zei ik.

'Ga je gang,' zei Sarah.

Ik ging weer zitten en keek naar de plant. Sarah en Phil stonden links en rechts van me. 'Oké, hoe moet ik beginnen?'

'Richt gewoon je aandacht op de plant alsof je hem met je energie wilt opblazen als een ballon,' zei Sarah.

Ik keek naar de plant en stelde me er zwellende energie in voor. Na een paar minuten keek ik de anderen aan.

'Het spijt me,' zei Sarah droog. 'Je bent kennelijk niet uitverkoren.'

Spottend fronste ik mijn wenkbrauwen in Phils richting. Boze stemmen vanaf het pad beneden onderbraken ons gesprek. Door de bomen zagen we een groep mannen voorbijlopen die luid met elkaar praatten.

'Wie zijn dat?' vroeg Phil met een blik op Sarah.

'Dat weet ik niet,' zei ze. 'Alweer een paar lieden die niet kunnen velen wat we doen, denk ik.'

Ik keek om naar het bos om ons heen. Alles leek weer normaal.
'Hé, ik zie de energievelden niet meer!'
'Sommige dingen zijn echte dompers,' merkte Sarah op.
Phil glimlachte en klopte op mijn schouder. 'Van nu af aan kun je het altijd. Het is net zoiets als fietsen. Je hoeft alleen maar de schoonheid te zien en vandaaruit uit te breiden.'
Plotseling schoot me te binnen dat ik de tijd niet mocht vergeten. De zon stond al veel hoger aan de hemel en de bomen zwaaiden in een lichte ochtendbries heen en weer. Het bleek tien voor acht. 'Ik kan maar beter teruggaan,' zei ik.
Sarah en Phil liepen met me mee, en onder het lopen keek ik om naar de beboste helling. 'Wat is het hier mooi,' zei ik, 'en wat jammer dat er in de Verenigde Staten niet meer van dit soort plekken zijn.'
'Als je de energievelden in andere streken ziet,' zei Phil, 'besef je pas hoe dynamisch dit bos is. Kijk maar naar die eiken. Die zijn in Peru heel zeldzaam, maar op Viciente groeien ze. Vooral bossen waar het hardhout is weggehaald om er op commerciële basis dennen te kweken, hebben een heel laag energieveld. En een stad heeft weer een heel ander soort energieveld, afgezien van de mensen.'
Ik probeerde me op de planten langs het pad te concentreren, maar door het lopen lukte dat niet. 'Weet je zeker dat ik die velden nog steeds kan zien?' vroeg ik.
'Honderd procent,' zei Sarah. 'Ik heb nog nooit gehoord van iemand die ze maar één keer zag en het daarna niet meer kon. We hebben hier een tijdje een oogdeskundige gehad. Die werd helemaal opgewonden toen hij de velden had leren zien. Hij bleek met bepaalde gezichtsafwijkingen te werken, onder andere vormen van kleurenblindheid, en concludeerde dat sommige mensen iets in hun ogen hebben wat hij luie receptoren noemt. Hij had mensen kleuren leren zien die ze nooit eerder ervaren hadden. Volgens hem is het zien van die energievelden een kwestie van hetzelfde doen, namelijk andere slapende receptoren wekken, en theoretisch kan iedereen dat.'

'Ik wou dat ik hier in de buurt woonde.'
'Wie niet?' vroeg Phil, die langs me heen naar Sarah keek. 'Is professor Hains er nog?'
'Ja,' zei Sarah. 'Hij kan niet weg.'
Phil keek me aan. 'Die vent doet heel interessant onderzoek naar wat die energie voor iemand kan doen.'
'Ja,' zei ik. 'Ik heb gisteren met hem gepraat.'
'De laatste keer dat ik hier was,' vervolgde Phil, 'vertelde hij me dat hij onderzoek wil doen naar de lichamelijke effecten bij mensen die in de buurt van energierijke omgevingen verkeren, zoals dat bos daar. Hij wou steeds op dezelfde manier de werking van de organen en hun produktie meten om het effect te zien.'
'Nou, dat effect kennen we al,' zei Sarah. 'Steeds als ik naar dit landgoed rijd, begin ik me beter te voelen. Alles is versterkt. Ik lijk sterker. Ik denk helderder en sneller. En de inzichten die ik in dit alles krijg en hoe dat met mijn werk te maken heeft, zijn verbazingwekkend.'
'Waar werk je aan?' vroeg ik.
'Weet je nog dat ik je vertelde over die verbijsterende experimenten in de deeltjesfysica, waarin die kleine atoombrokjes opduiken waar de onderzoekers ze verwachtten?'
'Ja.'
'Nou, dat idee heb ik een beetje proberen uit te breiden met wat eigen experimenten. Niet om de problemen van de subatomaire deeltjes op te lossen waar die mensen mee bezig zijn, maar om kwesties te onderzoeken waar ik het al eerder over heb gehad. In welke mate reageert het materiële universum als geheel—dat immers uit dezelfde basisenergie bestaat—op onze verwachtingen? In hoeverre scheppen onze verwachtingen alles wat er om ons heen gebeurt?'
'Je bedoelt het toeval?'
'Ja, denk maar aan wat er in je leven gebeurt. Het oude idee van Newton was dat alles toevallig gebeurt. Je kunt goede beslissingen nemen en op alles voorbereid zijn, maar alle gebeurtenissen

hebben hun eigen oorzaak en gevolg, en die hangen niet van onze houding af. Na de jongste ontdekkingen van de moderne natuurkunde hebben we het recht ons af te vragen of het universum niet dynamischer is dan dat. Misschien is de basisoperatie van het universum mechanisch, maar reageert het ook subtiel op de mentale energie die we ernaar uitstralen. Ik bedoel: waarom niet? Als we planten sneller kunnen laten groeien, kunnen we misschien ook zorgen dat bepaalde dingen sneller gebeuren—of langzamer, al naar gelang.'

'Zegt het Manuscript daar wat over?'

Sarah glimlachte naar me. 'Natuurlijk, daar halen we al die ideeën vandaan.' Ze begon al lopend in haar rugzak te graven en haalde er eindelijk een map uit.

'Hier is je kopie,' zei ze.

Ik wierp er even een blik op en stak hem in mijn zak. We staken de brug over, en ik bleef even naar de kleuren en vormen van de planten om me heen staan kijken. Ik stelde de focus van mijn ogen bij en zag direct de energievelden rond alles wat zichtbaar was. Sarah en Phil hadden allebei grote velden met een soort geelgroene tint, hoewel door Sarahs veld af en toe iets rozigs flitste.

Plotseling bleven ze allebei staan en keken aandachtig het pad af. Een meter of vijftien voor ons uit kwam een man snel op ons af. Bezorgdheid welde in me op, maar ik wilde met alle geweld naar de energievelden blijven kijken. Toen hij vlak bij ons was, herkende ik hem; hij was de langste van de drie wetenschappers van de universiteit van Peru, die gisteren de weg hadden gevraagd. Om hem heen ontdekte ik een laag rood.

Toen hij bij ons stond, wendde hij zich tot Sarah en zei neerbuigend: 'U bent onderzoekster, hè?'

'Dat klopt,' antwoordde Sarah.

'Maar hoe kunt u dan dit soort wetenschap toestaan? Ik heb de tuinen gezien, en de onzorgvuldigheid is ongelooflijk. Die mensen controleren niets. Dat bepaalde planten langer worden, kan wel honderd verklaringen hebben.'

'Alles controleren is onmogelijk, meneer. We kijken naar algemene tendensen.' Ik hoorde iets scherps in Sarahs stem komen. 'Maar het postuleren van een nieuwe, zichtbare energie die aan de chemie van levende dingen ten grondslag ligt... dat is absurd. U hebt geen enkel bewijs.'
'Die bewijzen zoeken we juist.'
'Maar hoe kunt u het bestaan van iets postuleren voordat u bewijzen hebt?'
De stemmen van beiden klonken nu boos, maar ik luisterde maar half. Al mijn aandacht werd opgeëist door de dynamica van hun energievelden. Bij het begin van de discussie waren Phil en ik een paar stappen naar achteren gegaan, en Sarah en de langere man stonden in de gevechtshouding tegenover elkaar met ruim een meter tussenruimte. Hun energievelden leken onmiddellijk dichter te worden en in opwinding te raken, alsof er innerlijke trillingen aan het werk waren. Naarmate het gesprek vorderde, begonnen hun velden zich te mengen. Als een van beiden iets naar voren bracht, maakte zijn veld een beweging alsof het met een soort vacuümmanoeuvre aan het veld van de ander zoog. Maar als de ander dan riposteerde, trok het veld zich weer terug. De dynamica van de energievelden leek zodanig te werken dat iemand die scoorde, een deel van het veld van zijn tegenstander in beslag nam en naar zich toe trok.
'Bovendien,' zei Sarah tegen de man, 'hebben we de verschijnselen die we proberen te begrijpen, waargenomen.'
De man keek Sarah vanuit de hoogte aan. 'Dan bent u niet alleen incompetent maar ook krankzinnig,' zei hij, en liep weg.
'Je bent een dinosaurus!' riep Sarah, en Phil en ik moesten lachen. Maar Sarah was nog steeds gespannen. 'Die mensen maken me woedend,' zei ze, toen we onze wandeling over het pad hervatten.
'Trek je er niks van aan,' zei Phil. 'Af en toe komt dit soort mensen hier langs.'
'Maar waarom zoveel?' vroeg Sarah. 'En waarom uitgerekend nu?'

Toen we naar het huis liepen, zag ik Wil bij de jeep. De deuren van de auto stonden open en op de motorkap lag gereedschap. Hij zag me direct en wenkte dat ik moest komen.
'Nou, zo te zien moet ik zo dadelijk weg,' zei ik.
Die opmerking verbrak een tien minuten durende stilte, die begonnen was toen ik had proberen uit te leggen wat ik tijdens de discussie met Sarahs energie had zien gebeuren. Ik had me kennelijk niet goed uitgedrukt, want mijn opmerkingen hadden hun alleen een lege staarblik ontlokt, en de rest van de tijd hadden we ons in onszelf verdiept.
'Het was leuk je te leren kennen,' zei Sarah, en stak haar hand uit.
Phil keek naar de jeep. 'Is dat niet Wil James?' vroeg hij. 'Reis je met hem?'
'Ja,' zei ik. 'Waarom?'
'Dat vroeg ik me alleen maar af. Ik heb hem hier al eerder gezien. Hij kent de eigenaar van het huis en hoorde tot de eerste groep die het onderzoek naar de energievelden hier stimuleerde.'
'Ga maar mee, dan stel ik je voor,' zei ik.
'Nee, ik moet weg,' zei hij. 'Ik zie je hier later nog wel eens. Ik weet dat je hier niet weg kunt blijven.'
'Geen twijfel mogelijk,' zei ik.
Sarah onderbrak ons met de mededeling dat ook zij weg moest en dat ik via het huis contact met haar kon opnemen. Ik hield hen nog een paar minuten staande om hen voor hun lessen te bedanken.
Sarah begon ernstig te kijken. 'Als iemand de energie leert zien en deze nieuwe manier van de materiële wereld waarnemen onder de knie krijgt, verloopt dat via een soort besmetting. We begrijpen het nog niet, maar als iemand in de buurt is van mensen die de energie zien, dan begint hij die meestal ook zelf te zien. Vergeet dus niet om het aan anderen te laten zien.'
Ik knikte en liep haastig naar de jeep. Wil begroette me met een glimlach. 'Zo ongeveer klaar?' vroeg ik.

'Bijna,' zei hij. 'Hoe was het vanochtend?'
'Heel interessant,' zei ik. 'Ik heb een boel met je te bepraten.'
'Dat moet je maar even opzouten,' zei hij. 'We moeten hier weg. Het begint er wat onaangenaam uit te zien.'
Ik ging dichter bij hem staan. 'Wat is er aan de hand?' vroeg ik.
'Niets echt ernstigs,' zei hij. 'Ik leg het straks wel uit. Haal je spullen.'
Ik liep naar het huis en haalde de paar dingen die nog in mijn kamer lagen. Wil had me al eerder verteld dat mijn verblijf me werd aangeboden door de eigenaar en dat ik niets hoefde te betalen. Ik liep dus naar de receptie, overhandigde mijn sleutel en liep weer naar de jeep buiten.
Wil controleerde iets onder de motorkap, die hij dichtsloeg toen ik aan kwam lopen. 'Oké,' zei hij. 'We gaan.'
We reden het parkeerterrein af en toen over het pad naar de hoofdweg. Diverse auto's reden gelijk met ons weg.
'Wat is er dus aan de hand?' vroeg ik.
'Een stel plaatselijke ambtenaren,' antwoordde hij, 'en een paar wetenschappelijke types hebben geklaagd over de mensen die met dit conferentieoord te maken hebben. Ze beschuldigen ons niet van iets onwettigs. Ze zeggen alleen maar dat een paar mensen die hier rondhangen, misschien "ongewenst" zijn, zoals zij het noemen, en geen echte geleerden. Die ambtenaren kunnen een hoop problemen veroorzaken en daarmee het conferentieoord het werken echt onmogelijk maken.'
Ik keek hem uitdrukkingsloos aan, en hij vervolgde: 'Weet je, normaal gesproken heeft het huis diverse groepen tegelijk onder zijn dak. Een klein aantal van hen heeft iets te maken met onderzoek op grond van het Manuscript. De andere groepen zijn met hun eigen vakgebied bezig en komen hier vanwege de mooie omgeving. Als die ambtenaren te vervelend gaan doen en een negatief klimaat scheppen, komen die groepen hier niet meer.'
'Maar je zei toch dat de plaatselijke autoriteiten zich niet bemoeien met het toeristengeld dat via Viciente binnenkomt?'

'Dat dacht ik ook. Iemand heeft ze zenuwachtig gemaakt over het Manuscript. Begreep iemand in de tuinen wat er gaande was?'

'Nee, niet echt,' zei ik. 'Ze vroegen zich alleen af waarom er plotseling zoveel boze mensen rondliepen.'

Wil zweeg. We reden door de poort en draaiden naar het zuidoosten. Een paar kilometer later namen we een andere weg recht naar het oosten, in de richting van de bergketen in de verte.

'We komen vlak langs de tuinen,' zei Wil na een tijdje.

Voor me uit zag ik de veldjes en het eerste metalen gebouw. Toen we er langsreden, ging de deur open en zat ik oog in oog met degene die naar buiten kwam. Het was Marjorie. Ze draaide zich om toen we voorbijreden en onze blikken hielden elkaar even vast.

'Wie was dat?' vroeg Wil.

'Een vrouw die ik gisteren ontmoet heb,' antwoordde ik.

Hij knikte en ging toen op iets anders over. 'Heb je een blik op het Derde Inzicht kunnen werpen?'

'Ik heb een kopie gekregen.'

Wil antwoordde niet en leek in gedachten verzonken. Ik haalde dus de vertaling te voorschijn en vond de plek waar ik gebleven was. Vanaf dat punt weidde het Derde Inzicht uit over de aard van de schoonheid en beschreef die waarneming als het middel waarmee de mensen uiteindelijk energievelden leerden zien. Als dat eenmaal gebeurde, stond er, zou ons begrip van het materiële universum snel veranderen. We zouden bijvoorbeeld meer voedsel gaan eten dat nog vol met deze energie zat, en beseffen dat bepaalde plaatsen meer energie uitstralen dan andere en dat de hoogste straling afkomstig is van oude natuurlijke omgevingen, vooral bossen. Ik wilde net aan de laatste bladzijden beginnen, toen Wil plotseling begon te praten. 'Vertel eens wat je daar in die tuinen ervaren hebt,' zei hij.

Zo goed en gedetailleerd mogelijk vertelde ik over de gebeurtenissen van deze twee dagen, zonder de mensen te vergeten die ik ontmoet had. Toen ik over mijn ontmoeting met Marjorie vertelde, keek hij me glimlachend aan.

'Heb je met die mensen over de andere inzichten gepraat en hoe die samenhangen met wat ze in de tuinen aan het doen zijn?' vroeg hij.

'Daar heb ik het helemaal niet over gehad,' antwoordde ik. 'Eerst vertrouwde ik ze niet en later ging ik er gewoon van uit dat ze meer wisten dan ik.'

'Als je volmaakt eerlijk was geweest, had je hun belangrijke informatie kunnen geven, denk ik.'

'Wat voor informatie?'

Hij keek me warm aan. 'Dat weet alleen jij.'

Ik wist niet wat ik zeggen moest en keek dus naar het landschap. Het werd steeds heuvelachtiger en rotsiger. Grote granieten uitsteeksels hingen over de weg.

'Wat maak jij op uit het feit dat je Marjorie weer zag toen we langs de tuinen reden?' vroeg Wil.

Ik wilde 'gewoon toeval' zeggen, maar zei in plaats daarvan: 'Ik weet het niet. Wat denk jij?'

'Ik geloof niet dat ooit iets bij toeval gebeurt. Voor mij betekent dat dat er tussen jullie iets niet af is en dat jullie iets tegen elkaar moesten zeggen wat jullie verzwegen hebben.'

Dat idee intrigeerde me, maar verontrustte me evenzeer. Mijn hele leven lang had iedereen altijd gezegd dat ik te afstandelijk bleef en vragen stelde maar geen meningen uitte of me ergens op vastlegde. Waarom, vroeg ik me af, stak dat de kop weer op? Ik merkte ook dat ik me anders begon te voelen. Op Viciente had ik me avontuurlijk en bekwaam gevoeld, maar nu begon ik iets te krijgen dat ik alleen maar een groeiende depressie gemengd met bezorgdheid kon noemen. 'Je maakt me depressief,' zei ik.

Hij lachte hardop en zei: 'Dat doe ik niet; dat doet het vertrek van Viciente. Door de energie daar kikker je ongelooflijk op. Waarom denk je dat al die geleerden hier jaren geleden naar toe begonnen te komen? Ze hebben geen idee waarom ze het hier zo prettig vinden.' Hij draaide zich om en keek me recht aan. 'Maar wij wel, hè?' Hij keek even op de weg, maar richtte toen weer een heel aandachtige blik op mij. 'Als je zo'n plek achter je laat, moet je je eigen energie weer opkrikken.'

Ik keek hem alleen maar verbaasd aan, maar hij glimlachte geruststellend. Eén of twee kilometer lang zwegen we. Toen zei hij: 'Vertel nog eens wat meer over wat er in de tuinen gebeurde.'

Ik vervolgde mijn verhaal. Toen ik beschreef dat ik echte energievelden had gezien, keek hij me verbaasd aan, maar zei niets.

'Kun jij die velden zien?' vroeg ik.

Hij wierp een blik op me. 'Ja,' zei hij. 'Vertel verder.'

Ik vertelde het verhaal zonder onderbreking, tot ik bij Sarahs ruzie met de Peruaanse wetenschapper kwam en de dynamiek van hun energievelden tijdens hun confrontatie.

'Wat zeiden Sarah en Phil daarover?' vroeg hij.

'Niets,' zei ik. 'Daar leken ze geen referentiekader voor te hebben.'

'Dat dacht ik al,' zei Wil. 'Ze zijn zo gefascineerd door het Derde Inzicht dat ze nog niet verder zijn gekomen. Hoe de mensen concurreren om energie is het Vierde Inzicht.'

'Concurreren om energie?' vroeg ik. Hij glimlachte alleen en knikte naar de vertaling die ik in mijn hand had.

Ik vatte de draad weer op. De tekst verwees duidelijk naar het Vierde Inzicht en zei dat de mensen uiteindelijk zouden inzien dat het universum uit één dynamische energie bestond, een energie die ons in stand kan houden en aan onze verwachtingen voldoen. Maar tevens zouden we inzien dat we ons hebben losgekoppeld van die grote energiebron, dat we ons hebben afgesneden en ons daarom zwak en onveilig en tekortschietend hebben gevoeld. Vanwege dat tekort hebben wij mensen altijd onze persoonlijke energie proberen te vergroten op de enige manier die we kennen: door haar psychisch te stelen van anderen—een onbewuste concurrentie die aan alle menselijke conflicten ter wereld ten grondslag ligt.

DE STRIJD OM DE MACHT

Door een gat in het wegdek begon de jeep te bonken, en daarvan werd ik wakker. Ik keek op mijn horloge—drie uur 's middags. Toen ik me uitrekte en helemaal wakker probeerde te worden, voelde ik een scherpe pijn onder in mijn rug.

Het was een uitputtende rit geweest. Na ons vertrek uit Viciente hadden we de hele dag in allerlei richtingen gereden, alsof Wil iets zocht wat hij niet kon vinden. We hadden in een kleine herberg overnacht, waar de bedden hard en bobbelig waren, en ik had weinig geslapen. Nu, met een zware reis van twee dagen achter de rug, stond ik op het punt te gaan klagen.

Ik wierp een blik op Wil. Hij concentreerde zich zo aandachtig en intens op de weg dat ik besloot hem niet te storen. Sinds hij diverse uren geleden de jeep had stilgezet en gezegd dat we moesten praten, leek hij nog steeds in dezelfde ernstige stemming.

'Weet je nog dat ik tegen je zei dat de inzichten één voor één ontdekt moeten worden?' had hij gevraagd.

'Ja.'

'Geloof je dat ze zich inderdaad allemaal zullen voordoen?'

'Tot dusver is dat zo,' zei ik, half in scherts.

Wil keek me ernstig aan. 'Het Derde Inzicht vinden was makkelijk. We hoefden alleen maar Viciente te bezoeken. Maar van nu af aan kan het veel lastiger worden.' Hij zweeg even en zei toen: 'Ik denk dat we naar het zuiden moeten, naar Cula, een dorpje in de buurt van Quilabamba. Daar ligt een ander maagdelijk bos dat je volgens mij moet zien. Maar het is van levensbelang dat je waakzaam blijft. Regelmatig duiken toevalligheden op, maar die moet je opmerken. Begrijp je dat?'

Ik zei dat ik het begreep en dat ik zijn woorden in gedachten zou houden. Daarna stokte het gesprek en was ik in slaap gevallen—wat ik nu betreurde vanwege wat er met mijn rug was gebeurd. Ik rekte me opnieuw uit en Wil wierp een blik op me.

'Waar zijn we?' vroeg ik.

'Weer in de Andes,' zei hij.

De heuvels waren hoge bergruggen en verre dalen geworden. De begroeiing was nu grover en de bomen kleiner en door wind geteisterd. Diep ademhalend voelde ik dat de lucht koel en dunner was.

'Trek dit jasje maar aan,' zei Wil, die een bruin katoenen windjack uit een tas haalde. 'Het wordt hier vanmiddag koud.'

Voor ons uit maakte de weg een bocht en zag ik een smalle kruising. Aan de ene kant stond een witgekalkte winkel annex benzinepomp, en daar stond een auto met open motorkap. Op een doek over het spatbord lag gereedschap. Toen we voorbijreden, kwam een blonde man de winkel uit en wierp een korte blik op ons. Hij had een rond gezicht en een bril met een donker montuur op.

Ik keek hem aandachtig aan, en mijn herinnering ging vijf jaar terug. 'Dat kan hem niet geweest zijn,' zei ik tegen Wil, 'maar die man lijkt op een vriend met wie ik vroeger heb gewerkt. Ik heb hem al in geen jaren meer gezien.'

Ik zag dat Wil me aandachtig aankeek. 'Ik heb tegen je gezegd dat je goed op alles moest letten,' zei hij. 'Laten we teruggaan en kijken of hij hulp nodig heeft. Hij zag er niet uit als iemand van hier.'

We vonden een plek waar de weg breed genoeg was en keerden. Toen we bij de winkel terugkwamen, was de man aan de motor bezig. Wil parkeerde bij de pomp en boog zich uit het raampje.

'Zo te zien hebt u problemen,' zei hij.

De man duwde zijn bril over zijn neus omhoog—een gewoonte die ook mijn vriend had gehad. 'Ja,' antwoordde hij. 'De waterpomp is kapot.' De man leek begin veertig en was licht gebouwd. Zijn Engels was stijfjes en had een Frans accent.

Wil sprong uit de jeep en we stelden ons aan elkaar voor. De man stak een hand uit met een glimlach die me eveneens bekend voorkwam. Hij heette Chris Reneau.

'Dat klinkt Frans,' zei ik.

'Ik ben Fransman,' zei hij. 'Maar ik doceer psychologie in Brazilië. Hier in Peru zoek ik naar informatie over een archeologisch voorwerp dat gevonden is, een manuscript.'

Ik aarzelde even en wist niet in hoeverre ik hem vertrouwen kon. 'Wij zijn hier om dezelfde reden,' zei ik ten slotte.

Hij keek me belangstellend aan. 'Wat kunt u me daarover vertellen?' vroeg hij. 'Hebt u kopieën gezien?'

Voordat ik kon antwoorden, kwam Wil het gebouw uit. De hordeur sloeg achter hem dicht. 'We hebben mazzel,' zei hij tegen me. 'De eigenaar heeft een plek om onze tenten op te slaan en er is warm eten. We kunnen hier vannacht net zo goed blijven.' Hij draaide zich om en keek Reneau vol verwachting aan. 'Als u het niet erg vindt om uw reservering te delen.'

'Nee hoor,' zei hij. 'Ik ben blij met gezelschap. Ze kunnen pas morgenochtend een nieuwe pomp komen brengen.'

Terwijl hij en Wil een gesprek begonnen over de techniek en betrouwbaarheid van Reneaus landcruiser, leunde ik tegen de jeep, baadde me in de zonnewarmte en liet me wegdrijven in een aangename dagdroom over de oude vriend aan wie Reneau me deed denken. Net als kennelijk Reneau was mijn vriend uiterst nieuwsgierig, keek altijd om zich heen en las voortdurend boeken. Ik kon me zijn geliefde theorieën bijna herinneren, maar de tijd had mijn geheugen een beetje vertroebeld.

'Laten we onze spullen naar het kampeerterrein brengen,' zei Wil, en klopte me op mijn rug.

'Oké,' zei ik afwezig.

Hij deed het achterportier open, haalde de tent en de slaapzakken uit de auto, laadde die in mijn armen en pakte toen een plunjezak vol extra kleren. Reneau sloot zijn auto af. We liepen alle drie langs de winkel een trap af. Achter het huis was een steile helling, en we liepen over een smal pad naar links. Na een meter of twintig, dertig hoorden we water stromen, en verderop zagen we een bergbeek die zich als een waterval van de rotsen stortte. Het was hier koeler en het rook er sterk naar munt. Recht voor ons uit werd de grond vlakker en vormde de beek een meertje van ongeveer acht meter doorsnee. Iemand had hier ruimte gemaakt voor een kampeerplaats en van stenen een vuurkuil gemaakt. Tegen een boom in de buurt was hout gestapeld.

'Dit is prachtig,' zei Wil, en hij begon zijn grote vierpersoonstent uit te pakken. Reneau spreidde zijn kleinere tent rechts van die van Wil uit.

'Zijn jij en Wil onderzoekers?' vroeg Reneau op zeker moment. Wil was klaar met de tent en was naar boven gelopen om te kijken of het eten al klaar was.

'Wilson is gids,' zei ik. 'Ikzelf doe tegenwoordig niet veel.'

Reneau keek me verbaasd aan.

Ik glimlachte en vroeg: 'Heb jij delen van het Manuscript onder ogen gehad?'

'Ik heb het Eerste en Tweede Inzicht gezien,' zei hij, en kwam dichter bij me staan. 'En ik zal je iets vertellen. Volgens mij gebeurt alles precies zoals in het Manuscript staat. Onze wereldopvatting verandert. Dat zie ik in de psychologie.'

'Wat bedoel je?'

Hij haalde diep adem. 'Mijn terrein is de conflictologie. Ik onderzoek waarom mensen elkaar met zoveel geweld bejegenen. We hebben altijd geweten dat dat geweld voortkomt uit de drang van mensen om elkaar te beheersen, maar pas sinds kort bestuderen we het verschijnsel van binnenuit, vanuit het gezichtspunt van het individuele bewustzijn. We hebben ons afgevraagd wat zich binnen een menselijk wezen afspeelt dat hem dwingt om iemand anders te willen beheersen. We hebben het volgende ontdekt. Als iemand naar iemand anders loopt en een gesprek begint, wat elke dag miljarden malen ter wereld plaatsvindt, dan kunnen er twee dingen gebeuren. Dat individu voelt zich na afloop sterk of zwak, afhankelijk van wat er tijdens die interactie gebeurt.'

Ik keek hem verbaasd aan en hij leek het een beetje onprettig te vinden dat hij zo plompverloren aan een college over dat onderwerp was begonnen. Ik vroeg hem verder te gaan.

'Om die reden,' vervolgde hij, 'nemen mensen altijd een manipulerende houding aan. De bijzondere situatie of het onderwerp doet er niet toe. We bereiden ons voor om zodanige dingen te zeggen dat we tijdens het gesprek de overhand hebben. Iedereen probeert een machtsmiddel te vinden en zodoende de ontmoeting te domineren. Als we succes hebben en ons gezichtspunt wint, krijgen we een psychische opkikker in plaats van ons zwak te voelen. Met andere woorden: wij mensen proberen elkaar te overtroeven en te beheersen, niet vanwege een tastbaar doel buiten ons dat we proberen te bereiken, maar omdat we er psychisch van opkikkeren. Inmiddels beseffen we hoezeer we elkaar manipuleren en herzien dus onze motivatie. We zoeken een andere manier van interactie. Volgens mij is die herziening onderdeel van de nieuwe wereldopvatting waarover het Manuscript het heeft.'

De komst van Wil onderbrak ons gesprek. 'Het eten is klaar,' zei hij.

We liepen snel het pad op naar de kelder van het gebouw, dat de woonruimte van het gezin was. We liepen door de salon naar de eetkamer. Er stond een maaltijd van gestoofd vlees, groente en een salade op tafel.

'Ga zitten, ga zitten,' zei de eigenaar in het Engels. Hij haalde stoelen te voorschijn en liep druk heen en weer. Achter hem stonden een oudere vrouw—kennelijk zijn echtgenote—en een meisje van een jaar of vijftien.

Toen Wil ging zitten, stootte hij toevallig met zijn arm tegen een vork, die luidruchtig op de grond viel. De man keek woedend naar de vrouw, die op haar beurt uitviel naar het meisje—dat nog niets had gedaan om een andere te halen. Haastig ging ze naar de andere kamer en kwam terug met een nieuwe vork, die ze voorzichtig aan Wil gaf. Haar rug was gebogen en haar hand trilde licht. Mijn blik kruiste die van Reneau aan de andere kant van de tafel.

'Smakelijk eten,' zei de man, en gaf me een van de borden. Het grootste deel van de maaltijd praatten Reneau en Wil oppervlakkig over de universiteit en de uitdagingen van het doceren en publiceren. De eigenaar was de kamer uit, maar de vrouw was net binnen de deur blijven staan.

Toen de vrouw en haar dochter borden met pastei begonnen op te dienen, raakte de elleboog van het meisje mijn waterglas, waardoor al het water voor me op de tafel terechtkwam.

De oude vrouw kwam woedend aanhollen. Ze schreeuwde naar het meisje in het Spaans en duwde haar opzij. 'Het spijt me heel erg,' zei ze, terwijl ze het water opveegde. 'Het meisje is zó onhandig.'

Het meisje ontplofte en smeet de rest van de pastei naar de vrouw, maar miste, en het midden van de tafel werd bezaaid met brokken pastei en scherven serviesgoed. Net op dat moment kwam de eigenaar terug. De oude man schreeuwde en het meisje rende de kamer uit.

'Het spijt me,' zei hij, terwijl hij haastig naar de tafel liep.

'Het geeft niet,' antwoordde ik. 'En pak het meisje niet te hard aan.'

Wil was opgestaan en controleerde de rekening. We gingen snel weg.

Reneau had niets gezegd, maar toen we de deur uit en de trap af liepen, begon hij te praten. 'Heb je dat meisje gezien?' vroeg hij met een blik op mij. 'Dat is een klassiek voorbeeld van psychische agressie. Daartoe leidt in extreme gevallen de menselijke behoefte aan beheersing over anderen. De oude man en de vrouw overheersen het meisje volledig. Zag je hoe zenuwachtig ze was en hoe krom ze liep?'

'Ja,' zei ik. 'Maar zo te zien heeft ze er behoorlijk genoeg van.'

'Precies! Haar ouders hebben haar nooit een beetje mild behandeld. En vanuit haar gezichtspunt heeft ze geen andere keuze dan agressief terugslaan. Alleen op die manier krijgt ze zelf weer wat touwtjes in handen. Maar als ze volwassen wordt, zal ze vanwege dit jeugdtrauma helaas gaan denken dat ze anderen net zo fel moet beheersen en onderdrukken. Die eigenschap heeft tegen die tijd diepe wortels en maakt haar even dominant als haar ouders nu, vooral in de buurt van kwetsbare personen zoals kinderen. En ongetwijfeld is datzelfde trauma vroeger ook haar ouders overkomen. Nu moeten ze domineren vanwege de manier waarop hun ouders hen gedomineerd hebben. Op die manier wordt psychische agressie van de ene generatie op de andere overgedragen.'

Reneau zweeg plotseling. 'Ik moet mijn slaapzak uit de auto halen,' zei hij. 'Ik ben zó terug.'

Ik knikte en liep samen met Wil naar de kampeerplaats.

'Jij en Reneau hebben heel wat afgepraat,' merkte Wil op.

'Dat klopt,' zei ik.

Hij glimlachte. 'Eigenlijk heeft vooral Reneau gepraat. Jij luistert en beantwoordt rechtstreekse vragen, maar draagt weinig bij.'

'Het interesseert me wat hij te zeggen heeft,' zei ik verdedigend.

Wil negeerde mijn toon. 'Heb je de energie tussen de leden van dat gezin zien stromen? De man en de vrouw zogen de energie van dat kind op tot ze bijna dood was.'

'Ik ben vergeten op de energiestromen te letten,' zei ik.

'Denk je niet dat Reneau ze graag zou willen zien? Wat vind je trouwens van het feit dat je hem hier tegen het lijf bent gelopen?'

'Dat weet ik niet.'

'Denk je niet dat dat iets betekent? Wij rijden over de weg, jij ziet iemand die je aan een oude vriend doet denken, en als we kennismaken, blijkt hij het Manuscript te zoeken. Vind je dat niet wat al te toevallig?'

'Ja.'

'Misschien hebben jullie elkaar ontmoet opdat jij informatie kunt krijgen die je reis hier nieuwe perspectieven geeft. En volgt daar niet uit dat jij misschien ook informatie voor hem hebt?'

'Ja, dat denk ik wel. Wat moet ik hem volgens jou vertellen?'

Wil keek me opnieuw met die kenmerkende warmte van hem aan. 'De waarheid,' zei hij.

Voordat ik nog iets kon zeggen, kwam Reneau springend het pad af. 'Ik heb een zaklantaarn meegenomen. Misschien hebben we die nog nodig,' zei hij.

Nu pas merkte ik dat het schemerde en ik keek naar het westen. De zon was al onder, maar de hemel was nog steeds feloranje. Een paar wolken in die richting waren donkerder rood. Heel even dacht ik een witachtig lichtveld rond de planten langs het pad te zien, maar dat beeld vervaagde. 'Prachtige zonsondergang,' zei ik, en zag toen dat Wil in zijn tent was verdwenen en Reneau de slaapzak uit de hoes haalde.

'Ja, beslist,' zei Reneau afwezig en zonder op te kijken.

Ik liep naar de plek waar hij bezig was.

Hij keek op en zei: 'Wat ik je nog vergeten was te vragen: welke inzichten heb je gezien?'

'De eerste twee zijn me alleen beschreven,' antwoordde ik. 'Maar we hebben net twee dagen op Casa Viciente bij Satipo gezeten. Toen we daar waren, gaf een van de onderzoekers daar me een kopie van het Derde Inzicht. Dat is erg indrukwekkend.'

Zijn ogen lichtten op. 'Heb je het bij je?'

'Ja. Wil je het zien?'

Hij greep die kans met beide handen aan en nam de map mee naar de tent om te lezen. Ik vond een paar lucifers en een oude krant en stak het vuur aan. Toen dat opgewekt brandde, kroop Wil zijn tent uit. 'Waar is Reneau?' vroeg hij.

'Die leest de vertaling die Sarah me gegeven heeft,' zei ik.

Wil liep naar de vuurkuil en ging op een glad houtblok zitten dat iemand daar had neergelegd. Ik ging bij hem zitten. Het was inmiddels donker geworden en er was niets te zien behalve de contouren van de bomen links van ons, het vage licht van het bezinestation achter ons en de gedempte gloed uit Reneaus

tent. Het bos was vol nachtgeluiden, en sommige daarvan had ik nog nooit gehoord.
Een halfuurtje later kwam Reneau met de zaklantaarn in zijn hand de tent uit. Hij liep naar ons toe en ging links van me zitten. Wil gaapte. 'Dat inzicht is verbijsterend,' zei Reneau. 'Kon iemand daar die energievelden echt zien?'
Beginnend met onze aankomst vertelde ik hem in het kort mijn ervaringen en vergat niet te vermelden dat ik die velden met eigen ogen gezien had.
Hij zweeg even en vroeg toen: 'Voerden ze echt experimenten uit waarbij ze hun eigen energie op planten richtten en daarmee de groei beïnvloedden?'
'Ook de voedingswaarde,' zei ik.
'Maar het inzicht zelf gaat verder dan dat,' merkte hij—bijna in zichzelf—op. 'Het Derde Inzicht luidt dat het hele universum uit deze energie bestaat, en dat we misschien niet alleen planten kunnen beïnvloeden, maar ook andere dingen, alleen maar door de manier waarop we omgaan met onze eigen energie, met het deel dat we beheersen kunnen.' Hij zweeg langdurig. 'Ik vraag me af hoe we andere mensen met onze energie beïnvloeden.'
Wil keek me aan en glimlachte.
'Ik zal je vertellen wat ik gezien heb,' zei ik. 'Ik was getuige van een ruzie tussen twee mensen, en hun energieën deden echt hele rare dingen.'
Reneau duwde zijn bril weer omhoog. 'Vertel 's.'
Op dat moment stond Wil op. 'Ik moet hoognodig pitten,' zei hij. 'Het is een lange dag geweest.'
We wensten hem allebei welterusten en Wil kroop zijn tent in. Vervolgens beschreef ik zo goed als ik kon wat Sarah en die andere wetenschapper tegen elkaar gezegd hadden en legde de nadruk op het gedrag van hun energievelden.
'Wacht 's even,' zei Reneau. 'Jij zag tijdens hun ruzie hun energieën aan elkaar trekken en als het ware proberen elkaar te vangen?'

'Dat klopt,' zei ik.

Hij dacht een paar tellen na. 'Dat moeten we diepgaand analyseren. Er stonden twee mensen ruzie te maken over wie de juiste kijk op de situatie had, over wie er gelijk had. Allebei probeerden ze elkaar mee te krijgen en ze gingen zelfs zover dat ze elkaars zelfvertrouwen ondermijnden en gingen schelden.' Plotseling keek hij op. 'Ja, dat past allemaal in het plaatje!'

'Wat bedoel je?' vroeg ik.

'Als we de beweging van die energie systematisch kunnen observeren, hebben we een middel om te begrijpen wat mensen ontvangen als ze concurreren en ruzie maken en elkaar beschadigen. Als we iemand anders beheersen, ontvangen we zijn energie. Wij zuigen ons vol ten koste van iemand anders, en dat motiveert ons. Luister, ik wil die energievelden leren zien. Waar is die Casa Viciente? Hoe kom ik daar?'

Ik vertelde hem ongeveer waar het was, maar zei dat hij het precieze adres aan Wil moest vragen.

'Ja, dat zal ik morgen doen,' zei hij vastbesloten. 'Maar nu ga ik maar eens slapen. Ik wil morgen zo vroeg mogelijk weg.'

Hij wenste me welterusten, kroop in zijn tent en liet mij alleen met het knetterende vuur en de nachtgeluiden.

Toen ik wakker werd, was Wil de tent al uit. Ik rook de geur van warme havermout. Ik liet me uit mijn slaapzak glijden en keek door de tentflap naar buiten. Wil hield een pan boven het vuur. Reneau was nergens te zien en zijn tent was weg.

'Waar is Reneau?' vroeg ik, terwijl ik naar buiten kroop en naar het vuur liep.

'Hij heeft zijn boeltje al gepakt,' zei Wil. 'Hij is boven met zijn auto bezig. Hij wil klaarstaan om weg te kunnen zodra zijn waterpomp komt.' Wil gaf me een kom havermout en we gingen op een van de houtblokken zitten eten. 'Hebben jullie nog lang gepraat?' vroeg hij.

'Niet echt,' zei ik. 'Ik heb hem alles verteld wat ik weet.'

Net op dat moment hoorden we geluiden op het pad. Reneau

liep haastig op ons af. 'Ik ben helemaal klaar,' zei hij. 'Ik kom afscheid nemen.'
We praatten nog even, maar toen liep Reneau weer naar de trap en was weg. Wil en ik wasten en schoren ons na elkaar in de badkamer van de eigenaar van het benzinestation. Daarna pakten we onze spullen, vulden de benzinetank bij en vertrokken in noordelijke richting.
'Hoe ver is het naar Cula?' vroeg ik.
'Als we geluk hebben, zijn we er vóór zonsondergang,' zei hij, en voegde eraan toe: 'Wat ben je van Reneau te weten gekomen?'
Ik keek hem aandachtig aan. Hij leek een bepaald antwoord te verwachten. 'Dat weet ik niet,' zei ik.
'Welk idee heeft Reneau bij je overgebracht?'
'Dat wij mensen de neiging hebben andere mensen te beheersen en te domineren, hoewel we ons daar niet van bewust zijn. We willen de energie die tussen mensen hangt, in beslag nemen. Op een of andere manier maakt ons dat sterker en geeft het een opkikker.' Wil keek strak naar de weg. Zo te zien moest hij plotseling aan iets anders denken.
'Waarom vraag je dat?' vroeg ik. 'Is dat het Vierde Inzicht?'
Hij keek me aan. 'Niet helemaal. Je hebt de energiestromen tussen mensen gezien. Maar ik weet niet zeker of je weet hoe het voelt als dat met jou gebeurt.'
'Vertel dan maar hoe dat voelt!' Ik begon een beetje geïrriteerd te raken. 'Je zegt dat ik niet praat! Maar informatie uit jou loskrijgen is net als kiezen trekken! Ik probeer al dagenlang meer te weten te komen over jouw vroegere ervaringen met het Manuscript, maar jij houdt altijd de boot af.'
Hij lachte. 'We hadden een afspraak, weet je nog? Ik heb een reden voor mijn zwijgzaamheid. Een van de inzichten gaat over hoe je gebeurtenissen in iemands vroegere leven moet interpreteren. Dat is een proces van helderheid krijgen over wie je bent, over wat jouw taak op deze planeet is. Ik wil wachten tot we aan dat inzicht toekomen voordat ik over mijn achtergrond praat, oké?'

Ik glimlachte bij zijn avontuurlijke toon. 'Ik zal wel moeten.'
De rest van de ochtend reden we zwijgend verder. De hemel was zonnig en blauw. Naarmate we hoger de bergen inkwamen, dreven af en toe dikke wolken over ons pad en bedekten de voorruit met condensvocht. Rond het middaguur parkeerden we op een uitkijkplaats met een spectaculair uitzicht over de bergen en dalen in het oosten.
'Heb je honger?' vroeg Wil.
Ik knikte, en hij pakte twee zorgvuldig ingepakte broodjes uit een tas op de achterbank. Een ervan gaf hij aan mij en vroeg: 'Hoe vind je het uitzicht?'
'Prachtig.'
Hij glimlachte even en staarde me aan. Ik had de indruk dat hij mijn energieveld gadesloeg.
'Wat ben je aan het doen?' vroeg ik.
'Ik kijk alleen maar,' zei hij. 'Bergtoppen zijn bijzondere plekken die energie kunnen stuwen naar iedereen die er zich bevindt. Zo te zien heb jij een voorliefde voor uitzichten op bergen.'
Ik vertelde Wil over het dal van mijn grootvader, over de bergrug boven het meer en hoe alert en energiek ik me daardoor had gevoeld op de dag dat Charlene kwam.
'Het feit dat je daar bent opgegroeid,' zei hij, 'heeft je misschien voorbereid op iets hier en nu.'
Ik wilde doorvragen over de energie die bergen verschaffen, maar hij voegde eraan toe: 'Een maagdelijk bos op een bergtop versterkt de energie zelfs nog.'
'Staat het maagdelijke bos waar we heen gaan, op een bergtop?' vroeg ik.
'Kijk zelf maar,' zei hij. 'Je kunt het zien.' Hij wees naar het oosten. In de verte zag ik twee bergruggen die kilometerslang parallel leken te lopen, maar vervolgens naar elkaar toe bogen en een V vormden. Tussen die bergruggen lag kennelijk een dorp, en op het punt waar de twee bergruggen samenkwamen, rezen ze steil op, bekroond met een rotsige top. Die top leek iets hoger

dan de bergrug waarop we stonden, en het gebied rond de voet ervan leek veel groener, alsof het met welig gebladerte bedekt was. 'Dat stuk groen?' vroeg ik.

'Ja,' zei Wil. 'Het is daar net als op Viciente, alleen krachtiger en bijzonderder.'

'In hoeverre bijzonder?'

'Het verschaft een van de andere inzichten.'

'Hoe dan?' vroeg ik.

Hij startte de jeep en reed weer naar de weg. 'Ik wed,' zei hij, 'dat je dat zelf ook wel ontdekt.'

Ongeveer een uur lang zei geen van ons beiden erg veel, en daarna viel ik langzaam in slaap. Een tijdje later schudde Wil aan mijn arm. 'Word wakker,' zei hij. 'We zijn bijna in Cula.'

Ik ging rechtop zitten. Voor ons uit in het dal, waar twee wegen samenkwamen, lag een dorp. Links en rechts lagen de twee bergruggen die we gezien hadden. De bomen op de bergen leken net zo groot als op Viciente en spetterend groen.

'Voordat we erheen rijden, moet ik iets tegen je zeggen,' zei hij. 'Ondanks de energie van dit bos is dit dorp een stuk minder beschaafd dan andere delen van Peru. Het staat bekend als een plaats waar informatie over het Manuscript te vinden is, maar de laatste keer dat ik hier was, stikte het van de inhalige types die de energie niet voelden en de inzichten niet begrepen. Ze wilden alleen maar het geld of de erkenning die het vinden van het Negende Inzicht kan opleveren.'

Ik keek naar het dorp, dat uit vier of vijf straten en lanen bestond. Langs de twee hoofdstraten, die elkaar midden in het dorp kruisten, stonden grotere, houten gebouwen, maar de andere straten waren weinig meer dan stegen met kleine onderkomens erlangs. Bij de kruising stonden een stuk of tien terreinwagens en trucks geparkeerd.

'Wat doen al die mensen daar?' vroeg ik.

Hij glimlachte uitdagend. 'Dat is een van de laatste plekken waar ze benzine en spullen kunnen kopen voordat ze dieper de bergen ingaan.'

Hij startte de jeep, reed langzaam het dorp in en stopte toen voor een van de grotere gebouwen. Ik kon de Spaanse borden niet lezen, maar gezien de artikelen in de etalage nam ik aan dat er kruideniers- en ijzerwaren te koop waren.

'Wacht hier even,' zei hij. 'Ik ga even een paar dingen kopen.'

Ik knikte, en Wil verdween naar binnen. Ik keek rond en zag aan de overkant van de straat een truck parkeren. Diverse mensen stapten uit. Een van hen was een donkerharige vrouw in werkkleding. Verbaasd zag ik dat het Marjorie was. Zij en een jongeman van begin twintig staken de straat over en liepen recht voor de jeep langs.

Ik deed het portier open en stapte uit. 'Marjorie!' gilde ik.

Ze bleef staan, keek rond, zag me toen en glimlachte. 'Hallo,' zei ze.

Toen ze naar me toe wilde lopen, pakte de jongeman haar arm. 'Robert zei dat je met niemand mag praten,' zei hij heel zachtjes, in de hoop dat ik het niet hoorde.

'Maak je geen zorgen,' zei ze. 'Ik ken die man. Ga maar naar binnen.'

Hij keek me sceptisch aan maar liep toen naar binnen. Ik probeerde haar vervolgens stotterend uit te leggen wat er in de tuin tussen ons gebeurd was. Ze lachte en zei dat Sarah haar alles had verteld. Ze wilde er nog iets aan toevoegen, maar toen kwam Wil met wat etenswaren naar buiten.

Ik stelde hen aan elkaar voor en we praatten nog een paar minuten verder, terwijl Wil de spullen achter in de auto legde. 'Ik heb een idee,' zei hij. 'Laten we aan de overkant iets gaan eten.'

Ik keek en zag een klein café. 'Lijkt me een prima idee,' zei ik.

'Ik weet niet,' zei Marjorie. 'Ik moet gauw weer weg. Ik moet rijden.'

'Waar ga je naar toe?' vroeg ik.

'Weer een paar kilometer naar het westen. Ik ben hier gekomen om een groep te bezoeken die het Manuscript bestudeert.'

'We kunnen je er na het eten naar toe brengen,' merkte Wil op.

'Nou, dat zal wel goed zijn.'

Wil keek me aan. 'Ik moet nog één ding ophalen. Gaan jullie vast en bestel maar. Ik bestel wel iets als ik kom. Over een paar minuten ben ik bij jullie.'

Dat was wat ons betreft goed. Marjorie en ik lieten diverse vrachtwagens passeren. Wil liep naar het zuiden de straat af. Plotseling liep de jongeman met wie Marjorie hierheen was gekomen, de winkel uit en kwam weer voor ons staan. 'Waar ga je heen?' vroeg hij, terwijl hij haar arm pakte.

'Dit is een vriend van mij,' antwoordde ze. 'We gaan even eten, en daarna brengt hij me terug.'

'Luister, hier is niemand te vertrouwen. Je weet dat Robert dat niet goed zou vinden.'

'Maak je geen zorgen,' zei ze.

'Ik wil dat je nu meteen met me meegaat.'

Ik pakte zijn arm en trok die los van Marjorie. 'Je hebt gehoord wat ze tegen je gezegd heeft,' zei ik.

Hij deed een stap naar achteren, keek me aan en leek plotseling heel verlegen. Hij draaide zich om en liep weer de winkel in.

'Ga mee,' zei ik.

We staken de straat over en liepen het kleine eethuis in. Er was één ruimte met acht tafels waar we konden eten en overal hing de geur van vet en rook. Links zag ik een tafel vrij. Toen we erheen liepen, keken diverse mensen even naar ons op maar wijdden zich toen weer aan wat ze aan het doen waren.

De serveerster sprak alleen Spaans, maar Marjorie sprak die taal goed en bestelde voor ons beiden. Ze keek me vervolgens warm aan.

Ik grijnsde naar haar. 'Wie is die knul die je bij je hebt?'

'Kenny,' zei ze. 'Ik weet niet wat hem mankeert. Bedankt voor je hulp.' Ze keek me aan en ik voelde me bij haar opmerking zwellen. 'Hoe ben je met die groep in contact gekomen?' vroeg ik.

'Robert Jensen is archeoloog. Hij heeft een groep opgericht om het Manuscript te bestuderen en het Negende Inzicht te vinden. Een paar weken geleden verscheen hij op Viciente en toen een paar dagen geleden opnieuw... Ik...'

'Wat?'

'Nou ja, op Viciente had ik een relatie waar ik vanaf wilde. Toen ontmoette ik Robert, en die was zo charmant en alles wat hij deed leek zo interessant. Hij wist me ervan te overtuigen dat ons onderzoek in de tuinen gestimuleerd zou worden door het Negende Inzicht en dat hij druk bezig was om dat te vinden. Volgens hem ging het zoeken naar dat inzicht het alleropwindendste worden dat hij ooit gedaan had, en toen hij me voor een paar maanden een plaats in zijn team aanbood, besloot ik daarop in te gaan...' Ze zweeg opnieuw en keek naar de tafel. Ze leek zich onbehaaglijk te voelen en dus veranderde ik van onderwerp.

'Hoeveel inzichten heb je gelezen?'

'Alleen het inzicht dat ik op Viciente heb gezien. Robert heeft er een paar meer, maar hij gelooft dat de mensen zich eerst van hun traditionele opvattingen moeten bevrijden voordat ze die kunnen begrijpen. Hij heeft liever dat ze de sleutelbegrippen van hem leren.'

Ik fronste kennelijk, want ze voegde eraan toe: 'Dat bevalt je niet erg, hè?'

'Het klinkt verdacht,' zei ik.

Ze keek me opnieuw aandachtig aan. 'Dat heb ik me ook bedacht. Als je me terugbrengt, kun je misschien met hem praten en me vertellen wat je denkt.'

De serveerster bracht de maaltijd, en toen ze wegliep, zag ik Wil binnenkomen. Hij liep snel naar onze tafel.

'Ik moet zo'n twee kilometer ten noorden van hier een paar mensen spreken,' zei hij. 'Ik blijf een uurtje of twee weg. Neem de jeep en breng Marjorie terug. Ik rijd met iemand anders mee.' Hij schonk me een glimlach. 'We zien elkaar hier weer.'

Even overwoog ik hem over Robert Jensen te vertellen, maar bedacht me. 'Oké,' zei ik.

Hij keek naar Marjorie. 'Leuk dat ik je ontmoet heb. Ik had best nog even met je willen praten.'

Ze keek hem met haar verlegen blik aan. 'Misschien een andere keer.'

Hij knikte, gaf me de sleutels en liep weg.

Marjorie at een paar minuten door en zei toen: 'Hij lijkt me een man met een doel in zijn leven. Hoe heb je hem ontmoet?'

Ik vertelde haar uitvoerig wat ik bij mijn aankomst in Peru had beleefd. Ze luisterde aandachtig. Zelfs zo aandachtig dat ik merkte met hoeveel gemak, flair en dramatische wendingen ik mijn verhaal vertelde. Ze leek gefascineerd aan mijn lippen te hangen.

'Jeetje,' zei ze op zeker moment, 'denk je dat je gevaar loopt?'

'Ik denk van niet,' zei ik. 'We zijn hier ver van Lima.'

Ze keek me nog steeds vol verwachting aan, en terwijl we ons eten opaten, vatte ik kort de gebeurtenissen samen tot het moment dat Sarah en ik de tuinen bereikten.

'Daar kwam ik jou tegen,' zei ik, 'en jij smeerde 'm.'

'Zo was het helemaal niet,' zei ze. 'Ik kende je niet, en toen ik je gevoelens zag, vond ik het maar het beste om te verdwijnen.'

'Nou, ik bied je in elk geval mijn verontschuldigingen aan,' zei ik grinnikend, 'dat ik mijn energie uit de hand liet lopen.'

Ze keek op haar horloge. 'Ik geloof dat ik terug moet. Ze zullen zich wel afvragen waar ik blijf.'

Ik legde genoeg geld voor de rekening op tafel en we liepen naar Wils jeep. Het was een kille avond en we konden onze ademwolkjes zien. Toen we instapten, zei ze: 'Rijd over deze weg terug naar het noorden. Ik zeg wel wanneer je af moet slaan.'

Ik knikte, beschreef een snelle U-bocht en reed de weg af. 'Vertel eens iets over de boerderij waar we heen gaan,' zei ik.

'Robert huurt hem volgens mij. Ik heb gehoord dat zijn groep er al een hele tijd zit, terwijl hij de inzichten heeft zitten bestuderen. Sinds ik er ben, heeft iedereen voorraden verzameld en de auto's klaargemaakt en dat soort dingen. Een paar van zijn mannen zien er heel onbehouwen uit.'

'Waarom heeft hij je eigenlijk uitgenodigd?' vroeg ik.

'Hij zei dat hij iemand wilde hebben die het laatste inzicht kon helpen vertalen zodra we dat eenmaal gevonden hadden. Dat zei hij tenminste op Viciente. Hier heeft hij het alleen maar over voorraden en de voorbereidingen voor de tocht gehad.'

'Wanneer wil hij vertrekken?'

'Dat weet ik niet,' antwoordde ze. 'Hij geeft nooit antwoord als ik dat vraag.'

Na een kilometer of twee wees ze naar een afslag naar links: een smalle weg vol stenen. Hij kronkelde een helling op en toen weer omlaag naar een vlak dal. Voor ons uit lag een boerderij van ruwe planken met diverse schuren en bijgebouwen daarachter. Drie lama's staarden ons vanuit een omheinde wei aan. We kwamen langzaam tot stilstand. Een aantal mensen liep rond een auto en staarde ons zonder glimlachen aan. Ik zag een gasgenerator zoemen naast het huis. Toen ging de deur open en liep een lange, donkerharige man met een krachtig, mager gezicht op ons af.

'Dat is Robert,' zei Marjorie.

'Goed,' zei ik. Ik voelde me nog steeds sterk en vol zelfvertrouwen.

We stapten uit en Jensen kwam naar ons toe. Hij keek Marjorie aan. 'Ik maakte me zorgen over je,' zei hij. 'Ik hoorde dat je een vriend tegen het lijf was gelopen.'

Ik stelde me voor en hij gaf me een stevige hand.

'Ik ben Robert Jensen,' zei hij. 'Blij dat jullie heelhuids hier zijn. Kom binnen.'

In het huis waren allerlei mensen met voorraden bezig. Iemand bracht een tent en kampeergerei naar het achterhuis. Door de eetkamer heen zag ik twee Peruaanse vrouwen in de keuken bezig om voedsel in te pakken. Jensen ging in een van de stoelen in de woonkamer zitten en gebaarde ons naar twee andere.

'Waarom zei je dat je blij was dat we heelhuids hier zijn?' vroeg ik.

Hij boog zich naar me toe en vroeg met een oprechte klank in zijn stem: 'Hoe lang ben je al in dit gebied?'

'Pas sinds vanmiddag.'

'Dan kun je nog niet weten hoe gevaarlijk het hier is. Er verdwijnen mensen. Heb je weleens van het Manuscript gehoord en van het verdwenen Negende Inzicht?'

'Ja. Zelfs...'
'Dan moet ik je vertellen wat er gaande is,' onderbrak hij me. 'De speurtocht naar het laatste inzicht begint onaangenaam te worden. Er zijn hier gevaarlijke mensen bij betrokken.'
'Wie?' vroeg ik.
'Mensen die de archeologische waarde van deze ontdekking volstrekt koud laat. Mensen die het inzicht alleen maar ten eigen bate willen benutten.'
Een reusachtige man met een baard en een bierbuik onderbrak het gesprek en liet Jensen een lijst zien. Even bespraken ze iets in het Spaans.
Jensen keek me weer aan. 'Ben jij ook hier om het ontbrekende inzicht te zoeken?' vroeg hij. 'Heb je enig idee in welk wespennest je je begeeft?'
Ik voelde me niet op mijn gemak en had moeite om me uit te drukken. 'Nou ja... ik wil vooral meer te weten komen over het hele Manuscript. Ik heb er nog niet veel van gezien.'
Hij rechtte zijn rug in zijn stoel en zei: 'Besef je dat het Manuscript eigendom is van de staat en dat het verboden is zonder vergunning kopieën te maken?'
'Ja, maar sommige wetenschappers zijn het daar niet mee eens. Zij vinden dat de overheid nieuw bewijsmateriaal...'
'Vind je niet dat de Peruaanse natie het recht heeft op het beheer van haar eigen archeologische schatten? Weet de overheid dat je in het land bent?'
Ik wist niet wat ik zeggen moest—in mijn maag welde die oude angst weer op.
'Luister, begrijp me niet verkeerd,' zei hij glimlachend. 'Ik sta aan jouw kant. Als je op een of andere manier wetenschappelijke steun in het buitenland hebt, moet je me dat zeggen. Maar ik heb het gevoel dat je gewoon een beetje ronddrijft.'
'Zoiets,' zei ik.
Ik merkte dat Marjories aandacht niet meer op mij maar op Jensen gericht was. 'Wat vind je dat hij doen moet?' vroeg ze.
Jensen stond glimlachend op. 'Misschien kan ik hier wel een

plaatsje voor je inruimen. We hebben meer mensen nodig. Waar wij naar toe gaan, is het betrekkelijk veilig, denk ik. En daar vind je wel wegen om weer thuis te komen als we bot vangen.' Hij keek me aandachtig aan. 'Maar dan moet je bereid zijn exact te doen wat ik zeg, altijd en overal.'

Ik wierp een blik op Marjorie. Ze keek nog steeds naar Jensen. Ik voelde me verward. Misschien moest ik Jensens aanbod overwegen, dacht ik. Als hij op goede voet met de overheid stond, was dat misschien mijn enige kans op een legale terugkeer naar de States. Misschien had ik mezelf voor de gek gehouden. Misschien had Jensen gelijk en greep ik veel te hoog.

'Ik vind dat je moet nadenken over wat Robert zegt,' merkte Marjorie op. 'Het is hier in je eentje veel te griezelig.'

Hoewel ik wist dat ze misschien gelijk had, had ik nog steeds vertrouwen in Wil en in wat we aan het doen waren. Ik wilde die gedachte uiten, maar toen ik iets probeerde te zeggen, kon ik geen woord uitbrengen. Ik kon niet meer helder denken.

Plotseling liep de lange man de kamer weer in en keek uit het raam. Jensen stond snel op en keek. Toen wendde hij zich tot Marjorie en zei achteloos: 'Er komt iemand aan. Vraag alsjeblieft of Kenny hier komt.'

Ze knikte en liep weg. Door het raam zag ik lampen van een truck naderen. De auto parkeerde een meter of vijftien verderop vlak buiten het hek.

Jensen deed de deur open, en toen hij dat deed, hoorde ik iemand buiten mijn naam noemen.

'Wie is dat?' vroeg ik.

Jensen keek me scherp aan. 'Wees heel stil,' zei hij. Hij en de lange man liepen naar buiten en trokken de deur achter zich dicht. Door het raam zag ik achter de lampen van de truck het silhouet van een eenzame gedaante. Mijn eerste opwelling was om binnen te blijven. Door Jensens inschatting van de situatie had ik allerlei bange voorgevoelens gekregen. Maar de persoon bij die truck had iets vertrouwds. Ik deed de deur open en liep naar buiten.

Zodra Jensen me zag, draaide hij zich snel om en kwam op me af. 'Wat doe je? Naar binnen!'
Boven het geluid van de generator uit hoorde ik opnieuw mijn naam.
'Ga weer naar binnen! Nú!' zei Jensen. 'Het kan een val zijn.' Hij stond recht voor me en blokkeerde mijn uitzicht op de truck. 'Ga meteen weer naar binnen.'
Ik voelde me totaal verward en in paniek en kon geen besluit nemen. Toen kwam de gestalte achter de lampen dichterbij en zag ik zijn contouren rond Jensens lichaam. Heel duidelijk hoorde ik: '... kom hier, ik moet met je praten.' Toen de gedaante vlakbij was, werd mijn hoofd weer helder en besefte ik dat het Wil was. Ik rende langs Jensen.
'Wat is er met je aan de hand?' vroeg Wil snel. 'We moeten hier vandaan.'
'Maar Marjorie dan?' vroeg ik.
'Op dit moment kunnen we niets voor haar doen,' zei Wil. 'Laten we maar gaan.'
We wilden net weglopen, toen Jensen riep: 'Je kunt beter hier blijven. Jullie redden het niet.'
Ik wierp een blik achterom.
Wil bleef staan, keek me aan en gaf me de keus om te blijven of mee te gaan. 'Ga mee,' zei ik.
We liepen de truck voorbij waarin Wil was aangekomen, en ik zag dat twee andere mannen op de voorbank hadden zitten wachten. Toen we in Wils jeep stapten, vroeg hij me de sleutels en reden we weg. De truck met Wils vrienden reed achter ons aan.
Wil draaide zijn hoofd om en keek me aan. 'Jensen vertelde dat je besloten had bij zijn groep te blijven. Wat was er aan de hand?'
'Hoe wist je hoe hij heette?' stamelde ik.
'Ik heb net alles over die kerel gehoord,' antwoordde Wil. 'Hij werkt voor de Peruaanse regering. Hij is een echte archeoloog, maar heeft zich verplicht alles geheim te houden in ruil voor het

exclusieve recht om het Manuscript te bestuderen. Alleen werd hij niet geacht het ontbrekende inzicht te gaan zoeken. Hij heeft kennelijk besloten de overeenkomst te schenden. Naar verluidt vertrekt hij binnenkort om het Negende Inzicht te zoeken. Toen ik hoorde dat hij de leider van Marjories groep was, dacht ik dat ik beter maar even kon gaan kijken. Wat heeft hij tegen je gezegd?'

'Hij zei dat ik in gevaar was en dat ik me bij hem moest aansluiten en dat hij me zou helpen het land uit te komen als ik dat wilde.'

Wil schudde zijn hoofd. 'Hij had je echt aan de haak.'

'Wat bedoel je?'

'Je had je energieveld moeten zien. Dat stroomde bijna helemaal het zijne in.'

'Dat begrijp ik niet.'

'Denk nog maar eens aan Sarahs ruzie met die wetenschapper op Viciente... Als je zag dat een van hen won en de ander van zijn gelijk overtuigde, zag je ook hoe de energie van de verliezer in die van de winnaar stroomde, waarna de verliezer leeg en zwak en een beetje verward achterbleef—net zoals dat meisje in dat Peruaanse gezin eruitzag'—hij glimlachte—'en net zoals jij er nu uitziet.'

'Heb je dat met mij zien gebeuren?' vroeg ik.

'Ja,' antwoordde hij. 'En je vond het verschrikkelijk moeilijk om je aan zijn greep te onttrekken en je los te rukken. Ik dacht heel even dat je het niet redde.'

'Jezus,' zei ik. 'Die vent moet echt kwaadaardig zijn.'

'Niet echt,' zei hij. 'Hij beseft waarschijnlijk maar half wat hij doet. Hij denkt dat hij het recht heeft de situatie te beheersen en hij heeft ongetwijfeld al een hele tijd geleden geleerd hoe hij met een bepaalde strategie kan domineren. Eerst doet hij net of hij je vriend is en daarna ontdekt hij iets wat hem niet uitkomt—in jouw geval dat je in gevaar verkeerde. Hij weet je vertrouwen in je eigen weg subtiel te ondermijnen, net zolang tot je je met hem identificeert. Zodra dat gebeurt, heeft-ie je.'

Wil keek me strak aan. 'Dat is maar een van de vele strategieën waarmee mensen anderen hun energie ontfutselen. Later, bij het Zesde Inzicht, kom je ook de andere manieren te weten.'
Ik luisterde niet; mijn gedachten waren bij Marjorie. Ik vond het niet prettig dat we haar achterlieten.
'Moeten we niet proberen om Marjorie daar vandaan te halen?' vroeg ik.
'Niet nu,' zei hij. 'Volgens mij loopt ze geen gevaar. Morgen bij ons vertrek kunnen we hierheen rijden en proberen met haar te praten.'
We zwegen een paar minuten, en toen vroeg Wil: 'Begreep je mijn opmerking over het feit dat Jensen niet beseft wat hij doet? Hij is niet anders dan de meeste andere mensen. Hij doet gewoon datgene waarbij hij zich het sterkste voelt.'
'Nee, ik geloof niet dat ik dat begrijp.'
Wil keek nadenkend. 'Bij de meeste mensen gaat dat nog steeds onbewust. We weten alleen maar dat we ons zwak voelen, en we voelen ons beter als we anderen beheersen. Wat we niet beseffen, is dat onze opkikker ten koste van de ander gaat. Dat is hun energie die wij gestolen hebben. De meeste mensen jagen hun hele leven alleen maar op de energie van iemand anders.'
Hij keek me met een schittering in zijn ogen aan. 'Maar af en toe pakt het anders uit. Dan ontmoeten we iemand die ons in ieder geval een tijdje vrijwillig zijn energie stuurt.'
'Hoe bedoel je dat?'
'Denk maar aan het moment toen jij en Marjorie samen zaten te eten in het restaurant en ik binnenkwam.'
'Oké.'
'Ik weet niet waar jullie tweeën het over hadden, maar haar energie stroomde duidelijk naar jou. Toen ik binnenkwam, zag ik dat duidelijk. Vertel 's: hoe voelde je je op dat moment?'
'Prima,' zei ik. 'Alle ervaringen en ideeën waarover ik het had, leken glashelder. Ik drukte mezelf heel makkelijk uit. Maar wat betekent dat?'
Hij glimlachte. 'Af en toe wil iemand anders uit vrije wil dat wij

de situatie voor hem bepalen. Dan geeft die persoon ons zonder voorbehoud zijn energie, net zoals Marjorie bij jou deed. Dat geeft ons een gevoel van extra kracht, maar je zult merken dat die gave meestal niet lang duurt. De meeste mensen—ook Marjorie—zijn niet sterk genoeg om energie te blijven geven. Daarom veranderen de meeste relaties uiteindelijk in een machtsstrijd. De mensen sluiten hun energie op die van de ander aan en raken dan slaags over wie die zal beheersen. En de verliezer betaalt altijd het gelag.'

Hij zweeg abrupt en keek me aan. 'Heb je het Vierde Inzicht begrepen? Denk na over wat er met je gebeurd is. Je hebt de energiestromen tussen mensen waargenomen en je afgevraagd wat dat betekende. Toen kwamen we Reneau tegen, die je vertelde dat psychologen al aan het zoeken zijn naar de reden waarom mensen elkaar proberen te overheersen. En dat werd allemaal in dat Peruaanse gezin gedemonstreerd. Je zag heel duidelijk dat overheersing zorgt dat de overheerser zich sterk en deskundig voelt, maar het zuigt de levensenergie weg uit degenen die overheerst worden. We kunnen onszelf wijsmaken dat we dat doen voor hun eigen bestwil of omdat het kinderen zijn, en dat we daarom altijd de touwtjes in handen moeten hebben. Maar dat maakt geen enkel verschil. Altijd wordt schade toegebracht. Daarna kwam je Jensen tegen en kreeg je een idee van hoe dat echt voelt. Je zag dat iemand die jou overheerst, werkelijk je geest weghaalt. Het ging er niet om dat je een of andere intellectuele discussie met Jensen verloor. Je had niet eens de energie of mentale helderheid voor een discussie. Al je mentale vermogens verdwenen naar Jensen. Helaas komt dit soort psychisch geweld in de hele menselijke natuur heel vaak voor, vaak bij mensen die het overigens goed bedoelen.'

Ik knikte alleen maar. Wil had mijn ervaring nauwkeurig samengevat.

'Probeer het Vierde Inzicht volledig in je op te nemen,' vervolgde Wil. 'Kijk hoe het aansluit bij wat je al weet. Het Derde Inzicht liet zien dat de materiële wereld in feite een enorm energiesysteem is. En nu onderstreept het Vierde dat de mensen lange tijd onbewust hebben gewedijverd om het enige deel van die energie waartoe we toegang hebben: het deel namelijk dat tussen de mensen stroomt. Daar zijn alle menselijke conflicten op elk niveau altijd over gegaan: van alle kleine conflicten thuis en op het werk tot de oorlogen tussen landen aan toe. Die vloeien voort uit het feit dat we ons zwak en onzeker voelen en de energie van iemand anders moeten stelen om ons lekker te voelen.'

'Wacht even,' protesteerde ik. 'Sommige oorlogen waren hard nodig. Die waren rechtvaardig.'

'Natuurlijk,' antwoordde Wil. 'Maar de enige reden waarom een conflict niet meteen kan worden opgelost, is dat een van de partijen zich om energieredenen vastklampt aan een irrationeel standpunt.'

Wil leek zich iets te herinneren. Hij greep in een tas en haalde er een stapel papieren uit die met een klem werden vastgehouden. 'Dat was ik bijna vergeten!' zei hij. 'Ik heb een kopie van het Vierde Inzicht gevonden.' Hij gaf me de kopie en zei toen niets meer, maar concentreerde zich onder het rijden op de weg.

Ik pakte de kleine zaklantaarn die Wil op de vloer bewaarde en las de volgende twintig minuten het korte document. Om het Vierde Inzicht te begrijpen, stond er, moest je de mensenwereld beschouwen als een enorme strijd om energie en dus om macht. Maar, vervolgde het inzicht, als de mensen hun strijd begrijpen, beginnen we dit conflict direct te overstijgen. Dan beginnen we ons los te maken uit de concurrentie om niet meer dan menselijke energie... en wel omdat we dan eindelijk in staat zijn energie uit een andere bron te betrekken.

Ik keek Wil aan. 'Wat is die andere bron?'

Hij glimlachte, maar zei niets.

DE BOODSCHAP VAN DE MYSTICI

De volgende ochtend werd ik wakker zodra ik Wil in actie hoorde komen. We hadden de nacht doorgebracht in een huis van een paar vrienden van Wil, en Wil zat zich op een veldbed aan de andere kant van de kamer snel aan te kleden. Buiten was het nog donker. 'Laten we inpakken,' fluisterde hij.

We pakten al onze kleren en liepen een paar maal naar de jeep heen en weer met wat extra voorraden die Wil had gekocht. Op een paar honderd meter afstand was het centrum van het dorp, maar de duisternis werd maar door weinig lichten doorboord. De dageraad was nog niet meer dan een veeg lichter gekleurde hemel in het oosten. Op een paar vogels na, die de naderende ochtend aankondigden, was alles doodstil.

Toen we klaar waren, bleef ik bij de jeep staan terwijl Wil even met zijn vriend praatte, die slaperig op de veranda stond terwijl wij alles inpakten. Plotseling hoorden we op de kruising lawaai. We zagen de lampen van drie trucks het centrum van het dorp inrijden en stoppen.

'Dat zou Jensen kunnen zijn,' zei Wil. 'Laten we erheen lopen en kijken wat ze doen, maar wees voorzichtig.'

We staken een aantal straten over en kwamen in een steeg terecht die op een meter of honderd van de trucks op de hoofdstraat uitkwam. Twee van de auto's werden bijgetankt en de derde stond voor de winkel geparkeerd. Vier of vijf mensen stonden in de buurt. Ik zag Marjorie de winkel uitlopen en iets in de truck leggen. Daarna slenterde ze onze kant op en staarde intussen naar de winkels ernaast.

'Loop naar haar toe en kijk of je haar kunt bepraten om met ons mee te gaan,' fluisterde Wil. 'Ik wacht hier op je.'
Ik glipte de hoek om, maar toen ik naar haar toe liep, kreeg ik de schrik van mijn leven. Nu pas zag ik achter haar, voor de winkel, allerlei mannen van Jensen met automatische wapens. Een paar seconden later werd ik nog banger. Aan de overkant van de straat maakten gewapende soldaten zich klein. Ze naderden Jensens groep langzaam.
Precies op het moment dat Marjorie me zag, zagen Jensens mannen de anderen en verspreidden zich. Een salvo van machinegeweervuur knalde. Marjorie keek me met doodsangst in haar ogen aan. Ik rende naar voren en greep haar vast. We doken de dichtstbijzijnde steeg in. Tussen boos geschreeuw in het Spaans door werd nog meer geschoten. We struikelden over een stapel lege dozen en vielen. Onze gezichten raakten elkaar bijna.
'Ga mee!' riep ik, en sprong overeind. Moeizaam stond ze op maar trok me weer omlaag en maakte een hoofdbeweging naar het einde van de steeg. Twee gewapende mannen verstopten zich met hun rug naar ons toe en keken de volgende straat af. We bleven doodstil zitten. Eindelijk renden de mannen de straat over naar het stuk bos aan de overkant.
Ik wist dat we terug moesten naar het huis van Wilsons vriend, naar de jeep. Ik wist zeker dat Wil daar was. Voorzichtig kropen we naar de volgende straat. Aan onze rechterkant klonk woedend geschreeuw en geweervuur, maar we zagen niemand. Ik keek naar links; ook daar was niets te zien—zelfs geen teken van Wil. Ik nam aan dat hij voor ons uit was gevlucht.
'Laten we naar het bos aan de overkant rennen,' zei ik tegen Marjorie, die inmiddels over haar schrik heen was en waakzaam en vastberaden keek. 'Daarna,' vervolgde ik, 'gaan we langs de rand van het bos naar links. De jeep staat die kant op.'
'Oké,' zei ze.
We staken snel de straat over en kwamen op een meter of honderd van het huis terecht. De jeep stond er nog steeds, maar

nergens zagen we iets bewegen. Toen we ons voorbereidden op een spurt over de laatste straat naar het huis, kwam een militair voertuig links van ons de hoek om en reed langzaam naar de woning. Tegelijkertijd rende Wil het erf over, startte de jeep en reed op topsnelheid de andere kant op. De soldaten reden hem achterna.

'Verdomme!' zei ik.

'Wat doen we nu?' vroeg Marjorie. Op haar gezicht kwam de paniek terug.

In de straten achter ons werd opnieuw geschoten, maar ditmaal dichterbij. Het bos voor ons uit werd dichter en liep de helling op die naar het noorden en zuiden boven het dorp uitrees. Dat was dezelfde bergrug die ik al eerder vanaf het uitkijkpunt had gezien.

'Laten we naar de top klimmen,' zei ik. 'Schiet op!'

We klommen een paar honderd meter de helling op. Op een uitkijkpunt bleven we even staan en keken achterom naar het dorp. Militaire voertuigen leken de kruising op te stromen en zo te zien voerden tal van soldaten een systematische huiszoeking uit. Aan de voet van de helling onder ons hoorde ik gedempte stemmen. We haastten ons verder de helling op. We konden alleen nog maar vluchten.

De hele ochtend volgden we de bergrug naar het noorden en stopten alleen om ons klein te maken als een auto over de bergrug reed die aan onze linkerhand parallel aan de onze liep. Meestal was dat een van die staalgrijze militaire jeeps die we al eerder hadden gezien, maar af en toe passeerde een burgerauto. Ironisch genoeg bood de weg in de wildernis om ons heen het enige herkenningspunt en de enige vorm van veiligheid.

Voor ons uit kwamen de twee bergruggen steeds dichter bij elkaar. Ze werden ook steeds steiler. Gekartelde rotspunten beschermden het dal beneden. Plotseling zagen we vanuit het noorden net zo'n jeep als die van Wil aan komen rijden en snel een zijweg indraaien die naar het dal beneden kronkelde.

'Dat lijkt Wil wel,' zei ik ingespannen turend.
'Laten we daar omlaag gaan,' zei Marjorie
'Wacht even. Het kan best een val zijn. Stel dat ze hem gevangengenomen hebben en de jeep gebruiken om ons uit onze schuilplaats te lokken?'
Haar blik werd weer somber.
'Jij blijft hier,' zei ik. 'Ik klim omlaag en jij houdt me in het oog. Als alles in orde is, zwaai ik en kom je achter me aan.'
Daarmee ging ze onwillig akkoord en ik begon de steile helling af te lopen naar de plek waar de jeep geparkeerd stond. Door het gebladerte heen zag ik iemand uitstappen, maar ik kon niet zien wie het was. Van de ene struik en boom naar de andere springend baande ik me een weg tussen de rotspunten door, maar gleed af en toe op de dikke laag humus uit.
Eindelijk stond de auto recht tegenover me op de helling aan de overkant, misschien honderd meter bij me vandaan. De chauffeur stond tegen een achterspatbord geleund en was nog steeds onherkenbaar. Ik liep naar rechts om een beter uitzicht te hebben. Het was Wil. Ik rende nog iets verder naar rechts en voelde me wegglijden. Op het laatste moment wist ik een boomstam te grijpen en me weer omhoog te trekken. Mijn maag verkrampte van angst: onder me ging het minstens een meter of tien steil omlaag. Ik was maar net aan de dood ontsnapt.
Nog steeds de boom vasthoudend stond ik op en probeerde Wils aandacht te trekken. Hij bestudeerde de bergrug boven me, maar toen daalde zijn blik en keek hij me recht aan. Hij ging met een ruk rechter staan en liep in mijn richting de struiken in. Ik wees naar de steile afgrond beneden.
Hij speurde het dal af en riep: 'Ik zie geen weg naar de overkant. Je moet het dal oversteken!'
Ik knikte en wilde net Marjorie waarschuwen, toen ik in de verte een auto hoorde naderen. Wil sprong de jeep in en reed weer haastig naar de hoofdweg. Ik rende de helling op en zag Marjorie door het gebladerte naar me toe komen lopen.
Plotseling klonk achter haar geschreeuw in het Spaans en het

geluid van rennende mensen. Marjorie verstopte zich achter een vooruitspringende rots. Ik liep een andere kant op en rende zo geruisloos als ik kon naar links. Intussen probeerde ik tussen de bomen door een glimp van Marjorie op te vangen. Net toen ik haar in het oog kreeg, begon ze hard te schreeuwen, want twee soldaten grepen haar armen en dwongen haar te gaan staan.

Ik bleef gebukt de helling op lopen, maar hield haar paniekerige blik op mijn netvlies. Eenmaal op de top van de bergrug liep ik weer met een hart dat bonsde van angst en paniek naar het noorden.

Toen ik een kleine twee kilometer gerend had, bleef ik staan luisteren. Ik hoorde geen beweging of gepraat achter me. Ik ging plat op mijn rug liggen en probeerde me te ontspannen en helder na te denken, maar dat afschuwelijke spookbeeld van Marjories gevangenneming was overweldigend. Waarom had ik haar gevraagd alleen op de helling achter te blijven? Wat moest ik nu beginnen? Ik ging zitten, haalde diep adem en staarde naar de weg op de andere bergrug. Onder het rennen had ik daar geen verkeer gezien. Opnieuw luisterde ik aandachtig. Niets; alleen de normale bosgeluiden. Langzaam begon ik te kalmeren. Marjorie was tenslotte alleen maar gevangengenomen. Ze had niets verkeerds gedaan behalve vluchten voor geweervuur. Waarschijnlijk werd ze vrijgelaten zodra haar identiteit als legitieme wetenschapper was vastgesteld.

Ik trok verder naar het noorden. Mijn rug deed een beetje pijn, ik voelde me smerig en moe en mijn maag rammelde af en toe van de honger. Twee uur liep ik zonder na te denken en zonder iemand te zien verder.

Toen hoorde ik op de helling rechts van mij het geluid van rennende voeten. Ik bleef doodstil staan en luisterde opnieuw, maar de geluiden waren opgehouden. Hier waren de bomen hoger. Ze beschermden de grond tegen de zon en maakten het kreupelhout dunner. Ik had een zicht van vijftig of zestig meter. Niets bewoog. Ik passeerde aan mijn rechterhand een rotsblok en diverse bomen en liep zo stil als ik kon. Drie andere zware rotsformaties lagen op mijn weg, en twee ervan liep ik voorbij. Nog steeds geen beweging. Ik liep rond het derde rotsblok. Achter me kraakten takjes. Ik draaide me langzaam om.

Naast het rotsblok stond de bebaarde man die ik op Jensens boerderij had gezien. Hij richtte een automatisch geweer op mijn maag maar keek wild en paniekerig uit zijn ogen; zijn armen trilden. Hij leek moeite te doen om zich te herinneren wie ik was.

'Wacht even,' stotterde ik. 'Ik ken Jensen.'

Hij keek me wat aandachtiger aan en liet zijn wapen zakken. Toen hoorden we in het bos achter ons iemand lopen. De man rende me met het geweer in zijn ene hand voorbij naar het noorden. Intuïtief liep ik hem achterna. Allebei renden we zo hard als we konden, ontweken takken en rotsblokken en keken af en toe om.

Na een paar honderd meter struikelde hij en rende ik hem voorbij. Tussen twee rotsblokken liet ik me vallen om even te rusten en vast te stellen of ik achter me beweging zag. Vijftig meter verderop zag ik één enkele soldaat zijn geweer heffen naar de reusachtige man, die moeizaam overeindkwam. Voordat ik een waarschuwing kon roepen, schoot de soldaat. De borst van de man ontplofte toen de kogels uit zijn rug vlogen, en ik raakte met bloed bespat. Overal hingen de echo's van het geweervuur. Even bleef hij met glazige blik onbeweeglijk staan. Toen boog zijn lichaam voorover en viel. Ik reageerde blindelings, rende uit de buurt van de soldaat opnieuw naar het noorden en hield de bomen tussen mij en de plek vanwaar de kogels waren gekomen. De helling werd voortdurend ruiger en rotsachtiger en begon sterk te stijgen.

Mijn hele lichaam trilde van uitputting en doodsangst terwijl ik tussen rotsformaties omhoogklauterde. Op zeker moment gleed ik uit en waagde een blik achterom. De soldaat liep op het lijk af. Ik gleed achter een rotsblok net toen de soldaat opkeek—zo te zien recht in mijn ogen. Ik bleef laag bij de grond en

kroop andere rotsblokken voorbij. Toen bereikte ik een vlak stuk op de helling zodat het uitzicht van de soldaat geblokkeerd werd. Ik sprong weer overeind en rende zo snel als ik kon tussen de stenen en bomen weg. Mijn geest was verdoofd. Ik kon alleen maar denken aan ontsnappen. Hoewel ik niet durfde omkijken, wist ik zeker dat ik de soldaat achter me aan hoorde rennen.
De helling boven me werd weer steiler en ik worstelde me omhoog, maar mijn krachten raakten uitgeput. Aan de top van de helling werd de grond weer vlak en het stond er vol hoge bomen en welige begroeiing. Daarachter rees een steile rotswand op die ik heel voorzichtig moest beklimmen door onderweg voortdurend naar houvast voor mijn handen en voeten te zoeken. Moeizaam klom ik naar de top, en daar zakte alle moed me in de schoenen. Een steile afgrond van minstens honderd meter diep versperde me de weg; ik kon niet verder.
Ik was gedoemd; het was met me gedaan. De stenen die over de rotsformatie achter me vielen, wezen erop dat de soldaat snel dichterbij kwam. Ik liet me op mijn knieën zakken. Ik was uitgeput, gevloerd, en met één laatste zucht liet ik mijn vechtlust varen en aanvaardde mijn lot. Straks, wist ik, kwamen de kogels. En vreemd genoeg leek de dood bijna een welkome bevrijding uit mijn doodsangst. Al wachtende flitste mijn geest terug naar de zondagen uit mijn kinderjaren en de schuldeloze aanschouwing van God. Hoe was het om dood te zijn? Ik probeerde me open te stellen voor de ervaring.
Na een hele tijd wachten waarin ik geen enkel tijdsbegrip meer had, besefte ik plotseling dat er niets gebeurd was! Ik keek rond en zag nu pas dat ik me op het hoogste punt van de berg bevond. Vanhieruit vielen andere hellingen en kliffen omlaag, waardoor ik in alle richtingen een panoramisch uitzicht had.
Een beweging trok mijn aandacht. Daar, ver beneden me op de zuidhelling, slenterde de soldaat bij me weg. Hij had het geweer van Jensens man aan zijn ene arm hangen. Die aanblik verwarmde mijn lichaam en er rimpelde stil gelach door me heen. Ik had het overleefd! Ik draaide me om, ging in de kleermakers-

zit zitten en genoot van mijn uitgelatenheid. Hier wilde ik voor altijd blijven. Het was een schitterende dag; de zon scheen.
Toen ik daar zo zat, werd ik getroffen door de nabijheid van de paarse heuvels in de verte, of liever gezegd: door het gevoel dat ze dichtbij leken. Datzelfde gold voor de paar dunne wolkpluimen die boven mijn hoofd voorbijdreven. Ik had het gevoel dat ik ze kon aanraken als ik mijn hand uitstak.
En toen ik inderdaad mijn arm omhoogstak, merkte ik dat ook mijn lichaam anders aanvoelde. Mijn arm was met ongelooflijk gemak omhooggegleden en ik hield mijn rug, nek en hoofd zonder enige inspanning volmaakt recht. Vanuit mijn houding—de kleermakerszit—stond ik zonder mijn armen te gebruiken op en rekte me uit. Ik voelde een volmaakte lichtheid.
Naar de bergen in de verte kijkend zag ik dat overdag de maan had geschenen maar dat die nu bijna onderging. Hij leek ongeveer in zijn eerste kwartier en hing als een omgekeerde kom boven de horizon. Duidelijk zag ik waarom hij die vorm had. De zon—miljoenen kilometers boven me—bescheen alleen de top van de neerdalende maan. Ik zag heel nauwkeurig de lijn tussen de zon en het maanoppervlak, en dat inzicht breidde mijn bewustzijn op een of andere manier nog verder uit.
Ik stelde me voor dat de maan al achter de horizon verdwenen was en welke weerkaatste vorm hij precies had voor de mensen die verder naar het westen woonden en hem nog steeds konden zien. Toen stelde ik me voor hoe hij eruitzag als hij recht onder me aan de andere kant van de planeet voorbijgleed. Voor de mensen daar zou hij vol lijken omdat het zonlicht boven mijn hoofd langs de aarde gleed en de maan frontaal raakte.
Dat beeld veroorzaakte een rilling langs mijn ruggegraat, en mijn rug leek zich nog meer te rechten nu ik me voorstelde, nee: *ervoer*, dat dezelfde hoeveelheid ruimte die ik normaal boven mijn hoofd voelde, ook onder mijn voeten aan de andere kant van de planeet lag. Voor het eerst in mijn leven kende ik de rondheid van de aarde niet als een intellectueel begrip maar als een echt gevoel.

Enerzijds wond dat besef me op, maar anderzijds leek het volmaakt vanzelfsprekend en natuurlijk. Ik wilde me alleen nog maar overgeven aan het gevoel in een ruimte te drijven die zich in alle richtingen voortzette. Staan betekende niet langer dat ik me met mijn benen afzette van de aarde: een innerlijk drijfvermogen leek me omhoog te houden, alsof ik net als een ballon gevuld was met precies genoeg helium om vlak boven de grond te blijven hangen en die nauwelijks met mijn voeten aan te raken. Het was net zoiets als na een jaar intense sporttraining volmaakt in vorm zijn, alleen veel gecoördineerder en lichter.

Ik ging weer op het rotsblok zitten, en opnieuw leek alles heel dichtbij: de ruige rotsformatie waarop ik zat, de bomen verder de helling af en de andere bergen aan de horizon. En terwijl ik de takken van de bomen zachtjes in de bries heen en weer zag zwaaien, ervoer ik daarvan niet alleen een visuele waarneming, maar ook een lichamelijke sensatie, alsof die bewegende takken haren op mijn lichaam waren.

Ik nam alles op een of andere manier als onderdelen van mezelf waar. Op die bergtop zittend en uitkijkend over het landschap dat naar alle richtingen omlaagviel, had ik het gevoel alsof datgene wat ik altijd als mijn lichaam beschouwd had, alleen maar het hoofd was van een veel groter lichaam, bestaande uit al het andere wat ik kon zien. Ik had het gevoel dat het hele universum door mijn ogen naar zichzelf keek. Bij die waarneming kwam plotseling een herinnering boven. Mijn geest snelde terug in de tijd, voorbij het begin van mijn reis naar Peru, voorbij mijn jeugd en mijn geboorte. Ik besefte levendig dat mijn leven eigenlijk niet begon bij mijn verwekking en geboorte op deze planeet. Dat begon al veel eerder met de vorming van de rest van mij, van mijn eigenlijke lichaam, van het universum zelf.

De evolutieleer had ik altijd saai gevonden, maar nu, terwijl mijn geest steeds verder het verleden in schoot, kwam alles wat ik over dat onderwerp gelezen had, weer terug, ook de gesprekken met mijn vriend die op Reneau leek. Ik wist nog dat dat het terrein was waarin hij belang stelde: de evolutie.

Alle kennis leek met mijn herinneringen te versmelten. Op een of andere manier herinnerde ik me wat er gebeurd was, en dat gunde me een nieuwe kijk op de evolutie. Ik zag de eerste materie in het universum exploderen en besefte dat daaraan, zoals het Derde Inzicht beschreven had, alle vastheid vreemd was. Materie was alleen maar energie die op een zeker niveau vibreerde, en aanvankelijk bestond de materie alleen in haar simpelste trillende vorm: het element dat wij waterstof noemen. In het universum bestond alleen waterstof.

Ik zag hoe de waterstofatomen naar elkaar toe werden getrokken alsof deze energie een leidend beginsel had: de aandrang om een complexer geheel te vormen. En als wolken waterstof compact genoeg werden, begonnen ze te verhitten en te branden, datgene te worden wat we een ster noemen, en tijdens die verbranding fuseerde de waterstof en sprong naar een hoger trillingsniveau: het element dat we helium noemen.

Ik bleef toekijken, zag de eerste sterren ouder worden en zichzelf uiteindelijk opblazen. Ze spuwden de rest van de waterstof en het nieuw gevormde helium het universum in. En dan begon het hele proces opnieuw. Waterstof en helium werden naar elkaar toe getrokken tot de temperatuur hoog genoeg was om nieuwe sterren te vormen, die op hun beurt het helium fuseerden en het element lithium schiepen, dat trilde op het volgende niveau.

Enzovoorts... Elke volgende generatie sterren schiep materie die voordien niet had bestaan, totdat een breed spectrum van materie—de chemische elementen—was gevormd en overal verspreid. De materie had zich uit het element waterstof, de eenvoudigste energietrilling, ontwikkeld tot koolstof, dat in een buitengewoon hoog tempo trilde. Het toneel stond klaar voor de volgende evolutiefase.

Toen onze zon tot stand kwam, kwamen brokken materie in een baan daar omheen terecht, en een ervan, de aarde, bevatte alle elementen, ook koolstof. Toen de aarde afkoelde, verhuisden gassen die ooit in de gesmolten massa opgesloten hadden gezeten, naar het oppervlak, vermengden zich en vormden waterdamp. Toen kwamen de grote regens en ontstonden de oceanen op de voorheen kale korst. Toen het water eenmaal een groot deel van het aardoppervlak bedekte, klaarde de hemel op en baadde de helder brandende zon de nieuwe wereld in licht en warmte en straling.

En in de ondiepe poelen en plassen maakte de materie te midden van de enorme onweersbuien die de planeet af en toe teisterden, de sprong van het trillingsniveau van koolstof naar een nog complexere toestand: het trillingsniveau van aminozuren. Maar dit niveau was het eerste dat niet uit zichzelf stabiel was. Materie moest voortdurend andere materie in zich opnemen om haar trilling in stand te houden. De materie moest eten. Het leven, de nieuwe speerpunt van de evolutie, was ontstaan. Dit leven kon alleen nog maar in water voortbestaan, maar ik zag het in twee vormen uiteenvallen. De ene vorm—die we planten noemen—leefde van anorganische materie en veranderde die elementen in voedingsstoffen, met gebruikmaking van kooldioxide uit de vroege atmosfeer. Als bijprodukt scheidden de planten de eerste vrije zuurstof af. Het plantaardige leven verspreidde zich snel door de oceanen, maar ten slotte ook over het land. De andere vorm—die we dieren noemen—absorbeerde alleen organische materie om zijn trilling in stand te houden. Ik zag de dieren in het grote tijdperk van de vissen de oceanen vullen, en toen de planten genoeg zuurstof aan de atmosfeer hadden afgestaan, begon hun eigen trek naar het land. Ik zag de amfibieën—half vissen, half iets anders—voor het eerst uit het water komen en longen gebruiken om de nieuwe lucht in te ademen. Toen maakte de materie een nieuwe sprong naar de reptielen, die de aarde in het grote tijdperk van de dinosaurussen bevolkten. Daarna kwamen de warmbloedige zoogdieren die eveneens de aarde bevolkten, en ik besefte dat elke nieuwe soort betekende dat het leven—de materie—een sprong naar de volgende trilling maakte. Ten slotte eindigde de ontwikkeling. Aan het einde daarvan stond de mens.

De mens. Het visioen eindigde. Ik had in één flits het hele verhaal van de evolutie gezien, het verhaal van de materie die ontstond en zich als door een plan geleid tot steeds hogere trillingsniveaus ontwikkelde, zodat uiteindelijk de nauwkeurige omstandigheden voor de opkomst van de mens ontstonden... voor de opkomst van ons allemaal afzonderlijk.

Terwijl ik op die bergtop zat, kon ik bijna zien hoe die evolutie in de levens van de mensen doorging. Voortgaande evolutie hield op een of andere manier verband met de ervaring van het toeval in het leven. Die gebeurtenissen zorgden ervoor dat ons leven zich ontwikkelde, en schiepen een hoger trillingsniveau dat ook de evolutie stimuleerde. Maar hoezeer ik me ook inspande, helemaal begrijpen deed ik het niet.

Heel lang bleef ik in vrede en volmaaktheid gedompeld op die rotspunt zitten. Toen besefte ik plotseling dat de zon in het westen begon onder te gaan. Ik had ook gezien dat zo'n anderhalve kilometer naar het noordwesten een dorp of stadje lag. Ik kon de vorm van de daken zien. De weg over de westelijke berghelling leek er rechtstreeks naar toe te kronkelen. Ik stond op en begon de berg af te klauteren. Ik lachte hardop. Ik had nog steeds verbinding met het landschap en had dus het gevoel dat ik naast mijn lichaam liep, en sterker nog: dat ik gebieden van mijn eigen lichaam exploreerde. Dat was een stimulerend gevoel.

Ik werkte me de steile hellingen af en kwam tussen de bomen terecht. De namiddagzon wierp lange schaduwen over de bosgrond. Halverwege kwam ik in een bijzonder dicht begroeid gebied van hoge bomen terecht, en toen ik dat betrad, voelde ik mijn lichaam duidelijk merkbaar veranderen. Ik voelde me nu nog lichter en gecoördineerder. Ik bleef staan, keek aandachtig naar de bomen en het struikgewas en concentreerde me op hun vorm en schoonheid. Ik zag wit licht flikkeren en rond elke plant een soort rossige gloed.

Ik liep door en kwam bij een beek terecht waar een bleekblauwe gloed van afkwam die me met nog meer vredigheid en zelfs doezeligheid vervulde. Uiteindelijk stak ik de bodem van het dal over en beklom de volgende helling, tot ik de weg bereikte. Ik trok mezelf op naar het wegdek van grind en liep ontspannen langs de helling naar het noorden.

Mijn blik viel op een man in priesterkleding, die om de volgende bocht van de weg voor me uit kwam. Zijn verschijning wond me op. Zonder enige angst holde ik verder om met hem te praten. Ik wist dat ik precies zou weten wat ik moest zeggen en doen. Ik had een gevoel van volmaakt welzijn. Maar tot mijn verrassing was hij weg. Naar rechts liep een zijweg weer het dal in, maar in die richting zag ik niemand. Ik rende verder de weg af, maar ook daar was niemand te zien. Ik dacht erover om terug te gaan en de zijweg te nemen, maar wist dat het stadje voor me uit lag en bleef dus die kant op lopen. Niettemin dacht ik nog meermaals aan die zijweg.

Toen ik honderd meter verderop een nieuwe bocht omging, hoorde ik motoren brullen. Door de bomen zag ik een kolonne militaire voertuigen met grote snelheid naderen. Even bleef ik staan en dacht dat ik het misschien wel zou redden, maar toen moest ik aan dat afschuwelijke schieten op de berg denken.

Ik had nog net de tijd om me de weg af te gooien en doodstil te blijven liggen. Tien jeeps passeerden me. Ik was op een plek zonder enige beschutting beland en kon alleen maar hopen dat niemand mijn kant op keek. Elke auto reed op minder dan zeven meter voorbij. Ik rook de uitlaatgassen en kon de uitdrukking op elk gezicht lezen.

Gelukkig had niemand me in de gaten. Toen ze ruimschoots voorbij waren, kroop ik achter een grote boom. Mijn handen trilden en mijn gevoel van vrede en samenhang was in rook opgegaan. Een inmiddels vertrouwde scheut angst verkrampte mijn maag. Eindelijk liep ik weer voetje voor voetje naar de weg, maar bij het geluid van nog meer auto's vloog ik weer de helling af. Nog twee jeeps schoten voorbij. Ik voelde me misselijk.

Ditmaal bleef ik ruim uit de buurt van de weg en liep heel voorzichtig terug in de richting waaruit ik gekomen was. Ik bereikte de zijweg die ik al eerder gepasseerd was, luisterde zorgvuldig of ik geluiden en bewegingen hoorde en besloot toen door het bos naast de weg te blijven lopen en af te slaan naar het dal. Mijn lichaam voelde weer zwaar. Wat had ik gedaan? vroeg ik me af. Waarom was ik over die weg gelopen? Ik was kennelijk niet goed bij mijn hoofd geweest—aangeslagen door de schok van het schieten en bevangen door euforie. Wees nuchter, zei ik tegen mezelf. Je moet voorzichtig zijn. Hier zijn mensen die je bij je minste fout doden!

Ik bleef stokstijf staan. Misschien honderd meter voor me uit zat de priester onder een grote boom, die met talrijke rotsformaties was omgeven. Terwijl ik hem aanstaarde, deed hij zijn ogen open en keek me recht aan. Ik deinsde terug, maar hij glimlachte alleen en wenkte me te komen.

Voorzichtig liep ik naar hem toe. Hij bleef onbeweeglijk zitten. Hij was lang en mager, was een jaar of vijftig en had kortgeknipt donkerbruin haar dat bij zijn ogen paste. 'Zo te zien heb je hulp nodig,' zei hij in volmaakt Engels.

'Wie bent u?' vroeg ik

'Pater Sánchez. En jij?'

Ik legde uit wie ik was en waar ik vandaan kwam, en liet me toen duizelig eerst op een knie en toen op mijn billen zakken.

'Je was betrokken bij wat er in Cula gebeurd is, hè?' vroeg hij.

'Wat weet u daarvan?' vroeg ik behoedzaam. Ik wist niet of ik hem vertrouwen kon.

'Ik weet dat iemand in de regering heel kwaad is,' zei hij. 'Die willen niet dat het Manuscript gepubliceerd wordt.'

'Waarom niet?' vroeg ik.

Hij stond op en keek op me neer. 'Waarom ga je niet met me mee? Onze missiepost is nog geen kilometer verderop. Bij ons ben je veilig.' Ik kwam moeizaam overeind, besefte dat ik geen keus had en knikte bevestigend. Hij ging me langzaam voor over de weg en gedroeg zich respectvol en weloverwogen. Hij woog elk woord op een goudschaaltje. 'Zoeken de soldaten je nog steeds?' vroeg hij op zeker moment.

'Dat weet ik niet,' antwoordde ik.

Hij zweeg een paar minuten en vroeg toen: 'Zoek je nog steeds naar het Manuscript?'

'Nu niet meer,' zei ik. 'Op dit moment wil ik alleen maar overleven en naar huis.'

Hij knikte me bemoedigend toe, en ik merkte dat ik hem begon te vertrouwen. Zijn warmte en consideratie troffen me. Hij deed me aan Wil denken. Algauw waren we bij de missie, die bestond uit een groep huisjes tegenover een binnenplein en een klein kerkje. Het complex lag in een prachtige omgeving. Terwijl we erheen liepen, zei hij iets in het Spaans tegen de andere mannen in habijt, die zich vervolgens weghaastten. Ik probeerde te zien waar ze heen gingen, maar de vermoeidheid overmande me. De priester bracht me naar een van de huizen.

Binnen waren twee slaapkamers en een klein woongedeelte. In de haard brandde een vuur. Al snel na onze aankomst kwam een andere priester binnen met een dienblad met brood en soep. Sánchez ging hoffelijk op een stoel naast me zitten en ik at vermoeid. Op zijn aandrang ging ik vervolgens op een van de bedden liggen en viel in een diepe slaap.

Ik liep het binnenplein op en zag direct dat het terrein smetteloos was onderhouden. De grindpaden waren met nauwkeurig gerangschikte struiken en heggen afgezet. Allemaal leken ze zodanig geplaatst dat hun volledige, natuurlijke vorm geaccentueerd werd. Geen enkele was geknipt.

Ik rekte me uit en voelde het gesteven overhemd dat ik aan had. Het was van grof katoen en schrijnde een beetje in mijn nek, maar het was schoon en net gestreken. Even eerder was ik wakker geworden toen twee priesters heet water in een tobbe goten en schone kleren voor me neerlegden. Na het bad kleedde ik me aan en liep de andere kamer in, waar warme muffins en gedroogd fruit op tafel lagen. Onder de ogen van de priesters had ik hongerig gegeten. Toen ik klaar was, waren ze weggegaan en was ik naar buiten gelopen, waar ik nu stond.

Ik liep naar een van de stenen banken die uitkeken op het binnenplein en ging zitten. De zon kwam net boven de boomtoppen uit en verwarmde mijn gezicht.

'Hoe heb je geslapen?' vroeg een stem achter me. Ik draaide me om en zag pater Sánchez naar me glimlachen. Hij stond heel rechtop.

'Uitstekend,' zei ik.

'Mag ik even bij je komen zitten?'

'Natuurlijk.'

Allebei zwegen we een hele tijd, zelfs zo lang dat ik me een beetje gegeneerd begon te voelen. Meermalen keek ik hem aan en wilde iets zeggen, maar hij keek met zijn gezicht iets schuin omhoog en met half dichtgeknepen ogen naar de zon.

Eindelijk zei hij: 'Je hebt hier een lekker plekje gevonden.' Hij doelde kennelijk op de bank rond deze tijd van de dag.

'Luister, ik heb uw advies nodig,' zei ik. 'Wat is voor mij de veiligste weg terug naar de Verenigde Staten?'

Hij keek me ernstig aan. 'Dat weet ik niet. Dat hangt ervan af hoe gevaarlijk de regering je vindt. Vertel eens hoe je in Cula verzeild bent geraakt.' Ik vertelde hem alles vanaf het moment dat ik voor het eerst over het Manuscript hoorde. Mijn euforische gevoel op de berg leek inmiddels hersenschimmig en opgeblazen, en daarop maakte ik alleen een korte toespeling. Maar Sánchez stelde me er onmiddellijk vragen over.

'Wat deed je toen de soldaat je over het hoofd had gezien en wegliep?' vroeg hij.

'Ik bleef daar gewoon een paar uur zitten,' antwoordde ik. 'Ik zal me wel opgelucht hebben gevoeld.'

'Wat voelde je nog meer?' vroeg hij.

Ik voelde me niet op mijn gemak bij die vraag, maar besloot me aan een beschrijving te wagen. 'Het is moeilijk te zeggen,' zei ik. 'Ik voelde een euforische samenhang met alles, een soort totale veiligheid en zelfvertrouwen. Ik was ook niet meer moe.'

Hij glimlachte. 'Je hebt een mystieke ervaring gehad. Veel mensen krijgen zoiets in het bos bij die top.'

Ik knikte aarzelend.

Hij draaide zich om op de bank en keek me recht aan. 'Dit is de ervaring die mystici van alle godsdiensten hebben beschreven. Heb je weleens iets over zulke ervaringen gelezen?'

'Een paar jaar geleden,' zei ik.

'Maar tot gisteren was dat niet meer dan een intellectueel begrip?'

'Dat denk ik wel.'

Een jonge priester kwam op ons af, knikte naar me en fluisterde iets tegen Sánchez. Sánchez knikte. De jonge priester draaide zich om en liep weg. De oudere priester sloeg elke stap van de jongeman gade. Hij stak het binnenplein over en liep een parkachtig terrein op dat een meter of dertig verderop lag. Nu pas zag ik dat ook dat gebied buitengewoon netjes was en vol met allerlei planten stond. De jonge priester liep naar diverse punten, aarzelde steeds alsof hij iets zocht en ging toen op één bepaalde plek zitten. Hij leek in een soort geestelijke oefening verdiept.

Sánchez glimlachte en leek verheugd. Toen richtte hij zijn aandacht weer op mij. 'Een poging om terug te gaan is waarschijnlijk onveilig,' zei hij. 'Maar ik zal proberen te achterhalen hoe de situatie is en of er iets bekend is over je vrienden.' Hij stond op en keek me aan. 'Ik moet een paar dingen doen. Vergeet alsjeblieft niet dat we je op alle mogelijke manieren zullen helpen. Voorlopig hoop ik dat je het hier naar je zin hebt. Ontspan je en kom weer op krachten.'

Ik knikte.

Hij reikte in zijn zak, trok er een paar vellen papier uit en gaf ze aan mij. 'Dit is het Vijfde Inzicht. Dat gaat over het soort ervaring dat jij gehad hebt. Je zult het vast interessant vinden.'

Ik pakte ze onwillig aan, en hij vervolgde: 'Wat heb je begrepen van het laatste inzicht dat je gelezen hebt?' vroeg hij.

Ik aarzelde. Ik wilde helemaal niet nadenken over manuscripten en inzichten. Eindelijk zei ik: 'De mensen zitten gevangen in een soort concurrentie om elkaars energie. Als we kunnen zorgen dat iemand zich bij onze opvatting neerlegt, identificeert die persoon zich met ons. Dat trekt zijn energie naar de onze en dan voelen we ons sterker.' Hij glimlachte. 'Het probleem is dus dat iedereen elkaar probeert te beheersen en te manipuleren vanwege andermans energie omdat wij het gevoel hebben dat die ons ontbreekt?'

'Dat klopt.'

'Maar is daar een oplossing voor? Een andere energiebron?'

'Dat bedoelde het laatste inzicht te zeggen.'

Hij knikte en liep heel weloverwogen de kerk in. Ik boog me een paar tellen voorover en liet mijn ellebogen op mijn knieën rusten zonder naar de vertaling te kijken. Ik voelde nog steeds een zekere afkeer. De gebeurtenissen van de laatste twee dagen hadden mijn enthousiasme gedoofd en ik wilde liever nadenken over een manier om weer thuis te komen. Toen zag ik op het beboste terrein aan de overkant de jonge priester opstaan en langzaam naar een andere plek lopen, een meter of zeven verderop. Hij draaide zich weer naar me om en ging zitten. Zijn bezigheden intrigeerden me. Ik bedacht plotseling dat hij misschien iets aan het doen was wat in het Manuscript beschreven stond. Ik keek naar de eerste bladzijde en begon te lezen.

Het beschreef een nieuwe opvatting van wat al sinds heel lang 'mystiek bewustzijn' werd genoemd. In de laatste decennia van de twintigste eeuw, stond er, zou dat bewustzijn verbreid raken als een haalbare bestaanswijze die door de esoterische praktijken van veel godsdiensten gedemonstreerd was. Voor de meesten zou dat bewustzijn een intellectueel concept blijven waarover ze alleen praatten en discussieerden. Maar een groeiend aantal mensen zou dat bewustzijn aan den lijve ervaren—want die individuen gingen in de loop van hun leven flitsen of glimpen van die geestesgesteldheid opvangen. Volgens het Manuscript was die ervaring de sleutel tot de beëindiging van alle menselijke conflicten ter wereld, want tijdens die ervaring ontvangen we energie uit een andere bron—een bron die we uiteindelijk naar willekeur leren aanboren.

Ik hield op met lezen en keek weer naar de jonge priester. Zijn ogen waren open en hij leek me recht aan te kijken. Ik knikte, hoewel ik de details van zijn gezicht niet kon onderscheiden. Tot mijn verrassing knikte hij terug en glimlachte zwak. Toen stond hij op en liep naar links weg in de richting van het huis. Ik zag hem het binnenplein oversteken en het huis ingaan, maar hij vermeed mijn blik.

Achter me hoorde ik voetstappen, en toen ik me omdraaide zag ik Sánchez de kerk uit komen. Hij glimlachte bij zijn nadering. 'Dat duurde gelukkig niet lang,' zei hij. 'Zal ik je nog iets van het terrein laten zien?'

'Ja, graag,' antwoordde ik. 'Vertel eens iets over die tuin daar.' Ik wees naar de plek waar de jonge priester was geweest.

'We lopen er even naar toe,' zei hij.

Terwijl we over het binnenplein wandelden, vertelde Sánchez dat de missie al vierhonderd jaar oud was, gesticht door een heel bijzondere missionaris uit Spanje, die vond dat hij de plaatselijke Indianen moest bekeren via hun hart en niet via dwang met het zwaard. Zijn aanpak had gewerkt, vervolgde Sánchez. Deels vanwege zijn succes en deels omdat het hier zo afgelegen was, hadden ze de priester rustig zijn gang laten gaan. 'Wij zetten zijn traditie voort en zoeken de waarheid in onszelf,' zei Sánchez.

De tuin was smetteloos aangelegd. Zo'n zesduizend vierkante meter dicht bos was gekapt en de struiken en bloeiende planten werden doorsneden met paden van gladde riviersteen. Net als op het binnenplein waren de planten zodanig volmaakt geplaatst dat hun unieke vorm benadrukt werd.

'Waar wil je zitten?' vroeg Sánchez.

Ik bekeek de mogelijkheden. Voor ons uit lagen diverse afzonderlijke stukken, die allemaal een afgerond geheel leken. Allemaal bevatten ze open plekken, omgeven door mooie planten, rotsblokken en bomen met allerlei vormen. Eén ervan, de plek waar de jonge priester het laatst had gezeten, bevatte meer rotsformaties.

'Daar?' vroeg ik.

Hij knikte. We liepen erheen en gingen zitten. Sánchez ademde een paar minuten diep en keek me toen aan. 'Vertel nog eens iets over je ervaring op de berg,' zei hij.

Ik voelde nog steeds tegenzin. 'Ik weet niet wat ik daar nog meer over zeggen moet. Het duurde niet lang.'

De priester keek me streng aan. 'Het feit dat het eindigde toen je weer bang werd, maakt het niet onbelangrijker, vind je wel? Misschien zou je het terug moeten zien te halen.'

'Misschien,' zei ik. 'Maar met mensen om me heen die me proberen te doden, concentreer ik me niet makkelijk op kosmische gevoelens.'

Hij lachte en keek me vriendelijk aan.

'Bestudeert u het Manuscript hier in de missie?' vroeg ik.

'Ja,' zei hij. 'Wij leren anderen hoe ze het soort ervaring kunnen bereiken dat jij op de berg had. Je zou het niet erg vinden als je iets van dat gevoel terugkreeg, hè?'

Een stem vanaf het binnenplein onderbrak ons: een priester riep Sánchez. De oudere man verontschuldigde zich, liep naar het binnenplein en praatte met de priester die hem geroepen had. Ik leunde achterover, keek naar de planten en stenen in de buurt en zorgde dat ik ze nog net kon zien. Rond de dichtstbijzijnde struik kon ik een vaag aura van licht onderscheiden, maar toen ik het op de rotsblokken probeerde, zag ik niets.

Ik zag Sánchez terugkomen. 'Ik moet weg,' zei hij, toen hij weer bij me stond. 'Ik heb een vergadering in de stad. Misschien hoor ik iets over je vrienden, of in ieder geval over hoe je veilig kunt reizen.'

'Goed,' zei ik. 'Komt u vandaag nog terug?'

'Dat denk ik niet,' antwoordde hij. 'Morgen lijkt me waarschijnlijker.' Ik had kennelijk onzeker gekeken, want hij kwam dichter bij me staan en legde een hand op mijn schouder. 'Maak je geen zorgen. Hier ben je veilig. Doe maar of je thuis bent. Kijk rond. Het is prima om met de priesters te praten, maar bedenk dat sommigen ontwikkelder zijn dan anderen en meer openstaan.'

Ik knikte.

Hij glimlachte, liep naar de achterkant van de kerk en stapte in een oude bestelwagen die ik nog niet eerder had gezien. Na diverse pogingen startte de auto, en hij reed achter de kerk langs naar de weg die weer de berg op leidde.

Urenlang bleef ik in de tuin. Ik probeerde alles op een rijtje te krijgen en vroeg me af hoe het met Marjorie ging en of Wil ontsnapt was. Het beeld van Jensens man die gedood werd, schoot dikwijls door me heen, maar ik bedwong die herinnering en probeerde kalm te blijven.

Rond het middaguur zag ik diverse priesters een lange tafel midden op het binnenplein dekken en allerlei schalen voedsel neerzetten. Toen ze klaar waren, sloot minstens een tiental priesters zich bij hen aan. Ze begonnen hun eigen bord vol te scheppen en informeel op hun banken te eten. De meesten glimlachten vriendelijk naar elkaar, maar ik hoorde niet veel gepraat. Een van hen keek mijn kant op en wees naar het voedsel.

Ik knikte, liep naar het binnenplein en schepte maïs en bonen op een bord. Alle priesters leken zich sterk van mijn aanwezigheid bewust, maar niemand zei iets tegen me. Ik maakte diverse opmerkingen over het voedsel, maar kreeg alleen glimlachend en met beleefde gebaren antwoord. Als ik oogcontact probeerde te krijgen, sloegen ze hun blik neer.

Ik ging alleen op een van de banken zitten en at. De groenten en bonen bevatten geen zout maar waren met kruiden op smaak gebracht. Toen het middageten voorbij was en de priesters hun borden op de tafel opstapelden, kwam een andere priester haastig de kerk uit en schepte snel op. Toen hij klaar was, zocht hij een zitplaats, en toen kruisten onze blikken elkaar. Hij glimlachte, en ik herkende hem als de priester die me eerder die ochtend vanuit de tuin had aangekeken. Ik beantwoordde zijn glimlach. Hij kwam naar me toe en begon in gebroken Engels tegen me te praten. 'Mag ik bij u komen zitten?' vroeg hij.

'Graag,' antwoordde ik.

Hij ging zitten en begon heel langzaam te eten. Hij kauwde zijn voedsel uitvoerig en glimlachte af en toe naar me. Hij was klein en mager, maar pezig, en had gitzwart haar. Zijn ogen waren lichter bruin. 'Vindt u het lekker?' vroeg hij.

Ik had mijn bord op mijn schoot. Er lagen nog een paar stukken maïs. 'Jazeker,' zei ik, en nam nog een hap. Opnieuw zag ik hoe langzaam en weloverwogen hij kauwde en probeerde hetzelfde te doen. Ineens drong tot me door dat alle priesters op die manier gegeten hadden.

'Worden die groenten hier op de missie gekweekt?' vroeg ik. Hij aarzelde voordat hij antwoordde, en slikte langzaam. 'Ja, voedsel is heel belangrijk.'

'Mediteert u bij de planten?' vroeg ik.

Hij keek me kennelijk verrast aan. 'Hebt u het Manuscript gelezen?' vroeg hij.

'Ja, de eerste vier inzichten.'

'Hebt u voedsel gekweekt?' vroeg hij.

'Nee, hoor. Ik ben alles nog aan het leren.'

'Ziet u energievelden?'

'Ja, soms.'

We zwegen een paar minuten, terwijl hij nog een paar zorgvuldige happen nam. 'Voedsel is de belangrijkste manier om energie te krijgen,' zei hij.

Ik knikte.

'Maar om de energie in het voedsel volledig op te nemen, moet het gewaardeerd, eh...' Hij leek het juiste woord te zoeken. '... genoten worden,' zei hij ten slotte. 'Smaak is de sleutel. Je moet de smaak genieten. Daarom bidden we voor het eten. Dat is niet alleen een kwestie van dankbaarheid, maar ook om van het eten een heilige ervaring te maken, zodat de energie uit het voedsel je lichaam kan betreden.' Hij keek me aandachtig aan, alsof hij wilde zien of ik het begreep.

Ik knikte zonder commentaar. Hij keek nadenkend. Ik overwoog wat hij bedoelde: dit soort bewuste waardering van het voedsel was de echte reden voor het gewone godsdienstige dankgebed en leidde tot een grotere energieopname uit het voedsel.

'Maar voedsel opnemen is maar de eerste stap,' zei hij. 'Als je hoeveelheid persoonlijke energie op die manier is vergroot, word je gevoeliger voor de energie in alle dingen... en dan leer je die energie op te nemen zonder te eten.'

Ik knikte instemmend.

'Alles om ons heen,' vervolgde hij, 'bevat energie. Maar alles heeft zijn eigen soort. Daarom versterken sommige plekken de energie meer dan andere. Dat hangt af van hoe je vorm bij de energie daar past.'

'Was u dat daarnet aan het doen?' vroeg ik. 'Uw energie vergroten?'

Mijn vraag leek hem genoegen te doen. 'Ja.'

'Hoe doet u dat?' vroeg ik.

'Je moet je openstellen, contact met je omgeving zoeken, je zin voor schoonheid gebruiken, net als wanneer je energievelden ziet. Maar dit gaat één stap verder en geeft je het gevoel dat je wordt bijgevuld.'

'Ik weet niet of ik u helemaal begrijp.'

Hij fronste zijn wenkbrauwen. 'Wilt u met me meelopen naar de tuin? Dan laat ik het u zien.'

'Prima,' zei ik. 'Waarom niet?'

Ik liep over het binnenplein achter hem aan naar de tuin. Toen we daar kwamen, bleef hij staan en keek rond alsof hij op het terrein iets zocht. 'Daar,' zei hij. Hij wees naar een plek aan de rand van het dichte bos.

We volgden het pad dat tussen de bomen en struiken kronkelde. Hij koos een plek voor een grote boom, die zodanig uit een stapel rotsblokken groeide dat de stam op de stenen leek te rusten. De wortels kronkelden rond en tussen de stenen voordat ze eindelijk de grond bereikten. Mij onbekende bloeiende struiken groeiden in halve cirkels voor de boom, en uit de gele bloesems van die struiken ving ik een vreemde, zoete geur op. Het dichte bos vormde een solide, groene achtergrond.

De priester zei dat ik op een open plek tussen de struiken en tegenover de knoestige boom moest gaan zitten. Hij ging naast me zitten. 'Vindt u die boom mooi?' vroeg hij.

'Ja.'

'Probeer hem dan... te... eh... voelen.' Opnieuw leek hij moeizaam het juiste woord te zoeken. Hij dacht even na en vroeg: 'Pater Sánchez vertelde dat u op de berg een ervaring hebt gehad. Weet u nog hoe u zich toen voelde?'

'Ik voelde me licht en veilig en één met de omgeving.'

'Hoezo één?'

'Dat is moeilijk te beschrijven,' zei ik. 'Net of het hele landschap onderdeel van mezelf was.'

'Maar hoe was dat gevoel?'

Ik dacht even na. Hoe was dat gevoel? Toen wist ik het plotseling. 'Liefde,' zei ik. 'Volgens mij voelde ik liefde voor alles.'

'Ja,' zei hij. 'Precies. Voel dat voor de boom.'

'Maar wacht even,' protesteerde ik. 'Liefde is iets dat er gewoon zijn moet. Ik kan mezelf niet dwingen om iets lief te hebben.'

'U dwingt uzelf niet tot liefde,' zei hij. 'U staat alleen toe dat liefde binnentreedt. Maar daarvoor moet u uw geest voorbereiden met de herinnering aan hoe dat gevoel was, en proberen datzelfde opnieuw te voelen.'

Ik keek naar de boom en probeerde me mijn emoties op de berg te herinneren. Langzamerhand begon ik zijn vorm en aanwezigheid te bewonderen, en dat groeide tot ik werkelijk een gevoel van liefde kreeg. Dat was precies wat ik als kind voor mijn moeder had gevoeld of als jongen voor een bijzonder meisje dat het voorwerp van mijn 'kalverliefde' was. Maar hoewel ik naar de boom had zitten kijken, bestond deze speciale liefde als algemeen achtergrondgevoel. Mijn liefde gold alles.

De priester liep zachtjes bij me vandaan en bekeek me aandachtig. 'Goed,' zei hij. 'U aanvaardt de energie.'

Ik zag dat zijn blik niet helemaal scherp was.

'Hoe weet u dat?' vroeg ik.

'Omdat ik uw energieveld zie groeien.'

Ik deed mijn ogen dicht en probeerde dezelfde gevoelsintensiteit te bereiken als op de bergtop, maar die ervaring kon ik niet terughalen. Ik voelde hetzelfde continuüm, maar minder sterk dan eerst. Die mislukking frustreerde me.

'Wat is er?' vroeg hij. 'Uw energie is kleiner geworden.'

'Ik weet het niet,' zei ik. 'Ik voelde het gewoon niet zo sterk als eerst.'

Hij keek me alleen maar aan—aanvankelijk vermaakt, maar toen ongeduldig.

'Wat u op de bergtop ervoer, was een geschenk, een doorbraak, een nieuwe manier van kijken. Wat u nu stapje voor stapje moet leren is hoe u die ervaring zelf kunt opwekken.' Hij liep nog iets verder bij me vandaan en keek me weer aan. 'Probeer het nog eens.'

Ik deed mijn ogen dicht en probeerde diep te voelen. Ten slotte overspoelde die emotie me opnieuw. Ik hield dat gevoel vast en probeerde het met kleine beetjes tegelijk te versterken.

'Dat is heel goed,' zei hij plotseling. 'U ontvangt energie en geeft die aan de boom terug.'

Ik keek hem recht aan. 'Geef ik energie aan de boom terug?'

'Als u de schoonheid en eenmaligheid van dingen kunt zien,' legde hij uit, 'ontvangt u energie. Als u het niveau bereikt waarop u liefde voelt, stuurt u die energie terug, gewoon door dat te willen.'

Een hele tijd bleef ik voor de boom zitten. Hoe meer ik mijn aandacht op de boom richtte en zijn vorm en kleur bewonderde, des te meer liefde ik leek te verwerven—een ongewone ervaring. Ik stelde me voor hoe mijn energie wegvloeide en de boom vulde, maar kon het niet zien. Zonder mijn blik af te wenden zag ik de priester opstaan en aanstalten maken om weg te lopen.

'Hoe ziet het eruit als ik de boom energie geef?' vroeg ik.

Hij beschreef die gewaarwording gedetailleerd, en dat was duidelijk hetzelfde als ik gezien had toen Sarah op Viciente energie op de filodendron projecteerde. Hoewel Sarah dat proces beheerste, wist ze kennelijk niet dat een staat van liefde nodig was

om die projectie te laten plaatsvinden. Kennelijk verwierf ze die liefde vanzelfsprekend en zonder dat te beseffen.
De priester liep weg naar het binnenplein en ik zag hem niet meer. Ik bleef tot zonsondergang in de tuin zitten.

Toen ik het huis inkwam, knikten de twee priesters beleefd. Een laaiend vuur hield de avondkilte buiten en diverse olielampen verlichtten de voorste kamer. Overal rook het naar groente- of misschien aardappelsoep. Op de tafel stonden een aardewerken schaal, allerlei lepels en een bord met vier sneden brood.
Een van de priesters draaide zich om en liep zonder me aan te kijken weg. De ander hield zijn blik neergeslagen en knikte naar een grote gietijzeren pan op de haard bij het vuur. Van onder het deksel stak de steel van een lepel uit. Zodra ik de pan zag, vroeg de tweede priester: 'Hebt u nog iets anders nodig?'
'Ik geloof van niet,' zei ik. 'Dank u.'
Hij knikte en verliet het huis eveneens, zodat ik alleen was. Ik haalde het deksel van de pan—aardappelsoep. Hij rook verrukkelijk. Ik deed er een paar scheppen van in een kom, ging aan tafel zitten, haalde het deel van het Manuscript dat Sánchez me gegeven had uit mijn zak en legde het naast mijn bord met de bedoeling om erin te lezen. Maar de soep was zó lekker dat ik me alleen op het eten concentreerde. Toen ik klaar was, legde ik de borden in een grote pan en staarde gehypnotiseerd naar het vuur tot de vlammen lager begonnen te branden. Toen draaide ik de lampen uit en ging naar bed.
De volgende ochtend werd ik bij dageraad wakker en voelde me volledig vernieuwd. Op het binnenplein buiten kolkte een ochtendmist. Ik wakkerde het vuur weer aan, legde brandhoutjes op de gloeiende as en waaierde tot ze vlam vatten. Ik wilde net in de keuken iets te eten zoeken, toen ik Sánchez' bestelwagen hoorde aankomen. Ik liep naar buiten, en op dat moment kwam hij van achter de kerk te voorschijn met een rugzak aan zijn ene arm en allerlei pakjes aan de andere. 'Ik heb nieuws,' zei hij, en gebaarde dat ik hem weer naar binnen moest volgen.

Verscheidene andere priesters verschenen met hete maïskoeken en pap en gedroogd fruit. Sánchez begroette hen en ging toen bij me aan tafel zitten. De anderen haastten zich weg.
'Ik had een vergadering met een paar priesters van de Zuidelijke Raad,' zei hij. 'Die was bedoeld om over het Manuscript te praten. Discussiepunt was het agressieve optreden van de regering. Dit was voor het eerst dat een groep priesters openlijk bijeenkwam ten gunste van het document, en we wilden net aan onze discussie beginnen, toen een regeringsvertegenwoordiger aanklopte en toestemming vroeg om binnen te komen.' Hij zweeg even, terwijl hij zijn bord vol schepte en grondig kauwend een paar happen nam. 'Die man,' vervolgde hij, 'stelde met nadruk dat de regering alleen maar probeert te verhinderen dat het Manuscript door buitenstaanders wordt uitgebuit. Hij deelde mee dat Peruaanse onderdanen alleen een officieel gewaarmerkte kopie mogen bezitten. Hij zei dat hij onze zorg begreep, maar vroeg ons de wet te eerbiedigen en onze kopieën in te leveren. Hij beloofde dat we daarvoor in ruil ogenblikkelijk regeringskopieën kregen.'
'Hebt u ze ingeleverd?' vroeg ik.
'Natuurlijk niet.'
We aten allebei een paar minuten. Ik probeerde heel lang te kauwen en van de smaak te genieten. 'We vroegen naar de gewelddadige gebeurtenissen in Cula,' vervolgde hij, 'en hij zei dat dat een noodzakelijke actie was geweest tegen een man die Jensen heette en dat diverse mannen van hem gewapende buitenlandse agenten waren. Volgens hem waren ze van plan het onontdekte deel van het Manuscript te vinden en te stelen en naar het buitenland te brengen; de regering moest hen dus wel arresteren. Jij en je vrienden zijn niet genoemd.'
'Geloofde u die man?'
'Nee, dat deden we niet. Toen hij weg was, zetten we onze vergadering voort. We kwamen een beleid van rustig verzet overeen. We zullen kopieën blijven maken en die zorgvuldig verspreiden.'

'Staat de kerkelijke leiding dat toe?' vroeg ik.

'Dat weten we niet,' zei Sánchez. 'De kerkelijke hiërarchie heeft het Manuscript afgewezen maar tot dusver niet serieus gekeken wie ermee bezig is. We maken ons vooral zorgen over een kardinaal die zijn zetel een eind naar het noorden heeft. Dat is kardinaal Sebastián. Hij is de meest uitgesproken tegenstander van het Manuscript en heeft veel invloed. Als hij de hiërarchie tot een duidelijke uitspraak kan verleiden, moeten we een heel interessante beslissing nemen.'

'Waarom verzet hij zich tegen het Manuscript?'

'Hij is bang.'

'Waarom?'

'Ik heb hem allang niet meer gesproken en we hebben het onderwerp van het Manuscript altijd gemeden. Maar ik denk dat hij vindt dat de rol van de mens zijn deelname aan de kosmos zonder spirituele kennis is—alleen vanuit zijn geloof. Hij denkt dat het Manuscript de status-quo en de machtsstructuur in de wereld ondermijnt.'

'Hoe kan dat dan?'

Hij glimlachte en hield zijn hoofd een beetje schuin. 'De waarheid werkt bevrijdend.'

Ik keek hem aan en probeerde te begrijpen wat hij bedoelde. Intussen at ik het laatste brood en fruit van mijn bord.

Hij at nog een paar kleine hapjes en schoof toen zijn stoel naar achteren. 'Je lijkt veel sterker,' zei hij. 'Heb je soms met iemand hier gepraat?'

'Ja,' antwoordde ik. 'Van een van de priesters heb ik een manier geleerd om met de energie in contact te komen. Ik... kan me zijn naam niet herinneren. Toen wij gisterochtend op het binnenplein aan het praten waren, zat hij in de tuin. Weet u nog? Toen ik later met hem praatte, liet hij me zien hoe ik energie kan opzuigen en weer teruggeven.'

'Hij heet John,' zei Sánchez, en knikte ten teken dat ik moest doorgaan met vertellen.

'Het was een verbazende ervaring,' zei ik. 'Door me de liefde te herinneren die ik gevoeld had, kon ik me openstellen. Ik heb daar de hele ochtend in ondergedompeld gezeten. Ik heb de toestand die ik op de bergrug voelde, niet bereikt, maar het scheelde niet veel.'

Sánchez keek me wat ernstiger aan. 'De rol van de liefde is heel lang verkeerd begrepen. De liefde is er niet om een goed mens van je te maken of om vanuit een abstracte morele verantwoordelijkheid een betere wereld tot stand te brengen of omdat we ons hedonisme moeten opgeven. Als we genoeg energie vinden om die staat van liefde in stand te houden, komt dat de wereld zeker ten goede, maar op de eerste plaats helpt het onszelf. Het is het meest hedonistische dat we doen kunnen.'

Ik beaamde dat en zag dat hij zijn stoel ruim een meter verder naar achteren had gezet en me aandachtig maar vaag aankeek.

'Hoe ziet mijn veld eruit?' vroeg ik.

'Het is veel groter,' zei hij. 'Volgens mij voel je je uitstekend.'

'Dat klopt.'

'Goed. Dat is onze taak hier.'

'Vertelt u daar eens iets over,' zei ik.

'We leiden priesters op om dieper de bergen in met de Indianen te werken. Dat is een eenzame taak en de priesters moeten heel sterk zijn. Alle mannen hier zijn grondig doorgelicht en hebben één ding gemeen: allemaal hebben ze een ervaring gehad die ze mystiek noemen. Ik bestudeer dit soort ervaringen al vele jaren,' vervolgde hij. 'Dat deed ik al voordat het Manuscript werd gevonden, en ik geloof dat de terugkeer naar die toestand en de vergroting van je persoonlijke energieniveau na je eerste mystieke ervaring veel makkelijker worden. Ook anderen kunnen die verbinding leggen, maar dat duurt langer. Een sterke herinnering aan die ervaring vergemakkelijkt, zoals je volgens mij gemerkt hebt, de herhaling ervan. Daarna bouw je het langzaam op.'

'Hoe ziet iemands energieveld eruit als dat gebeurt?'

'Het breidt zich uit en verandert iets van kleur.'

'Welke kleur?'

'Normaal van dofwit naar blauw en groen. Maar het belangrijkste is dat het zich uitbreidt. Tijdens jouw mystieke ontmoeting op de bergtop flitste je energie bijvoorbeeld naar heel het universum. Eigenlijk kreeg je verbinding met de hele kosmos en onttrok je daaruit energie; op haar beurt zwol jouw energie op tot zij alles overal omvatte. Weet je nog hoe dat voelde?'

'Ja,' zei ik. 'Alsof het hele universum mijn lichaam was en ik alleen maar het hoofd, of liever gezegd: de ogen.'

'Ja,' zei hij, 'en op dat moment waren jouw energieveld en dat van de kosmos identiek. Het universum was je lichaam.'

'Ik had op dat moment een vreemde herinnering,' zei ik. 'Ik leek me te herinneren hoe dit grotere lichaam, dit universum van mij evolueerde. Ik was erbij. Ik zag hoe uit eenvoudige waterstof de eerste sterren ontstonden en zag toen in achtereenvolgende zonnegeneraties complexere materie ontstaan. Alleen zag ik geen materie. Ik zag de materie als simpele energietrillingen, die systematisch tot steeds hogere, complexere toestanden evolueerden. Toen... begon het leven en evolueerde het tot het punt waarop de mens verscheen...'

Plotseling zweeg ik, en hij merkte de omslag van mijn stemming.

'Wat is er?' vroeg hij.

'Op dat moment stopte de herinnering aan de evolutie,' legde ik uit. 'Bij de mens. Het verhaal leek door te gaan, maar ik kon het niet meer volgen.'

'Het verhaal gaat ook door,' zei hij. 'De mensen zetten de evolutie van het universum voort en bereiken een steeds hogere trillingscomplexiteit.'

'Hoe?' vroeg ik.

Hij glimlachte maar antwoordde niet. 'Daar hebben we het later nog weleens over. Ik moet echt even een paar dingen nagaan. Ik zie je over een uurtje weer.'

Ik knikte. Hij pakte een appel en liep weg. Ik wandelde doelloos achter hem aan naar buiten, maar moest toen aan de kopie van het Vijfde Inzicht in de slaapkamer denken en ging hem halen. Al eerder had ik aan het bos zitten denken waar Sánchez had gezeten toen ik hem voor het eerst ontmoette. Ondanks mijn vermoeidheid en paniek had ik gezien dat het daar buitengewoon mooi was. Dus liep ik de weg af naar het westen tot ik diezelfde plek bereikte. Daar ging ik zitten.

Met mijn rug tegen een boom liet ik alle muizenissen van me afglijden en keek een paar minuten rond. Het was een heldere en winderige ochtend, en ik zag de wind tegen de takken boven mijn hoofd zwiepen. Ik haalde meermaals diep adem, en dat was heel verfrissend. Toen de wind even ging liggen, haalde ik het Manuscript te voorschijn en zocht de bladzij waar ik was opgehouden met lezen. Voordat ik die gevonden had, hoorde ik het geluid van een motor.

Ik ging plat naast de boom liggen en probeerde vast te stellen uit welke richting het kwam. Het kwam uit de missie. Toen het dichterbij kwam, zag ik dat het de bestelwagen van Sánchez was met hemzelf achter het stuur.

'Ik dacht wel dat je hier was,' zei hij, terwijl hij stopte bij de plek waar ik opstond. 'Stap in. We moeten weg.'

'Wat is er aan de hand?' vroeg ik, terwijl ik op de bijrijdersstoel ging zitten.

Hij reed naar de hoofdweg. 'Een van mijn priesters vertelde dat hij in het dorp een gesprek heeft afgeluisterd. Daar waren een paar ambtenaren die vragen stelden over mij en de missiepost.'

'Wat willen ze van u, denkt u?'

Hij keek me welwillend aan. 'Dat weet ik niet. Maar ik weet niet meer zo zeker als eerst dat ze ons met rust zullen laten. Ik dacht dat we als voorzorg maar de bergen in moesten rijden. Een van mijn priesters woont in de buurt van Machu Picchu. Dat is pater Carl. In zijn huis zijn we veilig tot we meer inzicht in de situatie hebben.' Hij glimlachte. 'Ik wil sowieso graag dat je Machu Picchu ziet.'

Plotseling kwam een vlaag van wantrouwen bij me op. Had hij soms handjeklap gespeeld en bracht hij me ergens naar toe om me uit te leveren? Ik besloot voorzichtig en waakzaam te blijven tot ik het zeker wist.

'Heb je de vertaling gelezen?' vroeg hij.
'Grotendeels,' zei ik.
'Je vroeg naar de menselijke evolutie. Heb je dat deel uit?'
'Nee.'
Hij haalde zijn blik van de weg en keek me heel aandachtig aan. Ik deed net of ik het niet zag. 'Is er iets?' vroeg hij.
'Nee hoor,' zei ik. 'Hoe lang duurt het voordat we in Machu Picchu zijn?'
'En uur of vier.'
Ik wilde mijn mond houden en Sánchez laten praten, in de hoop dat hij zich zou verraden, maar kon mijn nieuwsgierigheid naar de evolutie niet bedwingen. 'Op welke manier zetten de mensen de evolutie voort?' vroeg ik.
Hij wierp een blik op me. 'Wat denk jij?'
'Ik weet het niet,' zei ik. 'Maar toen ik op de berg zat, dacht ik dat het misschien iets te maken had met de zinvolle toevalligheden waar het Eerste Inzicht het over had.'
'Dat klopt,' zei hij. 'Dat sluit ook aan bij de andere inzichten, vind je niet?'
Ik was in verwarring. Ik begreep het bijna maar kon er nog steeds de vinger niet op leggen. Ik bleef zwijgen.
'Denk maar aan de volgorde van de inzichten,' zei hij. 'Het Eerste treedt op als we die toevalligheden serieus nemen. Die toevalligheden geven ons het gevoel dat achter alles wat we doen, iets anders, iets spiritueels werkzaam is. Het Tweede Inzicht bevestigt ons besef als iets werkelijks. We zien dat we ons alleen met onze materiële overleving hebben beziggehouden. Het enige waarnaar we streefden, was de veiligheid van onze situatie in het universum, en we weten dat onze nieuwe openheid een soort ontwaken betekent naar wat er werkelijk gaande is. Het Derde Inzicht brengt een nieuwe levensopvatting. Het definieert het universum als iets dat alleen uit zuivere energie bestaat, die op een of andere manier reageert op hoe we denken. En het Vierde legt de menselijke neiging bloot om energie van anderen te stelen door hen te beheersen en hun geest te bedwin-

gen, een misdaad die we begaan omdat we ons zo vaak uitgeput en afgesneden van energie voelen. Dat tekort kan natuurlijk worden opgeheven als we in verbinding treden met de hogere bron. Het universum geeft ons alles wat we nodig hebben, mits we ons ervoor kunnen openstellen. Dat is de openbaring van het Vijfde Inzicht. In jouw geval,' vervolgde hij, 'had je een mystieke ervaring waarbij je even een blik wierp op de enorme hoeveelheid energie die iemand kan verwerven. Maar die toestand lijkt een beetje op een sprint voor iedereen uit. Je werpt een blik op de toekomst, maar dat hou je niet lang vol. Als we erover proberen te praten met iemand die op een normaal bewustzijnsniveau opereert of als we in een wereld proberen te leven waarin nog steeds conflicten voorkomen, worden we uit die vooruitgeschoven toestand teruggeslagen en vallen we op ons oude niveau terug. En dan gaat het erom,' vervolgde hij, 'dat we beetje bij beetje terugwinnen waarop we een blik hebben geworpen en langzaam weer toewerken naar dat uiteindelijke bewustzijn. Maar om dat te kunnen, moeten we leren hoe we onszelf bewust met energie kunnen vullen, want die energie zorgt voor de toevalligheden, en die toevalligheden helpen ons dat nieuwe niveau een permanente basis te geven.'

Ik had kennelijk onzeker gekeken, want hij zei: 'Denk er maar over na: als er iets gebeurt dat geen toeval kan zijn maar ons verder brengt in ons leven, worden we een ander mens. We hebben het gevoel dat we iets bereiken dat het lot voor ons in petto had. Als dat gebeurt, wordt het energieniveau dat voor dat toeval heeft gezorgd, in ons vastgelegd. Als we bang zijn, kunnen we daaruit weer worden teruggestoten en energie verliezen, maar dat niveau dient als nieuwe bovengrens die vrij makkelijk weer bereikt kan worden. We zijn een nieuw iemand geworden. We bestaan op een niveau van hogere energie, op een niveau—luister goed—van een hogere trilling. Zie je het nu voor je? We vullen onze energie aan, groeien, vullen onze energie aan, en groeien opnieuw. Op die manier zetten wij de evolutie van het universum voort tot steeds hogere trillingsniveaus.'

Hij zweeg even en leek toen aan iets te denken dat hij nog wilde toevoegen. 'Deze evolutie is in de hele menselijke geschiedenis onbewust verlopen. Dat verklaart waarom de beschaving zich ontwikkeld heeft, waarom de mensen langer zijn geworden, langer leven enzovoorts. Maar nu maken we het hele proces bewust. Dat is de boodschap van het Manuscript. Daarover gaat die beweging die naar een wereldwijd spiritueel bewustzijn streeft.'

Ik luisterde aandachtig. Wat Sánchez me vertelde, had me volledig in de ban. 'We hoeven ons dus alleen maar te laten vollopen met energie, zoals ik van John heb geleerd, en dan beginnen de toevalligheden regelmatiger op te treden?'

'Ja, inderdaad, maar dat is niet zo makkelijk als je denkt. Voordat we met enige regelmaat in contact met die energie kunnen komen, moeten we eerst een andere horde nemen. Daarover gaat het volgende inzicht, het Zesde.'

'Wat is dat?'

Hij keek me recht aan. 'We moeten de manier onder ogen zien waarop we anderen beheersen. Vergeet de onthulling van het Vierde Inzicht niet: de mensen hebben altijd een tekort aan energie gevoeld en elkaar proberen te beheersen. Het Vijfde laat zien dat er een alternatieve bron bestaat, maar daarmee kunnen we pas in verbinding blijven als we de bijzondere manier herkennen waarop we anderen beheersen, en daarmee ophouden. Want steeds als we in onze oude gewoonte vervallen, raakt onze verbinding met de bron afgesneden. We raken die gewoonte niet makkelijk kwijt, want aanvankelijk verloopt die altijd onbewust. De sleutel tot onze bevrijding ervan is de volledige bewustwording, en daarvoor moeten we inzien dat onze eigen stijl van heerschappij over anderen iets is dat we in onze jeugd hebben leren gebruiken om de aandacht van anderen te krijgen, om te zorgen dat energie onze kant op stroomde. Daarin zijn we blijven steken. We herhalen die manier keer op keer. Dat noem ik ons onbewust *beheersingsdrama*. Ik noem het een drama omdat het één dramatische, vertrouwde scène is, een scène voor een film waarvoor wij in onze jeugd het scenario schrijven. Die scène herhalen we in ons dagelijks leven steeds opnieuw zonder dat te beseffen. We weten alleen maar dat hetzelfde soort dingen ons herhaaldelijk overkomt. Het probleem is dit: als we één speciale scène keer op keer herhalen, kunnen de andere scènes van onze echte levensfilm, het grote avontuur dat door toevalligheden gemarkeerd wordt, geen doorgang vinden. Als we dit ene drama, of deze scène, herhalen om de energiestroom te manipuleren, zetten we de film stop.'

Sánchez nam snelheid terug en reed voorzichtig langs een rij diepe gaten in de weg. Ik ergerde me. Ik begreep nog steeds niet helemaal hoe zo'n beheersingsdrama werkte. Bijna vertelde ik Sánchez wat er in me omging, maar ik kon het niet. Ik voelde nog steeds een afstand en gaf mezelf niet graag bloot.

'Heb je het begrepen?' vroeg hij.

'Weet ik niet,' zei ik kortaf. 'Ik weet niet of ik een beheersingsdrama heb.'

Hij keek me diep en warm aan en grinnikte hardop. 'Werkelijk?' vroeg hij. 'Waarom ben je dan altijd zo afstandelijk?'

OPHELDERING VAN HET VERLEDEN

Voor ons uit werd de weg smaller en beschreef een bocht rond de steile rotswand. De auto stuiterde over een paar grote stenen en reed langzaam door de bocht. Onder me rees de Andes in zware, grijze bergruggen boven sneeuwwitte wolkenbanken uit. Ik keek Sánchez aan. Hij zat gespannen over het stuur geleund. Het grootste deel van de dag hadden we steile hellingen beklommen en ons over paden gewerkt die door neergevallen stenen nog smaller waren geworden. Ik had het onderwerp van de beheersingsdrama's weer willen aansnijden, maar dit leek niet het juiste moment. Sánchez leek elke druppel energie voor het rijden nodig te hebben, en bovendien wist ik niet goed wat ik vragen wilde. Ik had de rest van het Vijfde Inzicht gelezen, en dat was een nauwkeurige herhaling van de dingen die Sánchez verteld had. De gedachte mijn beheersingsstijl kwijt te raken, leek aantrekkelijk, vooral omdat ik mijn eigen evolutie daarmee versnelde, maar ik begreep nog steeds niet hoe zo'n beheersingsdrama werkte.

'Waar zit je aan te denken?' vroeg Sánchez.

'Ik heb net het Vijfde Inzicht uit,' zei ik. 'En ik zat aan die drama's te denken. Afgaande op wat u net over mij zei, neem ik aan dat mijn drama volgens u iets met afstandelijkheid te maken heeft.'

Hij antwoordde niet en staarde naar de weg. Dertig meter voor ons uit stond een grote auto met vierwielaandrijving dwars op de weg. Een man en een vrouw stonden een meter of twintig van de auto op een rotspunt. Ze beantwoordden onze blik.

Sánchez bracht de auto tot stilstand, keek even en glimlachte toen. 'Die vrouw ken ik,' zei hij. 'Dat is Julia. Het is in orde. Laten we met ze praten.'

Zowel de man als de vrouw hadden een donkere huid en waren blijkbaar Peruanen. De vrouw was ouder dan de man en leek een jaar of vijftig, terwijl hij ongeveer dertig was. Toen we de auto uit stapten, liep de vrouw naar ons toe. 'Pater Sánchez!' zei ze bij haar nadering.

'Hoe gaat het, Julia?' antwoordde Sánchez. De twee omhelsden elkaar, en toen stelde Sánchez me aan haar voor. Julia stelde me op haar beurt aan haar reisgenoot Rolando voor.

Julia en Sánchez zeiden verder niets meer, draaiden ons de rug toe en liepen naar de rotspunt waar daarnet Julia en Rolando hadden gestaan. Rolando bekeek me aandachtig. Intuïtief draaide ik me om en liep in de richting van de twee anderen. Rolando liep mee en bleef me aankijken alsof hij iets wilde. Hoewel zijn haar en gezicht een jonge indruk maakten, was zijn huid rood en gerimpeld. Ik voelde me niet echt op mijn gemak. Terwijl we naar de rand van de afgrond liepen, leek hij meermaals iets te willen zeggen, maar elke keer wendde ik mijn blik af en versnelde mijn pas. Hij zei niets. Toen we de afgrond bereikten, ging ik op een richel zitten om te voorkomen dat hij naast me plaatsnam. Julia en Sánchez zaten een meter of acht boven me op een groot rotsblok.

Rolando ging zo dicht mogelijk in mijn buurt zitten. Ik vond zijn voortdurende blik hinderlijk, maar tegelijk was ik nieuwsgierig. Hij ving mijn blik op en vroeg: 'Ben je hier vanwege het Manuscript?'

Het duurde een tijdje voordat ik antwoordde. 'Ik heb ervan gehoord.'

Hij leek onthutst. 'Heb je het gezien?'

'Een deel,' zei ik. 'Heb jij er iets mee te maken?'

'Ik ben geïnteresseerd,' zei hij, 'maar ik heb nog geen kopieën gezien.' Een periode van stilzwijgen volgde.

'Kom je uit de Verenigde Staten?' vroeg hij.

Die vraag verontrustte me en ik besloot hem niet te beantwoorden. In plaats daarvan vroeg ik: 'Heeft het Manuscript iets met de ruïnes van Machu Picchu te maken?'

'Dat denk ik niet,' antwoordde hij. 'Maar het is wel ongeveer net zo oud.'

Ik bleef zwijgend naar het ongelooflijke uitzicht over de Andes kijken. Als ik niets zei, zou hij vroeg of laat wel vertellen wat hij en Julia hier deden en hoe dat verband hield met het Manuscript. We zaten twintig minuten zonder iets te zeggen. Eindelijk stond Rolando op en klom naar de plek waar de anderen zaten te praten.

Ik had geen idee wat ik doen moest. Ik was met opzet niet bij Sánchez en Julia gaan zitten, want ik had duidelijk de indruk dat ze onder vier ogen wilden praten. Ik bleef daar nog een minuut of dertig naar de bergtoppen zitten staren en probeerde iets op te vangen van het gesprek boven me. Niemand besteedde ook maar enige aandacht aan me. Eindelijk besloot ik bij hen te gaan zitten, maar voordat ik aanstalten kon maken, stonden de drie anderen op en begonnen naar Julia's auto te lopen. Ik klom over de rotsblokken naar hen toe.

'Ze moeten weg,' merkte Sánchez bij mijn nadering op.

'Jammer dat we geen tijd hebben om te praten,' zei Julia. 'Ik hoop u gauw terug te zien.' Ze keek me aan met dezelfde warmte als Sánchez vaak vertoonde. Toen ik knikte, hield ze haar hoofd een beetje scheef en voegde eraan toe: 'Eigenlijk heb ik het gevoel dat dat niet lang zal duren.'

We wandelden het bergpad af en ik voelde de behoefte om iets terug te zeggen, maar ik kon niets bedenken. Toen we bij Julia's auto kwamen, knikte ze alleen maar en zei ons snel gedag. Zij en Rolando stapten in en Julia reed weg naar het noorden, in de richting waaruit Sánchez en ik gekomen waren. Ik wist niet wat ik van deze gebeurtenis moest denken.

Toen we eenmaal in onze auto zaten, vroeg Sánchez: 'Heeft Rolando je over Wil verteld?'

'Nee!' zei ik. 'Hebben ze hem gezien?'

Sánchez keek verward. 'Ja, in een dorp zestig kilometer van hier.'
'Heeft Wil iets over mij gezegd?'
'Volgens Julia zei hij dat jullie elkaar waren kwijtgeraakt. Ze zei dat Wil vooral met Rolando praatte. Heb je Rolando niet verteld wie je bent?'
'Nee, ik wist niet of ik hem kon vertrouwen.'
Sánchez keek me totaal verbijsterd aan. 'Ik zei je dat het prima was om met hem te praten! Ik ken Julia al jaren. Ze heeft een bedrijf in Lima, maar sinds de ontdekking van het Manuscript zoekt ze het Negende Inzicht. Julia reist beslist niet met iemand die niet te vertrouwen is. Er was geen enkel gevaar. Nu heb je misschien belangrijke informatie gemist.'
Sánchez keek me ernstig aan. 'Dit is een volmaakt voorbeeld van hoe storend een beheersingsdrama werkt,' zei hij. 'Je was zo afstandelijk dat je een belangrijk toeval verhinderde plaats te vinden.'
'Het geeft niet,' reageerde hij op mijn defensieve blik. 'Iedereen speelt zijn eigen drama. In ieder geval weet je nu hoe het werkt.'
'Ik begrijp het helemaal niet!' zei ik. 'Wat doe ik dan precies?'
'Jouw manier om mensen en situaties te beheersen,' legde hij uit, 'en te zorgen dat energie jouw kant op komt, is een drama laten afspelen in je geest waarin je je terugtrekt en mysterieus en geheimzinnig lijkt. Je maakt jezelf wijs dat je voorzichtig bent, maar eigenlijk hoop je iemand bij je drama te kunnen betrekken, en die iemand moet proberen te ontdekken wat er met je aan de hand is. Als iemand dat doet, blijf je vaag en dwing je hem zijn uiterste best te doen om net zo lang te graven tot hij je ware gevoelens ziet. Intussen geven ze je hun volle aandacht en dat stuurt energie jouw kant op. Hoe langer jij ze belangstellend kan houden, hoe langer ze zich voor een raadsel voelen staan, des te meer energie ontvang je. Maar helaas: als jij het afstandelijke type uithangt, ontwikkelt je leven zich meestal heel langzaam omdat je diezelfde scène steeds opnieuw herhaalt. Als je je voor Rolando had opengesteld, had je levensfilm een nieuwe en zin-

volle richting gekregen.'

Ik voelde me neerslachtig worden. Dit alles was het zoveelste bewijs dat Wil gelijk had toen hij mijn onwil zag om Reneau in te lichten. Het was waar. Ik had inderdaad de neiging om niet te zeggen wat ik dacht. Ik keek uit het raampje terwijl we steeds hoger de bergen inkwamen.

Sánchez probeerde opnieuw met volle concentratie te voorkomen dat we een doodsmak maakten. Toen de weg rechter werd, keek hij me aan en zei: 'De eerste stap in het bevrijdingsproces is voor ons allemaal een volledige bewustwording van ons eigen beheersingsdrama. Niets kan doorgang vinden zolang we niet echt naar onszelf kijken en ontdekken wat we allemaal doen om aan energie te komen. Dat gebeurde net ook met jou.'

'Wat is de volgende stap?' vroeg ik.

'Iedereen moet terug naar zijn verleden, terug naar het gezin van vroeger om te kijken hoe die gewoonte is ontstaan. Als we weten hoe onze beheersingsmethode ontstaan is, blijven we ons ervan bewust. Vergeet niet dat de meeste leden van ons gezin ook zelf een drama opvoerden en ons toen we kinderen waren, onze energie wilden ontnemen. Daarom hadden we ook zelf een beheersingsdrama nodig. We moesten een strategie hebben om energie terug te krijgen. Onze eigen drama's ontwikkelen we altijd in onze verhouding tot het gezin. Maar als we de energiedynamica in ons gezin zien, kunnen we de beheersingsstrategieën achter ons laten en zien wat er eigenlijk plaatsvindt.'

'Wat bedoelt u met wat er eigenlijk plaatsvindt?'

'Iedereen moet vanuit een evolutionair, spiritueel standpunt zijn gezinservaring herinterpreteren en ontdekken wie hij echt is. Zodra we dat doen, valt ons beheersingsdrama van ons af en begint ons echte leven.'

'Hoe begin ik daarmee?'

'Door allereerst te begrijpen hoe jouw drama tot stand kwam. Vertel me eens iets over je vader.'

'Een goede man, dol op grappen en bekwaam, maar...' Ik aarzelde want ik wilde niet ondankbaar lijken.

'Maar wat?' vroeg Sánchez.

'Nou,' zei ik, 'hij was altijd heel kritisch. Ik kon nooit iets goed doen.'

'Hoe uitte hij die kritiek op je?'

Het beeld van mijn vader, jong en sterk, verscheen voor mijn geestesoog. 'Hij stelde vragen en altijd was er wel iets mis met de antwoorden.'

'En wat gebeurde er dan met je energie?'

'Ik zal me wel uitgeput hebben gevoeld, zodat ik ging vermijden om wat dan ook tegen hem te zeggen.'

'Je bedoelt dat je vaag en afstandelijk werd, de dingen op zo'n manier probeerde te zeggen dat je zijn aandacht trok maar niet genoeg onthulde om hem reden tot kritiek te geven. Hij was de ondervrager en jij ontweek hem met je afstandelijkheid?'

'Ik neem aan van wel. Maar wat is een ondervrager?'

'Een ondervrager is een ander soort drama. Mensen die dit middel tot energieverwerving gebruiken, organiseren een drama waarbij ze vragen stellen en de wereld van iemand anders afspeuren op iets negatiefs. Vinden ze dat, dan kritiseren ze dat levensaspect van die ander. Als dat lukt, worden de gekritiseerde personen bij het drama betrokken. Plotseling merken ze dat ze in de buurt van de ondervrager verlegen worden en aandacht schenken aan wat hij doet en denkt, en proberen dus niets verkeerds te doen dat de ondervrager kan opmerken. Die psychische onderdanigheid geeft de ondervrager de energie die hij wil. Denk maar aan alle keren dat je in de buurt van zo iemand bent geweest. Als je in het drama verstrikt raakt, probeer je je dan niet zodanig te gedragen dat die persoon geen kritiek op je heeft? Hij leidt je weg van je pad en put je energie uit, omdat je jezelf beoordeelt aan de hand van wat hij zou kunnen denken.'

Dat gevoel herinnerde ik me heel precies, en degene aan wie ik denken moest, was Jensen. 'Mijn vader was dus een ondervrager?' vroeg ik.

'Zo te horen wel.'

Even was ik in gedachten verdiept over het drama van mijn

moeder. Als mijn vader een ondervrager was, wat was mijn moeder dan?

Sánchez vroeg me waaraan ik dacht.

'Aan het beheersingsdrama van mijn moeder,' zei ik. 'Hoeveel verschillende soorten zijn er?'

'Ik zal je de indeling uitleggen die het Manuscript noemt,' zei Sánchez. 'Iedereen probeert energie los te krijgen, hetzij agressief door de mensen tot aandacht te dwingen, hetzij passief door in te spelen op de sympathie en nieuwsgierigheid van mensen en op die manier hun aandacht te trekken. Als iemand jou bijvoorbeeld lichamelijk of met woorden bedreigt, dan word jij tot aandacht gedwongen uit angst dat er iets ergs met je gebeurt, en geef je hem energie. De persoon die je bedreigt, betrekt je in het alleragressiefste soort drama, dat het Zesde Inzicht de "bullebak" noemt. Maar als anderzijds iemand je al het vreselijks vertelt dat hem overkomt en laat doorschemeren dat dat jouw schuld is en dat die vreselijke dingen zullen doorgaan als jij je hulp weigert, dan probeert diegene je te beheersen op het allerpassiefste niveau. Het Manuscript noemt dat het "arme ik"-drama. Denk daar maar eens over na. Ben je nooit bij mensen geweest die je je in hun aanwezigheid schuldig laten voelen, terwijl je best weet dat daarvoor geen enkele reden is?'

'Ja.'

'Nou, dat komt omdat je de dramawereld van de "arme ik" hebt betreden. Alles wat ze zeggen en doen, brengt je in de positie dat je je moet verdedigen tegen het idee dat je voor diegenen niet genoeg doet. Daarom voel je je al schuldig zodra je in de buurt komt.'

Ik knikte.

'Ieders drama kan onderzocht worden,' vervolgde hij, 'op de plaats die het inneemt in het spectrum tussen agressief en passief. Als die persoon een subtiele agressie vertoont, altijd fouten ontdekt en langzaam je wereld ondermijnt om je energie te pakken te krijgen, dan is dat een ondervrager. Minder passief dan de "arme ik" is jouw afstandelijkheidsdrama. De volgorde van

de drama's is dus: bullebak, ondervrager, afstandelijkheid en arme ik. Klinkt dat logisch?'
'Ik geloof van wel. Denkt u dat iedereen in een van die stijlen past?'
'Ja. Sommige mensen hebben in verschillende situaties een verschillende stijl, maar de meesten van ons hebben één dominant overheersingsdrama dat we vaak herhalen, en dat hangt af van hoe goed dat drama functioneerde bij de andere gezinsleden.'
Plotseling drong het tot me door. Mijn moeder deed precies hetzelfde met mij als mijn vader. Ik keek Sánchez aan. 'Mijn moeder. Ik weet wat ze was. Ook zij was ondervrager.'
'Dan heb je een dubbele dosis gehad,' zei Sánchez. 'Geen wonder dat je zo afstandelijk bent. Maar in ieder geval hebben ze je niet bedreigd. Je bent in ieder geval nooit bang geweest voor je veiligheid.'
'Wat zou er in dat geval zijn gebeurd?'
'Dan zou je zijn vastgeraakt in het "arme ik"-drama. Begrijp je hoe dat werkt? Als je een kind bent en iemand tapt je energie af door je met lichamelijke schade te bedreigen, werkt afstandelijkheid niet. Je kunt hem zijn energie niet laten afstaan door gereserveerd te doen. Het kan hem geen moer schelen wat er in je omgaat. Daarvoor voelt hij zich te sterk. Dus word je tot meer passiviteit gedwongen, tot de "arme ik"-aanpak, en doe je een beroep op zijn medelijden. Je probeert hem te laten struikelen over schuldgevoel omtrent de schade die hij bij je aanricht. Als dat niet werkt, verdraag je het als kind tot je groot genoeg bent om tegen dat geweld te exploderen en de agressie met agressie te bestrijden.' Hij zweeg even. 'Net als dat kind over wie je het had, dat kind in dat Peruaanse gezin dat de maaltijd opdiende. Mensen gaan tot het uiterste om in hun gezin aandachtsenergie te krijgen. En die strategie wordt vervolgens hun dominante beheersingsmanier om energie van anderen te krijgen, het drama dat ze almaar herhalen.'
'Ik begrijp de bullebak,' zei ik, 'maar hoe wordt iemand ondervrager?'

'Wat zou jij doen als je een kind was en jouw gezinsleden waren er niet of negeerden je omdat ze het zo druk met hun carrière hadden of zoiets?'
'Dat weet ik niet.'
'Met afstandelijkheid trek je hun aandacht niet; die merken ze niet eens. Dan heb je nog maar één middel: net zolang peuteren tot je in die afstandelijke mensen iets verkeerds vindt, zodat je hen tot aandacht en energie kunt dwingen. Dat doet een ondervrager.'
Het begon me te dagen. 'Afstandelijke mensen scheppen ondervragers!'
'Dat klopt.'
'En ondervragers maken mensen afstandelijk! En bullebakken scheppen de "arme ik"-benadering, en als dat mislukt, een volgende bullebak!'
'Precies. Op die manier houden de beheersingsdrama's zichzelf in stand. Maar vergeet niet dat mensen de neiging hebben om die drama's wel in anderen te zien, maar denken dat zijzelf er geen last van hebben. Ieder van ons moet die illusie overwinnen voordat we verder kunnen. Bijna allemaal zitten we minstens een deel van de tijd in zo'n drama verstrikt. We moeten een stap terug doen en lang genoeg naar onszelf kijken om te ontdekken wat dat is.'
Ik zweeg even. Eindelijk keek ik Sánchez weer aan en vroeg: 'Als we eenmaal ons drama zien, wat gebeurt er dan?'
Sánchez ging langzamer rijden om me recht aan te kunnen kijken. 'Dan hebben we de echte vrijheid om meer te worden dan het onbewuste toneel dat we spelen. Zoals ik al zei: dan kunnen we de hogere betekenis van ons leven vinden, de spirituele reden waarom we in dat speciale gezin geboren zijn. Dan beginnen we inzicht te krijgen in wie we werkelijk zijn.'

'We zijn er bijna,' zei Sánchez. De weg voerde over een pas tussen twee bergtoppen. Toen we de enorme formatie aan onze rechterhand passeerden, zag ik voor me uit een klein huisje dat met zijn achterkant tegen een andere majesteitelijke rotspunt stond.

'Zijn bestelwagen staat er niet,' zei Sánchez.

We parkeerden en liepen naar het huis. Sánchez deed de deur open en liep naar binnen. Ik wachtte buiten en haalde een paar maal diep adem. De lucht was koel en heel dun. De hemel boven mijn hoofd hing vol donkergrijze, dikke wolken. Zo te zien kon het best gaan regenen.

Sánchez kwam weer naar de deur. 'Er is niemand. Hij is kennelijk bij de ruïnes.'

'Hoe komen we daar?'

Hij leek plotseling uitgeput. 'Die zijn een meter of zevenhonderd verderop,' zei hij, en gaf me de sleutels van de auto. 'Volg de weg tot voorbij de volgende top en dan zie je ze beneden je. Neem de auto maar. Ik wil hier blijven mediteren.'

'Oké,' zei ik, en liep rond de auto om in te stappen.

Ik reed een klein dal in en toen weer een helling op, en verheugde me op wat ik te zien zou krijgen. De aanblik stelde me niet teleur. Toen ik de volgende top passeerde, zag ik alle luister van de ruïnes van Machu Picchu: een tempelcomplex van tonnen zware, zorgvuldig uitgehouwen en op elkaar gelegde rotsblokken op de berg. Zelfs in het vage wolkenlicht was die plek overweldigend mooi.

Ik stopte en zoog tien of vijftien minuten energie op. Diverse groepen mensen liepen door de ruïnes. Ik zag een man met een priesterboord uit de resten van een gebouw komen en teruglopen naar een auto in de buurt. Vanwege de afstand en omdat de man een leren jasje droeg in plaats van priesterkleding, wist ik niet zeker of dat pater Carl was.

Ik startte de auto en reed erheen. Zodra hij dat geluid hoorde, keek hij op en glimlachte. Kennelijk herkende hij de auto van pater Sánchez. Toen hij mij achter het stuur zag zitten, keek hij belangstellend en liep naar me toe. Hij was kort en breed gebouwd en had dofbruin haar, een rond gezicht en diepblauwe ogen. Zo te zien was hij een jaar of dertig. 'Ik ben met pater

Sánchez meegekomen,' zei ik terwijl ik uitstapte en me voorstelde. 'Hij is in uw huis.'
Hij stak me een hand toe. 'Ik ben pater Carl.'
Ik keek langs hem heen naar de ruïnes. Van dichtbij waren de uitgehakte rotsblokken nog indrukwekkender.
'Is dit de eerste keer dat je hier bent?' vroeg hij.
'Ja,' antwoordde ik. 'Ik heb hier al jaren over gehoord, maar ik had nooit gedacht dat het zo indrukwekkend zou zijn.'
'Het is een van de krachtigste energiecentra ter wereld,' zei hij.
Ik keek hem aandachtig aan. Kennelijk gebruikte hij het woord 'energie' in dezelfde betekenis als het Manuscript. Ik knikte instemmend en zei: 'Ik ben op het punt waarop ik bewust probeer energie op te bouwen en mijn beheersingsdrama af te breken.' Ik voelde me bij die woorden een beetje pretentieus, maar voldoende op mijn gemak om eerlijk te zijn.
'Jij lijkt me niet al te afstandelijk,' zei hij.
Ik was verbluft. 'Hoe wist u dat dat mijn drama was?' vroeg ik.
'Daar heb ik een intuïtie voor ontwikkeld. Daarom ben ik hier.'
'U leert mensen zien op welke manier ze anderen beheersen?'
'Ja, en hun echte zelf.' Zijn ogen blonken van oprechtheid. Hij was totaal recht-door-zee en voelde kennelijk geen zweem van verlegenheid als hij zich aan een vreemde blootgaf. Ik bleef zwijgen, en hij zei: 'Begrijp je de eerste vijf inzichten?'
'Ik heb de meeste gelezen,' zei ik, 'en met allerlei mensen gepraat.'
Nog terwijl ik dat zei, besefte ik dat ik te vaag was. 'Ik denk dat ik de eerste vijf begrijp,' vervolgde ik, 'maar nummer zes is me nog duister.'
Hij knikte en zei: 'De meeste mensen met wie ik praat, hebben zelfs nog nooit van het Manuscript gehoord. Ze komen hier de bergen in en worden gefascineerd door de energie. Dat is al genoeg om te zorgen dat ze hun leven heroverwegen.'
'Hoe komt u die mensen tegen?'
Hij keek me met een veelbetekenende blik aan. 'Ze schijnen mij te vinden.'

'U zei dat u hen helpt hun echte zelf te vinden. Hoe?'
Hij haalde diep adem en zei: 'Dat kan maar op één manier. Ieder van ons moet terug naar de gezinservaring, naar die plaats en tijd van onze kinderjaren, en nog eens bekijken wat daar gebeurd is. Als we eenmaal ons beheersingsdrama beseffen, kunnen we ons op de hogere waarheid van dat gezin concentreren, op de zon achter de wolken van dat energieconflict zogezegd. Als we die waarheid vinden, kan dat ons leven vitaliseren, want die waarheid vertelt wie we zijn, welke weg we gaan en wat we doen.'
'Dat zei Sánchez ook al,' zei ik. 'Ik wil meer weten over hoe ik die waarheid moet vinden.'
Hij ritste zijn jasje dicht, want de namiddag begon kil te worden. 'Ik hoop dat we daar nog over kunnen praten,' zei hij. 'Maar eerst wil ik pater Sánchez gedag zeggen.' Ik keek uit over de ruïnes, en hij vervolgde: 'Kijk hier maar rond zolang je wilt. Ik zie je straks wel in mijn huis.'
Het volgende anderhalf uur wandelde ik door dit oeroude oord. Op bepaalde plekken voelde ik de neiging wat langer te blijven en daar voelde ik me lichter dan elders. Ik vroeg me gefascineerd af wat voor beschaving deze tempels had gebouwd. Hoe kregen ze die stenen hier naar boven, hoe hadden ze die op deze manier op elkaar gekregen? Het leek onmogelijk.
Toen mijn intense belangstelling voor de ruïnes begon te verflauwen, wendde ik me in gedachten tot mijn persoonlijke situatie. Hoewel mijn omstandigheden niet veranderd waren, voelde ik me nu minder bang. Sánchez' zelfvertrouwen had me een hart onder de riem gestoken. Het was dom geweest om aan hem te twijfelen. En nu al vond ik pater Carl aardig.
In groeiende duisternis liep ik naar de auto en reed terug naar pater Carls huis. Toen ik kwam aanrijden, zag ik de twee mannen in het huis dicht bij elkaar staan, en toen ik naar binnen ging, hoorde ik gelach. Allebei waren ze in de keuken aan het avondeten bezig. Pater Carl begroette me en wees me een stoel. Ik ging lui voor een groot haardvuur zitten en keek rond. De ka-

mer was groot en met licht gebeitste planken betimmerd. Ik zag twee andere kamers, kennelijk slaapkamers, onderling verbonden door een smalle gang. Het huis werd door zwakke lampen verlicht en ik meende het zachte gezoem van een generator te horen.

Toen het eten klaar was, werd ik naar een tafel van ruwe houten planken geroepen. Sánchez zei een kort gebed, en onder het eten bleven beide mannen praten. Daarna gingen we bij de haard zitten. 'Pater Carl heeft Wil gesproken,' zei Sánchez.

'Wanneer?' vroeg ik, direct opgewonden.

'Wil kwam hier een paar dagen geleden langs,' zei pater Carl. 'Ik ken hem van een jaar geleden en hij kwam langs met informatie. Hij meende te weten wie achter het regeringsoptreden tegen het Manuscript zit.'

'Wie dan?' vroeg ik.

'Kardinaal Sebastián,' onderbrak Sánchez.

'Wat doet hij dan?' vroeg ik.

'Kennelijk,' zei Sánchez, 'gebruikt hij zijn invloed bij de regering om de militaire druk tegen het Manuscript op te voeren. Hij heeft altijd liever in stilte via de regering gewerkt dan binnen de Kerk een splitsing te forceren. Nu vergroot hij zijn inspanningen. Helaas kan hij best succes hebben.'

'Wat bedoelt u?'

'Op een paar priesters van de Noordelijke Raad en een paar anderen zoals Julia en Wil na, schijnt niemand meer kopieën te hebben.'

'En de wetenschappers op Viciente?' vroeg ik.

Beide mannen zwegen even. Toen zei pater Carl: 'Wil vertelde dat de regering het huis gesloten heeft. Alle onderzoekers zijn gearresteerd en hun gegevens in beslag genomen.'

'Slikt de wetenschappelijke wereld dat?' vroeg ik.

'Ze zullen wel moeten,' zei Sánchez. 'Bovendien werd dat onderzoek door de meeste geleerden toch al niet aanvaard. De regering propageert blijkbaar het idee dat deze mensen de wet overtreden.'

'Ik kan niet geloven dat de regering daarmee wegkomt.'
'Kennelijk wel,' zei pater Carl. 'Ik heb een paar mensen gebeld om het verhaal bevestigd te krijgen en kreeg hetzelfde te horen. De regering houdt alles goed onder tafel maar slaat steeds harder toe.'
'Wat gaat er nu gebeuren, volgens u?' vroeg ik aan beiden.
Pater Carl haalde zijn schouders op, maar pater Sánchez zei: 'Dat weet ik niet. Het kan afhangen van wat Wil ontdekt.'
'Waarom?' vroeg ik.
'Hij lijkt het ontbrekende deel van het Manuscript, het Negende Inzicht, bijna gevonden te hebben. Als dat lukt, wordt de wereld misschien wakker en grijpt in.'
'Waar zei hij dat hij naar toe ging?' vroeg ik pater Carl.
'Dat wist hij niet precies, maar hij zei dat zijn intuïtie hem naar het noorden leidde, in de buurt van Iquitos.'
'Hij laat zich door zijn intuïtie leiden?'
'Ja. Dat leer je begrijpen als je helderheid hebt over wie je bent en verder gaat naar het Zevende Inzicht.'
Ik keek hen beiden aan en verbaasde me over hun ongelooflijke rust. 'Hoe kunt u zo kalm blijven?' vroeg ik. 'Stel dat ze hier binnenvallen en ons arresteren?'
Ze keken me geduldig aan. Toen zei pater Sánchez: 'Verwar kalmte niet met zorgeloosheid. Onze vredige houding geeft aan hoe goed we in verbinding met de energie staan. We handhaven die verbinding want dat is, ongeacht de omstandigheden, het beste wat we kunnen doen. Dat begrijp je, hè?'
'Ja,' zei ik. 'Natuurlijk. Ik geloof dat ik zelf moeite heb om die verbinding in stand te houden.'
Beide mannen glimlachten. 'In verbinding blijven,' zei pater Carl, 'wordt makkelijker als je helderheid hebt over wie je bent.'
Pater Sánchez stond op en liep weg met de mededeling dat hij ging afwassen.
Ik keek pater Carl aan. 'Oké,' zei ik. 'Hoe begin ik helderheid over mezelf te krijgen?'
'Pater Sánchez zegt,' antwoordde hij, 'dat je het beheersingsdrama van je ouders al begrijpt.'

'Dat klopt. Ze waren allebei ondervragers, en daardoor werd ik afstandelijk.'
'Goed. Nu moet je verder kijken dan het energiegevecht in je gezin en zoeken naar de echte reden waarom je daar was.'
Ik keek hem niet-begrijpend aan.
'De ontdekking van je ware spirituele identiteit omvat onder andere dat je je hele leven als één verhaal beschouwt waarvan je de hogere betekenis moet zien te begrijpen. Begin met jezelf de volgende vraag te stellen: waarom ben ik in dat ene gezin geboren? Wat kan daarvan het doel zijn geweest?'
'Dat weet ik niet,' zei ik.
'Je vader was een ondervrager. Wat was hij nog meer?'
'U bedoelt zijn levensovertuiging?'
'Ja.'
Ik dacht even na en zei: 'Mijn vader gelooft in het levensgenot. Hij wil integer leven, maar er alles uithalen wat erin zit. U weet wel: iedere dag leven alsof het de laatste is.'
'Is hem dat gelukt?'
'Tot op zekere hoogte, maar altijd als hij denkt dat hij er nu het meeste van geniet, lijkt hij pech te krijgen.'
Pater Carl kneep zijn ogen nadenkend tot spleetjes. 'Hij gelooft dat het leven genoten moet worden, maar dat is hem altijd een beetje ontglipt?'
'Ja.'
'Heb je je afgevraagd waarom?'
'Eigenlijk niet. Ik dacht altijd dat hij pech had.'
'Heeft hij misschien nog niet de goede manier gevonden?'
'Misschien.'
'En je moeder?'
'Die leeft niet meer.'
'Kun je zien wat zij met haar leven wilde?'
'Ja. Haar leven was haar Kerk. Ze verdedigde christelijke beginselen.'
'Op welke manier?'
'Ze geloofde in dienstbaarheid aan de gemeenschap en gehoorzaamheid aan Gods wetten.'

'Gehoorzaamde ze Gods wetten?'

'Tot de letter, tenminste voor zover haar Kerk die uitdroeg.'

'Kreeg ze ook je vader zover?'

Ik lachte. 'Niet echt. Mijn moeder wilde dat hij elke week naar de kerk ging en maatschappelijk werk deed. Maar ik vertelde u al dat hij daarvoor te vrijgevochten was.'

'En wat was jouw positie in het geheel?'

Ik keek hem aan. 'Daar heb ik nooit over nagedacht.'

'Wilden ze niet allebei jouw bondgenootschap? Was dat niet de reden waarom ze je ondervroegen? Om te zorgen dat je niet de waarden van de ander aanhing? Wilden ze niet allebei jou laten denken dat hun manier de beste was?'

'Ja, dat klopt.'

'Hoe reageerde je daarop?'

'Door geen standpunt in te nemen, denk ik.'

'Ze controleerden je allebei om te zien of je wel aan hun maatstaven voldeed, en omdat je ze niet allebei tevreden kon stellen, werd je afstandelijk.'

'Zoiets, ja,' zei ik.

'Wat is er met je moeder gebeurd?' vroeg hij.

'Ze kreeg de ziekte van Parkinson en stierf na een lang ziekbed.'

'Bleef ze haar geloof trouw?'

'Volledig,' zei ik. 'Al die tijd.'

'Welke betekenis heeft ze dus voor je achtergelaten?'

'Wat?'

'Je zoekt de betekenis die haar leven voor jou heeft gehad, de reden waarom ze je gebaard heeft, wat je bij haar moest leren. Elk menselijk wezen illustreert met zijn leven bewust of onbewust hoe hij of zij denkt dat een mens moet leven. Je moet proberen te ontdekken wat ze je geleerd heeft en tegelijk welk element in haar leven beter had kunnen zijn. Wat jij in je moeder had willen veranderen, is een deel van datgene waarmee je zelf bezig bent.'

'Waarom alleen een deel?'

'Hoe je je vaders leven zou verbeteren, is het andere deel.'

Ik begreep er nog steeds weinig van.

Hij legde zijn hand op mijn schouder. 'We zijn niet alleen lichamelijk de schepping van onze ouders maar ook spiritueel. Jij bent de vrucht van deze twee mensen en hun levens hebben een onherroepelijk effect gehad op wie je bent. Om je ware zelf te ontdekken, moet je erkennen dat je echte zelf begon in een positie tussen hun waarheden. Daarom ben je daar geboren: om een hoger perspectief te krijgen op wat hun overtuiging was. Jouw weg is de ontdekking van een waarheid die een hogere synthese is van wat deze twee mensen geloofden.' Ik knikte.

'Hoe zou jij omschrijven wat je ouders je geleerd hebben?'

'Dat weet ik niet zo goed,' zei ik.

'Maar wat denk je?'

'Mijn vader vond het belangrijkste van het leven de intensiteit ervan. Hij wilde genieten van wie hij was en dat doel probeerde hij te bereiken. Mijn moeder geloofde meer in opoffering en tijd wijden aan anderen met verloochening van zichzelf. Ze dacht dat de Schrift dat voorschreef.'

'En wat vind jij daar zelf van?'

'Dat weet ik eigenlijk niet.'

'Welk standpunt zou jijzelf kiezen: dat van je moeder of dat van je vader?'

'Geen van beide. Ik bedoel: zo simpel is het leven niet.'

Hij lachte. 'Je bent erg onduidelijk.'

'Ik denk dat ik het gewoon niet weet.'

'Maar als je een van beide moest kiezen?'

Ik aarzelde, probeerde eerlijk na te denken en toen kwam het antwoord vanzelf. 'Ze hebben allebei gelijk,' zei ik, 'en ongelijk.'

Hij straalde. 'Hoe?'

'Dat weet ik niet precies. Maar volgens mij moet een juist leven beide opvattingen omvatten.'

'Voor jou,' zei pater Carl, 'is de vraag: hoe? Hoe kun je een leven leiden dat beide omvat? Van je moeder weet je dat spiritualiteit het belangrijkste is. Van je vader heb je geleerd dat zelfversterking, pret en avontuur de belangrijkste dingen in het leven zijn.'

'In mijn leven,' onderbrak ik hem, 'moet ik dus die twee benaderingen op een of andere manier zien te combineren?'
'Ja. Voor jou gaat het om de spiritualiteit. Je hele leven zul je zoeken naar een spiritualiteit die zelfversterkend is. Dat probleem hebben je ouders niet kunnen oplossen; dat moet jij doen. Dat is jouw evolutievraag, jouw speurtocht in dit leven.'
Bij dat idee verzonk ik diep in gedachten. Pater Carl zei nog iets, maar daar kon ik me niet op concentreren. Het lager brandende vuur begon een rustgevende werking te krijgen. Ik voelde me moe.
Pater Carl ging rechtop zitten en zei: 'Volgens mij heb je vanavond je energie uitgeput. Maar ik wil één gedachte bij je achterlaten. Je kunt gaan slapen en nooit meer nadenken over wat we vanavond besproken hebben. Je kunt terugkeren naar je oude drama, of je kunt morgenochtend wakker worden en dat nieuwe idee over wie je bent, vasthouden. In dat laatste geval kun je de volgende stap in het proces zetten, namelijk aandachtig naar al het andere kijken dat er sinds je geboorte met je is gebeurd. Als je je leven als één verhaal beschouwt, van je geboorte tot aan dit moment, dan zul je kunnen zien hoe je altijd met deze vraag bezig bent geweest. Dan zul je kunnen zien hoe je hier in Peru terecht bent gekomen en wat je vervolgens te doen staat.'
Ik knikte en keek hem aandachtig aan. Zijn blik was warm en meelevend, net zoals ik al vaak bij Wil en pater Sánchez had gezien. 'Welterusten,' zei pater Carl. Hij liep de slaapkamer in en deed de deur achter zich dicht. Ik rolde op de grond mijn slaapzak uit en viel algauw in slaap.

Toen ik wakker werd, moest ik aan Wil denken. Ik wilde pater Carl vragen of hij meer wist over Wils plannen. Terwijl ik nog steeds in mijn slaapzak geritst lag na te denken, kwam pater Carl zachtjes de kamer in en begon een vuur te bouwen. Ik ritste de slaapzak open, en door het geluid gewaarschuwd keek hij me aan.

'Goeiemorgen,' zei hij. 'Lekker geslapen?'

'Prima,' zei ik, terwijl ik opstond.

Hij legde nieuw aanmaakhout op de as en daarna dikker brandhout.

'Wat zei Wil dat hij ging doen?' vroeg ik.

Pater Carl stond op en keek me aan. 'Hij zei dat hij naar het huis van een vriend ging, want hij wilde op informatie wachten, kennelijk informatie over het Negende Inzicht.'

'Wat zei hij nog meer?' vroeg ik.

'Wil zei dat kardinaal Sebastián volgens hem het laatste inzicht zelf wil vinden, en hij schijnt al heel warm te zijn. Wil denkt dat degene die het laatste inzicht beheerst, zal bepalen of het Manuscript ooit in brede kring wordt verspreid en begrepen.'

'Waarom?'

'Dat weet ik eigenlijk niet. Wil was een van de eersten die de inzichten is gaan verzamelen en lezen. Volgens mij denkt hij dat het laatste inzicht alle andere verheldert en aanvaardbaarder maakt.'

'Denkt u dat hij gelijk heeft?' vroeg ik.

'Dat weet ik niet,' antwoordde hij. 'Ik begrijp niet zoveel als hij. Het enige dat ik begrijp, is wat ik geacht word te doen.'

'Wat dan?'

Hij zweeg even en antwoordde toen: 'Zoals ik al eerder zei, is mijn waarheid de hulp aan anderen om te ontdekken wie ze zijn. Toen ik het Manuscript las, werd die opdracht voor mij duidelijk. Het Zesde Inzicht is mijn bijzondere inzicht. Mijn waarheid helpt anderen dat inzicht onder de knie te krijgen. En ik kan doeltreffend werken omdat ik het proces zelf heb doorgemaakt.'

'Wat was uw beheersingsdrama?' vroeg ik.

Hij keek me vermaakt aan. 'Ik was ondervrager.'

'U beheerste mensen door kritiek te leveren op hoe anderen hun leven leefden?'

'Dat klopt. Mijn vader was een "arme ik" en mijn moeder afstandelijk. Ze negeerden me volledig. De enige manier waarop

ik aandachtsenergie kon krijgen, was me met hun doen en laten bemoeien en dan wijzen op iets dat niet deugde.'
'En wanneer hebt u dat drama verwerkt?'
'Een maand of achttien geleden, toen ik pater Sánchez ontmoette en het Manuscript begon te bestuderen. Toen ik echt goed naar mijn ouders keek, besefte ik waarop mijn ervaring met hen me had voorbereid. Mijn vader geloofde namelijk in prestaties. Hij was heel doelgericht. Hij deelde zijn tijd tot op de minuut nauwkeurig in en beoordeelde zichzelf aan de hand van wat hij had klaargekregen. Mijn moeder was heel intuïtief en mystiek. Ze geloofde dat ieder van ons spirituele leiding krijgt en dat het belangrijkste in het leven het volgen van die leiding is.'
'Wat vond uw vader daarvan?'
'Die vond dat klets.'
Ik glimlachte maar zei niets.
'Begrijp je hoe mijn positie daardoor bepaald werd?' vroeg pater Carl.
Ik schudde mijn hoofd. Ik begreep het niet helemaal.
'Vanwege mijn vader,' zei hij, 'was ik gevoelig voor het idee dat het in het leven om prestaties gaat; je hebt iets belangrijks te doen en moet dat bereiken. Maar tegelijkertijd vertelde mijn moeder me dat het in het leven om een soort innerlijke leiding gaat. Ik besefte dat mijn leven een samenvatting van beide standpunten was. Ik probeerde te ontdekken hoe wij van binnenuit worden geleid naar de opdracht die alleen wij kunnen uitvoeren, wetend dat het voor ons gevoel van geluk en voldoening van het grootste belang is dat we aan die opdracht werken.'
Ik knikte.
'En dus,' vervolgde hij, 'begrijp je waarom ik zo opgewonden was over het Zesde Inzicht. Zodra ik het las, wist ik dat het mijn werk was om mensen tot helderheid te brengen zodat ze een gevoel van doelgerichtheid kunnen ontwikkelen.'
'Weet u hoe Wil de weg heeft bereikt die hij nu gaat?'
'Ja, hij heeft me een paar dingen verteld. Wils drama was dat hij

net zo afstandelijk was als jij. Net als bij jou waren allebei zijn ouders ondervragers en beiden hadden ze een sterke filosofie die ze hun zoon wilden opdringen. Wils vader was een Duitse romanschrijver die uitdroeg dat het uiteindelijke doel van de mensheid zelfvervolmaking is. Zijn vader bepleitte nooit iets anders dan de zuiverste humanitaire principes, maar de nazi's misbruikten zijn basisgedachte over zelfvervolmaking om hun bloeddorstige uitroeiing van mindere rassen te helpen wettigen. Dat misbruik van zijn denken brak de oude man en daarom emigreerde hij met zijn vrouw en Wil naar Zuid-Amerika. Zijn vrouw was een Peruaanse die in de Verenigde Staten opgroeide en naar school ging. Ook zij was schrijfster, maar haar denken was vooral op de oosterse wijsbegeerte gebaseerd. Het doel van het leven was volgens haar een innerlijke verlichting, een hoger bewustzijn gekenmerkt door zielerust en onthechting van de dingen des levens. Volgens haar was het belangrijkste in het leven niet de volmaaktheid, maar afstand doen van de behoefte aan volmaaktheid of aan wat dan ook... Begrijp je in welke positie Wil daarmee terechtkwam?'

Ik schudde mijn hoofd.

'In een heel moeilijke,' vervolgde pater Carl. 'Zijn vader verkondigde het westerse idee van werken aan vooruitgang en volmaaktheid en zijn moeder hing de oosterse opvatting aan dat het in het leven alleen om innerlijke vrede gaat en om niets anders. Zij tweeën hebben Wil voorbereid op de taak om de belangrijke wijsgerige verschillen tussen de oosterse en westerse culturen te integreren, hoewel hij dat aanvankelijk niet wist. Hij werd eerst ingenieur en werkte aan de vooruitgang, maar later was hij een simpele gids die vrede zocht door mensen naar de mooie, ontroerende plaatsen in dit land te brengen. Maar bij zijn ontdekking van het Manuscript werd alles in hem wakker. De inzichten hadden rechtstreeks met zijn eigen hoofdprobleem te maken: ze onthulden dat het denken van het Westen en het Oosten inderdaad tot een hogere waarheid geïntegreerd kunnen worden. Ze laten zien dat het Westen gelijk heeft met de stelling dat het in het leven om de voouitgang gaat, om de evolutie naar iets hogers. Maar het Oosten heeft gelijk met de stelling dat we het ego niet de leiding moeten geven. We komen niet vooruit met logica alleen. We moeten een vollediger bewustzijn bereiken, een innerlijke samenhang met God, want alleen dan kan onze evolutie iets beters bereiken, geleid door een hoger deel van onszelf. Toen Wil de inzichten begon te ontdekken, kwam zijn hele leven in een stroomversnelling. Hij ontmoette José, die priester die als eerste het Manuscript vond en liet vertalen. Snel daarna ontmoette hij de eigenaar van Viciente en hielp het onderzoek daar op gang brengen. En ongeveer op datzelfde moment leerde hij Julia kennen, die in het zakenleven zat maar ook mensen naar de regenwouden gidste. Met Julia voelde Wil de meeste affiniteit. Ze konden onmiddellijk uitstekend met elkaar overweg omdat de vragen die hen bezighielden vergelijkbaar waren. Julia groeide op met een vader die over spirituele ideeën praatte, maar op een grillige en excentrieke manier. Haar moeder daarentegen gaf retoricales op een middelbare school. Ze was iemand die tijdens een discussie helder denken eiste. Natuurlijk ontdekte Julia dat ze informatie over spiritualiteit wilde, maar hield vol dat die begrijpelijk en nauwkeurig moest zijn. Wil zocht een synthese tussen Oost en West die de menselijke spiritualiteit uitlegde; Julia wilde dat die uitleg glashelder was. Het Manuscript was hun allebei van dienst.'

'Het ontbijt is klaar,' riep pater Sánchez uit de keuken.

Ik draaide me verrast om. Ik had niet beseft dat pater Sánchez al op was. Zonder ons gesprek voort te zetten stonden pater Carl en ik op en aten samen met Sánchez een maaltijd van vruchten en graan. Daarna stelde pater Carl voor dat ik met hem meeging naar de ruïnes, en ik zei dat ik die graag nog eens wilde zien. Allebei keken we pater Sánchez aan, maar die weigerde beleefd en zei dat hij naar beneden moest om een paar mensen te bellen.

Buiten was de hemel kristalhelder en de zon scheen opgewekt over de bergtoppen. We liepen stevig door. 'Denkt u dat er een manier is om met Wil in contact te komen?' vroeg ik.

'Nee,' zei hij. 'Hij heeft me niet verteld wie die vrienden waren. De enige manier zou zijn om naar Iquitos te rijden. Dat is een stad bij de noordgrens en volgens mij kan het daar best onveilig zijn.'

'Waarom daar?' vroeg ik.

'Hij dacht dat zijn speurtocht hem daarheen zou voeren. Er zijn daar veel ruïnes in de buurt. En kardinaal Sebastián heeft daar vlakbij een missiepost.'

'Denkt u dat Wil het laatste inzicht zal vinden?'

'Dat weet ik niet.'

We liepen een paar minuten zwijgend verder, en toen vroeg pater Carl: 'Heb je een beslissing over je eigen koers genomen?'

'Wat bedoelt u?'

'Pater Sánchez zei dat je aanvankelijk meteen naar huis terug wilde, maar dat je de laatste tijd meer geïnteresseerd leek in het onderzoek naar de inzichten. Wat is je gevoel op dit moment?'

'Ik twijfel nog steeds,' zei ik. 'Maar om een of andere reden wil ik ook doorgaan.'

'Ik heb begrepen dat vlak naast je een man is gedood.'

'Dat klopt.'

'En je wilt nog steeds blijven?'

'Nee,' zei ik. 'Ik wil weg. Ik wil mijn leven redden... en toch ben ik nog steeds hier.'

'Waarom is dat?'

Ik keek hem onderzoekend aan. 'Dat weet ik niet. U wel?'

'Weet je nog waar we ons gesprek gisteravond afbraken?'

Dat wist ik nog precies. 'We hadden de taak ontdekt die mijn ouders voor me hadden achtergelaten: een spiritualiteit vinden die zelfversterkend is en een gevoel van avontuur en voldoening geeft. En u zei dat ik aandachtig moest kijken naar hoe mijn leven zich ontwikkeld had. Dat zou een perspectief aan mijn leven geven en verklaren wat er op dit moment met me gebeurt.'

Hij glimlachte geheimzinnig. 'Ja, volgens het Manuscript wel.'

'Hoe gebeurt dat dan?'

'Ieder van ons moet naar de belangrijke wendingen in het leven kijken en die in het licht van de evolutievraag herinterpreteren.'

Ik schudde nog steeds niet-begrijpend mijn hoofd.

'Probeer de reeks belangstellingssferen, belangrijke vrienden en toevallen te zien waarmee je in je leven te maken hebt gehad. Hebben die je niet ergens heen geleid?'

Ik dacht over mijn leven sinds mijn kinderjaren, maar kon geen patroon ontdekken.

'Hoe bracht je je tijd door toen je opgroeide?' vroeg hij.

'Weet ik niet meer. Ik was volgens mij een gewoon kind. Las veel.'

'Wat las je?'

'Vooral detectiveboekjes, science-fiction, griezelverhalen, dat soort dingen.'

'Wat gebeurde er vervolgens in je leven?'

Ik dacht na over de invloed die mijn grootvader op me had gehad en vertelde pater Carl over het meer en de bergen.

Hij knikte veelbetekenend. 'En toen je groter was, wat gebeurde er toen?'

'Toen ging ik het huis uit. Naar de universiteit. Terwijl ik weg was, stierf mijn opa.'

'Wat heb je gestudeerd?'

'Sociologie.'

'Waarom?'

'Ik ontmoette een professor die ik aardig vond. Zijn kennis van de menselijke natuur interesseerde me. Ik besloot bij hem te gaan studeren.'

'Wat gebeurde er toen?'

'Ik studeerde af en ging werken.'

'Vond je dat prettig?'

'Een hele tijd wel.'

'Maar toen veranderde er iets?'

'Ik had het gevoel dat wat ik deed, niet compleet was. Ik werkte met tieners met gevoelsstoornissen en meende te weten hoe ze hun verleden achter zich konden laten en ophouden met een aanstellerij die zo zelfdestructief was. Ik dacht dat ik hen kon helpen een min of meer normaal leven te leiden. Uiteindelijk besefte ik dat er iets in mijn benadering ontbrak.'

'En toen?'

'Ik zegde mijn baan op.'

'En?'

'En toen belde een vriendin van vroeger en vertelde over het Manuscript.'

'Besloot je daarom naar Peru te komen?'

'Ja.'

'Wat vind je van je ervaringen hier?'

'Volgens mij ben ik niet goed wijs,' zei ik. 'Straks schieten ze me nog dood.'

'Maar wat vind je van de manier waarop je ervaring hier zich ontwikkeld heeft?'

'Dat begrijp ik niet.'

'Pater Sánchez vertelde wat er met je is gebeurd sinds je in Peru bent,' zei hij. 'Ik verbaasde me over de reeks toevalligheden die je in aanraking bracht met de verschillende inzichten van het Manuscript, precies op het moment dat je ze nodig had.'

'Wat betekent dat volgens u?'

Hij bleef staan en keek me aan. 'Dat betekent dat je er klaar voor was. Je bent net zoals de rest van ons hier. Je hebt het punt bereikt waarop je het Manuscript nodig hebt om je levensevolutie voort te zetten. Denk maar na over hoe de gebeurtenissen van je leven in elkaar grijpen. Van begin af aan stelde je belang in geheimzinnige verhalen en dat leidde ertoe dat je de menselijke natuur begon te bestuderen. Waarom denk je dat je toevallig die ene leraar ontmoette? Hij concretiseerde je belangstelling en zorgde dat je naar het grootste geheim van allemaal ging kijken: de toestand van de mens op deze planeet, de kwestie van de zin van het leven. Op een bepaald niveau wist je ook dat de zin van het leven samenhing met het probleem hoe we onze conditionering uit het verleden achter ons moeten laten en doorgaan met leven. Daarom ging je met die kinderen werken. Maar zoals je inmiddels begrijpt, had je de inzichten nodig om te weten wat er in je techniek met die jongeren ontbrak. Als emotioneel gestoorde kinderen zich willen ontwikkelen, moeten ze doen wat we allemaal moeten doen: een verbinding leggen met genoeg energie om door hun hevige beheersingsdrama heen te kijken dat jij "aanstellerij" noemt, en iets te gaan doorlopen dat een spiritueel proces blijkt, een proces dat jij al die tijd hebt proberen te begrijpen. Bekijk die gebeurtenissen vanuit een hoger perspectief. Die serie belangstellingssferen die je gehad hebt, al die groeistadia, bereidden je alleen maar voor op het feit dat je hier en nu de inzichten onderzoekt. Je hele leven lang ben je aan je evolutionaire speurtocht naar een zelfversterkende spiritualiteit bezig geweest, en de energie die je onttrok aan de natuurlijke omgeving waar je opgroeide, een energie die je grootvader je probeerde te laten zien, gaf je eindelijk de moed om naar Peru te komen. Je bent hier omdat je ergens anders je evolutie niet kunt voortzetten. Je hele leven is één lange weg geweest die rechtstreeks naar dit moment leidde.'

Hij glimlachte. 'Als je dit zicht op je leven in je opneemt, heb je bereikt wat het Manuscript een helder besef van je spirituele pad noemt. Volgens het Manuscript moeten we aan dit proces van opheldering van je verleden allemaal net zoveel tijd besteden als nodig is. De meesten van ons hebben een beheersingsdrama te overwinnen, maar als het eenmaal zover is, begrijpen we waarom uitgerekend die twee ouders ons hebben voortgebracht, en waarop alle nukken en grillen van het leven ons hebben voorbereid. Allemaal hebben we een spiritueel doel, een opdracht, en die hebben we proberen uit te voeren zonder dat goed te beseffen. Pas als we ons daarvan volledig bewust zijn, kan ons leven beginnen. Wat jou betreft: jij hebt dat doel nu ontdekt. Het wordt nu tijd dat je doorgaat en je door het toeval laat leiden naar een steeds helderder besef van hoe je je opdracht van nu af aan moet uitvoeren en wat je verder nog moet doen. Sinds je in Peru bent, heb je meegelift op de energie van Wil en die van pater Sánchez. Maar nu is het tijd om jezelf te

leren ontwikkelen... bewust.'
Hij wilde nog iets anders zeggen, maar allebei werden we afgeleid door de aanblik van de auto van pater Sánchez, die ons met volle vaart achternakwam. Hij kwam naast ons tot stilstand en draaide het raampje omlaag.
'Wat is er?' vroeg pater Carl.
'Ik moet naar de missie zodra ik mijn spullen gepakt heb,' zei Sánchez. 'Er zijn daar soldaten... en kardinaal Sebastián is er ook.'
Allebei sprongen we in de bestelwagen. Pater Sánchez reed naar pater Carls huis terug en vertelde onderweg dat de soldaten op de missiepost waren om alle kopieën van het Manuscript in beslag te nemen en de post waarschijnlijk te sluiten.
We reden naar het huis van pater Carl en liepen haastig naar binnen. Pater Sánchez begon meteen zijn spullen in te pakken. Ik bleef even staan nadenken over wat ik moest doen. Ik zag pater Carl naar de andere priester lopen en zeggen: 'Volgens mij moet ik met je mee.'
Sánchez draaide zich om. 'Weet je dat zeker?'
'Ja, ik geloof dat dat moet.'
'Waarom?'
'Dat weet ik nog niet.'
Sánchez staarde hem even aan en ging toen door met inpakken. 'Als je denkt dat dat het beste is.'
Ik leunde tegen het portier. 'Wat moet ik doen?' vroeg ik.
Beide mannen keken me aan. 'Dat is jouw beslissing,' zei pater Carl. Ik staarde alleen maar.
'Die beslissing moet je zelf nemen,' vulde Sánchez aan.
Hun achteloosheid over mijn keuze vond ik ongelooflijk. Als ik met hen meeging, werd ik zeker door de Peruaanse soldaten gevangen genomen. Maar hoe kon ik hier alleen blijven?
'Luister,' zei ik. 'Ik weet niet wat ik doen moet. Jullie moeten me helpen. Kan ik me niet bij iemand anders verstoppen?'
Beide mannen keken elkaar aan. 'Ik denk het niet,' zei pater Carl.

Ik keek hen aan en voelde een kramp van bezorgdheid in mijn maag. Pater Carl glimlachte naar me en zei: 'Sla niet van je anker. Denk aan wie je bent.'

Sánchez liep naar een zak en haalde er een map uit. 'Dit is het Zesde Inzicht,' zei hij. 'Misschien helpt dat je beslissen wat je doen moet.'

Terwijl ik de kopie aanpakte, keek Sánchez naar pater Carl en vroeg: 'Wanneer kun je weg?'

'Ik moet nog met een paar mensen praten,' zei pater Carl. 'Over een uurtje.'

Sánchez keek me aan. 'Lees en denk een tijdje na. Daarna praten we.'

Beide mannen wijdden zich weer aan de voorbereidingen voor hun reis. Ik liep naar buiten, ging op een groot rotsblok zitten en maakte het Zesde Inzicht open. Dat vertelde precies wat pater Sánchez en pater Carl ook al gezegd hadden. Opheldering van het verleden was een nauwkeurig bewustwordingsproces van de individuele beheersingswijzen die we in onze jeugd geleerd hebben. Hebben we die gewoonte eenmaal overwonnen, zei het inzicht, dan vinden we ons hogere zelf, onze evolutionaire identiteit.

Ik had de hele tekst in minder dan een halfuur uit, en toen begreep ik eindelijk het basisinzicht: voordat we volledig de gemoedstoestand kunnen betreden waarvan veel mensen alleen maar een glimp opvangen—de ervaring dat wij in ons leven door geheimzinnige toevalligheden worden geleid—moeten we eerst leren beseffen wie we echt zijn.

Op dat moment kwam pater Carl het huis rond gelopen. Hij zag me en liep naar me toe. 'Heb je het uit?' vroeg hij. Hij gedroeg zich even warm en vriendelijk als altijd.

'Ja.'

'Vind je het vervelend als ik even bij je kom zitten?'

'Nee, integendeel.'

Hij zocht een plaatsje rechts naast me en vroeg na een korte stilte: 'Begrijp je dat je hier op een ontdekkingsreis bent?'

'Ja, maar wat moet ik daarmee?'

'Je moet het eerst echt geloven.'

'Hoe kan dat, als ik zo bang ben?'

'Je moet begrijpen wat er op het spel staat. De waarheid die je najaagt is even belangrijk als de evolutie van het universum zelf, want alleen daarmee kan de evolutie doorgaan. Begrijp je dat niet? Pater Sánchez vertelde me over je evolutievisioen op de bergtop. Je zag de materie evolueren. Van de simpele trilling van waterstof tot aan de mensheid. Je vroeg je af hoe de mensen die evolutie voortzetten. Je hebt nu het antwoord ontdekt: de mensen worden in hun historische situatie geboren en vinden daar iets om te verdedigen. Ze gaan een band aan met iemand anders die eveneens een doel heeft ontdekt. De kinderen die uit die band geboren worden, verzoenen die twee posities. Geleid door het toeval zoeken ze een hogere synthese. Je hebt dat ongetwijfeld al bij het Vijfde Inzicht geleerd, maar elke keer dat we energie opzuigen en een toeval plaatsvindt dat ons leven een stap verder brengt, verankeren we dit energieniveau in onszelf en we bestaan dan met een hoger trillingsgetal. Onze kinderen nemen ons trillingsniveau over en zorgen dat het verder stijgt. Op die manier zetten wij mensen de evolutie voort. Deze generatie is echter in één opzicht anders: we zijn klaar om het proces bewust te doorlopen en te versnellen. Hoe bang je ook wordt, je hebt nu geen keus meer. Als je eenmaal leert wat het belangrijkste in het leven is, kun je die kennis niet meer uitwissen. Als je iets anders met je leven probeert te doen, zul je altijd het gevoel houden dat je iets mist.'

'Maar wat moet ik doen?'

'Dat weet ik niet. Dat weet alleen jij. Maar ik stel voor dat je eerst probeert wat energie te laden.'

Pater Sánchez kwam de hoek van het huis om en ging bij ons zitten. Hij wilde ons niet storen en vermeed zorgvuldig ieder oogcontact en geluid. Ik probeerde me op de bergtoppen rond het huis te concentreren, haalde diep adem en besefte dat ik, sinds ik buiten was, volledig verdiept was geweest in mezelf, alsof ik oogkleppen op had gehad. Ik had mezelf afgesneden van de schoonheid en de majesteit van de bergen. Ik staarde naar de omgeving, probeerde bewust mooi te vinden wat ik zag en begon dat inmiddels vertrouwde gevoel van nabijheid te ervaren. Plotseling leek alles meer aanwezigheid uit te stralen en een beetje te gloeien. Ik begon me lichter te voelen, alsof mijn lichaam ging drijven.

Ik keek eerst naar pater Sánchez en toen naar pater Carl. Ze keken me intens aan en ik zag dat ze mijn energieveld gadesloegen. 'Hoe zie ik eruit?' vroeg ik.

'Alsof je je beter voelt,' zei Sánchez. 'Blijf hier en laad zoveel mogelijk energie. We hebben nog een minuut of twintig nodig om in te pakken.' Hij glimlachte droog. 'Daarna ben je klaar voor de start.'

DE STROOM INZETTEN

De twee priesters liepen weer naar het huis en ik verdiepte me nog een paar minuten in de schoonheid van de bergen en probeerde meer energie op te slaan. Toen verloor ik mijn concentratie en liet mijn gedachten afdwalen naar een dagdroom over Wil. Waar was hij? Had hij het Negende Inzicht al bijna gevonden?

Ik stelde me voor dat hij met het Negende Inzicht in zijn hand door het oerwoud liep, overal door soldaten achtervolgd. Ik dacht aan Sebastián, die de jacht orkestreerde. Toch was ook in mijn dagdroom duidelijk dat Sebastián ondanks al zijn gezag ongelijk had en dat hij de invloed van de inzichten op de mensen op een of andere manier verkeerd begreep. Ik voelde dat iemand hem van gedachten kon doen veranderen, als we maar konden ontdekken welk deel van het Manuscript hij zo bedreigend vond.

Al nadenkend zag ik plotseling Marjorie voor me. Waar was ze? Ik stelde me voor dat ik haar terugzag. Hoe zou dat kunnen gebeuren?

Het geluid van de dichtslaande voordeur bracht me bij de werkelijkheid terug. Ik voelde me weer zwak en zenuwachtig. Sánchez kwam op me af. Hij liep snel en doelgericht. Hij kwam naast me zitten en vroeg: 'Heb je al besloten wat je doet?'

Ik schudde mijn hoofd.

'Je ziet er niet erg sterk uit,' zei hij.

'Ik vóél me ook niet erg sterk.'

'Misschien heb je je energie niet systematisch genoeg geladen.'

'Wat bedoelt u?'

'Ik zal je vertellen hoe ik persoonlijk energie laad. Misschien helpt dat je bij de ontwikkeling van je eigen manier.'

Ik knikte instemmend.

'Het eerste dat ik doe,' zei hij, 'is me op mijn omgeving concentreren. Dat doe jij volgens mij ook. Dan probeer ik me te herinneren hoe alles eruitziet als ik vol energie zit. Dat doe ik door me te herinneren welke aanwezigheid alles vertoont, de unieke vorm en schoonheid van alles, vooral van planten, en het feit dat alle kleuren helderder lijken te gloeien. Snap je me tot dusver?'

'Ja. Ik probeer hetzelfde te doen.'

'Daarna,' vervolgde hij, 'probeer ik dat gevoel van nabijheid te ervaren, het gevoel dat iets heel erg ver weg kan zijn maar dat ik het toch kan aanraken en ermee in verbinding treed. En dan adem ik het in.'

'Inademen?'

'Heeft pater John je dat niet uitgelegd?'

'Nee.'

Sánchez keek verward. 'Misschien wilde hij je dat later nog uitleggen. Hij is vaak erg dramatisch. Hij loopt weg, laat zijn leerling in z'n eentje nadenken over wat hij hem geleerd heeft, en komt dan later op precies het goede moment terug om iets aan zijn les toe te voegen. Ik neem aan dat hij opnieuw met je wilde praten, maar dat we te snel zijn weggegaan.'

'Ik wil er graag iets over horen,' zei ik.

'Weet je nog dat je op de bergtop het gevoel had dat je zweefde?' vroeg hij.

'Ja,' zei ik.

'Om dat zwevende gevoel terug te krijgen, probeer ik de energie in te ademen waarmee ik in contact ben getreden.'

Ik had uitstekend begrepen wat Sánchez zei. Alleen al door ernaar te luisteren werd mijn binding sterker. Alles om me heen was duidelijker en mooier geworden. Zelfs de rotsen leken een witte gloed uit te stralen, en Sánchez' energieveld was blauw en wit. Hij haalde nu diep en geconcentreerd adem en hield die een tel of vijf vast voordat hij weer uitademde. Ik volgde zijn voorbeeld.

'Als we ons voorstellen,' zei hij, 'dat we met elke ademhaling energie inladen die ons als een ballon vult, dan worden we inderdaad energieker en voelen we ons lichter en zwevender.'

Na diverse ademhalingen kreeg ik precies datzelfde gevoel.

'Als ik de energie heb ingeademd,' vervolgde Sánchez, 'controleer ik of ik de juiste emotie heb. Zoals ik je al eerder heb gezegd, is dat voor mij de enige juiste maatstaf voor de verbinding die ik gelegd heb.'

'U bedoelt de liefde?'

'Inderdaad. We hebben het daar in de missiepost al over gehad. Liefde is geen intellectueel begrip of moreel voorschrift of zoiets. Het is een achtergrondemotie die bestaat als iemand verbonden is met de energie die in het universum voorhanden is, en die komt natuurlijk van God.'

Pater Sánchez staarde me een tikje vaag aan. 'Juist,' zei hij. 'Je hebt het bereikt. Dat is het energieniveau dat je nodig hebt. Ik help je een beetje, maar je bent klaar om het zelf in stand te houden.'

'Wat bedoelt u met: me een beetje helpen?'

Pater Sánchez schudde zijn hoofd. 'Maak je daar geen zorgen over. Dat komt wel bij het Achtste Inzicht.'

Pater Carl kwam rond het huis gelopen en keek ons allebei met duidelijk verheugde blik aan. Toen hij bij ons kwam, wierp hij een blik op me. 'Heb je al een besluit genomen?'

Die vraag irriteerde me en ik vocht tegen het energieverlies dat daaruit voortvloeide.

'Verval niet in je oude afstandelijkheidsdrama,' zei pater Carl. 'Hoe dan ook moet je een standpunt innemen. Wat denk je dat je doen moet?'

'Ik denk helemaal niks,' zei ik. 'Dat is het probleem.'

'Weet je dat zeker? Als je eenmaal in contact bent met de energie, krijgen gedachten een ander gevoel.'

Ik keek hem vragend aan.

'De woorden die je normaal gesproken door je hoofd stuurt als je de gebeurtenissen logisch in de hand probeert te houden,' legde hij uit, 'verdwijnen als je je beheersingsdrama opgeeft. Als je je oplaadt met energie, komen vanuit een hoger deel van jezelf andere gedachten je geest binnen. Dat zijn je intuïties. Die voelen anders aan. Die verschijnen gewoon achter in je geest, soms in de vorm van een dagdroom of minivisioen, en ze komen rechtstreeks naar je toe om je te leiden.'

Ik begreep het nog steeds niet.

'Vertel eens waar je aan dacht toen we je daarnet alleen lieten,' zei pater Carl.

'Ik weet niet of ik me alles nog herinner,' zei ik.

'Probeer maar.'

Ik probeerde me te concentreren. 'Ik dacht aan Wil, volgens mij, en of hij het Negende Inzicht al bijna gevonden had. En aan Sebastiáns kruistocht tegen het Manuscript.'

'Wat nog meer?'

'Ik vroeg me af wat er met Marjorie gebeurd is. Maar ik begrijp niet wat ik daaraan heb als ik moet beslissen wat ik doen moet.'

'Dat zal ik je uitleggen,' zei pater Sánchez. 'Als je genoeg energie verzameld hebt, ben je klaar om de evolutie bewust in stelling te brengen. Je kunt zorgen dat die op gang komt en het toeval schept dat je verder helpt. Dat doe je op een heel specifieke manier. Op de eerste plaats bouw je, zoals ik al zei, genoeg energie op. Daarna denk je aan het basisvraagstuk van je leven—namelijk datgene dat je ouders je hebben nagelaten—want die kwestie vormt het kader van je evolutie. Vervolgens concentreer je je op je pad door de directe, kleinere vraagstukken onder ogen te zien waar je op dit punt van je leven mee te maken hebt. Deze vraagstukken houden altijd verband met je grotere vraagstuk en bepalen het punt waar je levenslange speurtocht is aangeland. Als je je eenmaal bewust bent van de actieve vraagstukken van het moment, krijg je altijd intuïtief een richting aangedragen van wat je moet doen en waar je heen moet. Je krijgt een voorgevoel over je volgende stap. Altijd. Dat gebeurt alleen niet als je de verkeerde vraag in je hoofd hebt. Het grote probleem van het leven is namelijk niet antwoorden krijgen, snap je. Het probleem is vaststellen wat je huidige vraagstukken zijn. Als je de vragen eenmaal juist stelt, komen de antwoorden altijd vanzelf. Als je een voorgevoel hebt van wat er kan gebeuren,' vervolgde hij, 'is je volgende stap heel attent en waakzaam zijn. Vroeg of laat gaat het toeval je in de richting sturen die je intuïtie je heeft gewezen. Begrijp je me tot zover?'

'Ik geloof van wel.'

'Denk je dus niet,' vervolgde hij, 'dat die gedachten aan Wil en Marjorie en Sebastián van belang zijn? Probeer in het licht van je levensverhaal te achterhalen waarom je uitgerekend nu aan hen moest denken. Je weet wat je hebt meegekregen van je gezin: de wens om te ontdekken hoe jouw spirituele leven een innerlijk verrijkend avontuur kan zijn, nietwaar?'

'Ja.'

'Toen je opgroeide, kreeg je belangstelling voor geheimzinnige avonturen. Je studeerde sociologie en werkte met mensen, hoewel je niet wist waarom je dat allemaal deed. Daarna begon je te ontwaken. Je hoorde over het Manuscript, kwam naar Peru en ontdekte één voor één de inzichten. Allemaal hebben die je iets geleerd over het soort spiritualiteit dat je zoekt. Nu je eenmaal die helderheid hebt, kun je je superbewust worden van deze evolutie door je huidige vraagstukken vast te stellen en dan toe te kijken hoe de antwoorden komen.'

Ik keek hem alleen aan.

'Wat zijn je huidige vraagstukken?'

'Ik denk dat ik meer over de andere inzichten wil weten,' zei ik. 'Ik wil vooral weten of Wil het Negende Inzicht gaat vinden. Ik wil weten wat er met Marjorie is gebeurd. En ik wil iets weten over Sebastián.'

'En wat zegt je intuïtie over die vraagstukken?'

'Dat weet ik niet. Ik stelde me voor dat ik Marjorie zag, en dat Wil rende met soldaten achter zich aan. Wat betekent dat?'

'Waar rende Wil?'

'In het oerwoud.'

'Misschien is dat een aanwijzing voor waar je heen moet. Iquitos ligt in het oerwoud. En Marjorie?'

'Ik zag dat ik haar weer tegenkwam.'

'En Sebastián?'

'Ik fantaseerde dat hij tegen het Manuscript is omdat hij het verkeerd begrijpt, en dat iemand hem tot andere gedachten kan brengen als die persoon kan ontdekken wat hij denkt en eigenlijk in het Manuscript vreest.'

De twee mannen keken elkaar verbijsterd aan.

'Wat betekent dat?' vroeg ik.

Pater Carl antwoordde met een wedervraag. 'Wat denk je zelf?'

Voor het eerst sinds de bergtop begon ik me weer volledig opgeladen en vol zelfvertrouwen te voelen. 'Het zal wel betekenen dat ik in het oerwoud moet zien te ontdekken welke aspecten van het Manuscript niet naar de smaak van de Kerk zijn.'

Pater Carl glimlachte. 'Precies! Neem mijn auto maar.'

Ik knikte en we liepen naar de voorkant van het huis, waar de bestelwagens geparkeerd stonden. Mijn spullen en een voorraad voedsel en water lagen al in die van pater Carl. Ook die van pater Sánchez was ingepakt.

'Ik wil nog iets tegen je zeggen,' zei Sánchez. 'Vergeet niet om zo vaak als nodig is te stoppen en weer in contact met de energie te komen. Blijf opgeladen, blijf in een staat van liefde. Als je die staat van liefde eenmaal bereikt hebt, kan niets of niemand méér energie aan je onttrekken dan je kunt aanvullen. Vergeet dat niet. De energie die uit je stroomt, schept zelfs een stroom die in hetzelfde tempo energie toevoert. Maar je moet je van dat proces bewust blijven, anders werkt het niet. Dat is vooral van belang als je met mensen te maken hebt.'

Hij zweeg. Alsof ze dat zo hadden afgesproken, deed op dat moment pater Carl een stap naar voren en zei: 'Je kent alle inzichten op twee na: het Zevende en het Achtste. Nummer Zeven gaat over het proces van een bewust gestuurde evolutie, en zegt dat je attent moet blijven voor elk toeval, elk antwoord dat het universum je ter beschikking stelt.'

Hij overhandigde me een map. 'Dit is het Zevende. Het is heel kort en algemeen,' vervolgde hij, 'maar vertelt over de manier waarop de dingen spontaan tot ons komen, over de manier waarop bepaalde gedachten ons leiden. Het Achtste ontdek je zelf wel als de tijd rijp is. Dat verklaart hoe we anderen kunnen helpen die ons de gezochte antwoorden brengen. Voorts beschrijft het een hele nieuwe ethiek inzake de manier waarop mensen elkaar moeten behandelen opdat we ieders evolutie bevorderen.'

'Waarom geeft u me het Achtste Inzicht niet nu meteen?' vroeg ik.

Pater Carl glimlachte en legde zijn hand op mijn schouder. 'Omdat we denken dat dat niet juist is. Ook wij moeten onze intuïtie volgen. Je krijgt het Achtste Inzicht zodra je de juiste vraag stelt.'

Ik zei dat ik het begreep. Beide priesters omhelsden me en wensten me het allerbeste. Pater Carl zei nadrukkelijk dat we elkaar snel zouden weerzien en dat ik inderdaad de antwoorden zou vinden die ik hier zocht.

We stonden op het punt in onze respectieve auto's te stappen, toen pater Sánchez zich plotseling omdraaide en me aankeek. 'Intuïtief weet ik dat ik nog iets tegen je moet zeggen. Daarover kom je later nog wel meer te weten. Laat je leiden door je waarneming van schoonheid en glans. Plaatsen en mensen die antwoorden voor je hebben, zullen mooier en aantrekkelijker lijken.'

Ik knikte, klom de auto van pater Carl in en volgde hen een paar kilometer over het stenige pad, tot we een afslag bereikten. Sánchez zwaaide door het achterraampje, en hij en pater Carl reden naar het oosten. Ik keek hen even na en keerde de oude bestelwagen toen noordwaarts naar het Amazonebekken.

Een golf van ongeduld steeg in me op. In drie uur tijds had ik een flink stuk afgelegd, maar nu stond ik op een kruising en kon niet beslissen welke weg ik moest nemen. Aan mijn linkerhand lag de ene mogelijkheid. Afgaande op de kaart liep deze weg honderdvijftig kilometer noordwaarts langs de bergen en boog dan scherp naar het oosten in de richting van Iquitos. De andere weg liep naar rechts en bleef oostwaarts door het oerwoud lopen tot hij dezelfde bestemming bereikte.

Ik haalde diep adem, probeerde me te ontspannen en keek toen snel in de achteruitkijkspiegel. Niemand te zien. In feite had ik al meer dan een uur lang niemand gezien—geen verkeer, geen voetgangers. Ik probeerde die bezorgde opwelling van me af te schudden. Ik wist dat ik me moest ontspannen en aangesloten moest blijven; anders mocht ik geen juiste beslissing verwachten.

Ik concentreerde me op de omgeving. De weg door het oerwoud aan mijn rechterhand liep tussen een groep hoge bomen. Een paar enorme rotsformaties staken uit de grond eromheen. De meeste waren door hoge tropische struiken omringd. De andere weg door de bergen leek betrekkelijk kaal. In die richting groeide één boom, maar de rest van het landschap was rotsachtig met heel weinig plantengroei.

Ik keek opnieuw naar rechts en probeerde een staat van liefde op te wekken. De bomen en struiken waren weelderig groen. Ik keek naar links en probeerde hetzelfde. Mijn blik viel direct op een plek met bloeiend gras langs de weg. De grasprieten waren bleek en vlekkerig, maar het samenstel van bloemen schiep in de verte een uniek patroon. Ik vroeg me af waarom ik die bloemen niet eerder had gezien. Ze leken nu bijna te gloeien. Ik verbreedde mijn blikveld zodat ik daar alles kon zien. De kleine rotsen en bruine plekken grind leken buitengewoon kleurrijk en bijzonder. Het hele landschap lag vol amberen en violette en zelfs donkerrode tinten.

Ik keek weer naar de bomen en struiken rechts. Ze waren mooi, maar verbleekten bij het uitzicht op de andere route. Maar hoe kan dat eigenlijk? dacht ik. Aanvankelijk had de weg naar rechts aantrekkelijker geleken. Toen ik weer een blik naar links wierp, werd mijn intuïtie nog sterker. De rijkdom aan vormen en kleuren verbaasde me.

Ik was overtuigd. Ik startte de bestelwagen, reed naar links en wist zeker dat ik de juiste beslissing had genomen. De weg was hobbelig van de stenen en scheuren. Hotsend reed ik verder en voelde mijn lichaam lichter worden. Mijn gewicht rustte op mijn billen; mijn rug en nek waren recht. Mijn armen hielden het stuur vast, maar rustten er niet op.

Twee uur lang reed ik verder zonder dat er iets gebeurde. Af en toe at ik iets uit de mand die pater Carl had ingepakt en zag nog steeds niemand. De weg kronkelde de ene heuvel na de andere op. Boven op een van die heuvels zag ik rechts van mij twee oudere auto's geparkeerd staan. Ze waren een flink stuk van de weg tussen een paar bomen gereden. Ik zag geen inzittenden en nam aan dat die auto's daar waren achtergelaten. Voor me uit draaide de weg scherp naar links en beschreef een neerwaartse boog naar een breed dal. Vanaf die top had ik vele kilometers uitzicht.

Abrupt bracht ik de auto tot stilstand. Halverwege het dal stonden links en rechts van de weg drie of vier militaire voertuigen. Daartussen stond een groepje soldaten. Ik voelde een kilte in me opkomen. Een wegversperring. Ik reed achteruit de top weer over, parkeerde mijn auto achter twee grote rotsblokken, stapte uit en liep toen weer naar het uitkijkpunt om naar de activiteit in het dal te kijken. Een van de auto's reed in de tegenovergestelde richting weg.

Plotseling hoorde ik iets achter me. Ik draaide me snel om. Het was Phil, de ecoloog die ik op Viciente had ontmoet.

Hij was even geschokt als ik. 'Wat doe jíj hier?' vroeg hij, terwijl hij naar me toe rende.

'Ik probeer Iquitos te bereiken,' zei ik.

Zijn blik was een en al bezorgdheid. 'Wij ook, maar de regering is door het lint gegaan over dat Manuscript. We proberen te beslissen of we het er bij die wegversperring op moeten wagen. We zijn met z'n vieren.' Hij knikte naar links. Ik zag een paar mannen tussen de bomen staan. 'Waarom ga je naar Iquitos?' vroeg hij.

'Ik probeer Wil te vinden. In Cula zijn we elkaar kwijtgeraakt. Ik hoorde dat hij misschien naar Iquitos gaat om de rest van het Manuscript te zoeken.'

Hij keek geschokt. 'Dat moet hij niet doen! Het leger heeft ieder bezit van kopieën verboden. Heb je niet gehoord wat er op Viciente is gebeurd?'

'Ja, wel iets, maar wat heb jij gehoord?'

'Ik was er niet, maar ik heb begrepen dat de autoriteiten de boel bestormden en iedereen arresteerden die kopieën had. Alle gasten zijn vastgehouden voor ondervraging. Dale en de andere onderzoekers zijn meegenomen. Niemand weet wat er van hen geworden is.'

'Weet jij waarom de regering zich zoveel zorgen over dat Manuscript maakt?' vroeg ik.

'Nee, maar toen ik hoorde hoe onveilig het hier werd, besloot ik weer naar Iquitos te gaan om mijn onderzoeksgegevens te halen en het land uit te gaan.'

Ik vertelde hem de details van wat er met Wil en mijzelf na ons vertrek van Viciente gebeurd was, met name de schietpartij op de bergtop.

'Verdomme,' zei hij. 'En jij wilt nog steeds je vingers aan dat gedoe branden?'

Die vraag schokte mijn zelfvertrouwen, maar ik zei: 'Luister, als we niets doen, stopt de regering het hele Manuscript in de doofpot. Dan wordt de wereld die kennis ontzegd, en volgens mij zijn die inzichten belangrijk!'

'Belangrijk genoeg om voor te sterven?' vroeg hij.

Het geluid van motoren trok onze aandacht. De trucks reden door het dal onze kant op.

'Verrek!' zei hij. 'Daar komen ze.'

Voor we in actie konden komen, hoorden we ook van de andere kant auto's aan komen rijden.

'Ze hebben ons omsingeld!' schreeuwde Phil. Hij leek in paniek.

Ik rende naar de bestelwagen en gooide de mand voedsel in een kleine zak. Ik pakte de mappen met het Manuscript en stak ook die in de zak, maar kreeg toen een ander idee en legde ze onder de stoel.

De geluiden kwamen dichterbij. Ik rende rechtsaf over de weg in de richting waarin Phil was weggelopen. Beneden langs de helling zag ik hem en de andere mannen dicht bij elkaar achter een paar rotsblokken zitten. Ik verstopte me bij hen, hopend dat de militaire trucks gewoon doorreden. Mijn bestelwagen stond niet in het zicht. Hopelijk dachten ze net als ik dat die andere auto's waren achtergelaten.

De trucks uit het zuiden waren er het eerst en stopten tot onze afschuw vlak bij de auto's. 'Niet bewegen! Politie!' schreeuwde een stem. We verstijfden toen diverse soldaten van achteren op ons af kwamen. Allemaal waren ze zwaar bewapend en bijzonder op hun hoede. De soldaten fouilleerden ons grondig, namen alles in beslag en dwongen ons terug te lopen naar de weg. Daar doorzochten tientallen soldaten de auto's. Phil en zijn metgezellen werden meegenomen en in een van de militaire trucks gezet, die snel wegreed. Toen hij me voorbijreed, ving ik een glimp van hem op. Hij zag zo bleek als een doek.

Ik werd te voet de andere kant op gebracht en moest bij de heuveltop gaan zitten. Diverse soldaten stonden in mijn buurt en allemaal hadden ze een automatisch geweer aan hun schouder. Eindelijk kwam er een officier aanlopen en hij gooide de mappen met mijn kopieën van de inzichten bij mijn voeten op de grond. Daarbovenop gooide hij de sleutels van pater Carls bestelauto. 'Zijn die kopieën van u?' vroeg hij.

Ik keek hem zonder antwoorden aan.

'Die sleutels zaten in uw zak,' zei hij. 'In de auto vonden we deze kopieën. Ik vraag opnieuw: zijn die van u?'

'Ik denk niet dat ik iets wil zeggen voordat ik met een advocaat heb gepraat,' stotterde ik. Bij die opmerking begon de officier sarcastisch te glimlachen. Hij zei iets tegen de andere soldaten en liep weg. De soldaten brachten me naar een van de jeeps en lieten me op de stoel naast de chauffeur zitten. Twee andere soldaten zaten op de achterbank met hun geweer in de aanslag. Achter ons klommen nog een paar soldaten een tweede truck in. Na even wachten reden de twee auto's noordwaarts het dal in. Ongerustheid overviel me. Waar brachten ze me heen? Hoe had ik mezelf in deze positie gebracht? De priesters hadden me voorbereid, maar dat had me nog geen dag geholpen. Op die kruising had ik zo zeker geweten dat ik de juiste weg nam. Deze route was het aantrekkelijkst; dat wist ik zeker. Waar was ik dan in de fout gegaan? Ik haalde diep adem en probeerde me te ontspannen. Ik vroeg me af wat er nu ging gebeuren. Ik zou mijn onschuld volhouden, bedacht ik, en mezelf voorstellen als een misleide toerist die niets kwaads in de zin had. Ik was alleen met de verkeerde mensen in contact gekomen, zou ik zeggen. Laat me gaan.

Mijn handen lagen in mijn schoot; ze trilden een beetje. Een van de soldaten achter me bood me een veldfles water aan. Ik pakte hem aan maar kon geen slok door mijn keel krijgen. De soldaat was nog jong, en toen ik hem de veldfles teruggaf, glimlachte hij zonder een spoor van boosaardigheid. Het beeld van Phils paniek schoot door mijn hoofd. Wat gingen ze met hem doen?

Het drong tot me door dat mijn ontmoeting met Phil op die heuveltop geen toeval was geweest. Wat betekende dat? Waarover zouden we gepraat hebben als niemand ons gestoord had? Nu had ik alleen het belang van het Manuscript onderstreept, en hij deed niets anders dan waarschuwen voor het gevaar en adviseren weg te gaan voordat ik gevangen werd genomen. Helaas was zijn raad te laat gekomen.

Urenlang reden we door zonder dat iemand iets zei. Het landschap werd steeds vlakker. Het werd ook warmer. Op zeker moment gaf de jonge soldaat me een open rantsoenblikje. Het was een soort hachee, maar opnieuw kreeg ik geen hap naar binnen. Na zonsondergang vervaagde het licht snel.

Ik reed zonder nadenken mee, staarde langs de koplampen van de jeep voor me uit en gleed toen weg in een onrustige slaap waarin ik droomde dat ik op de vlucht was. Te midden van honderden enorme vuren vluchtte ik wanhopig voor een onbekende vijand en wist zeker dat ergens een geheime sleutel lag om de deur naar kennis en veiligheid te openen. Midden in een van die reusachtige vuren zag ik de sleutel. Ik sprong erin om hem te pakken!

Overvloedig zwetend werd ik met een schok wakker. De soldaten keken me zenuwachtig aan. Ik schudde mijn hoofd en leunde weer tegen de deur van de jeep. Lange tijd keek ik door het zijraampje naar de donkere vormen van het landschap en probeerde mijn paniek te bedwingen. Ik was alleen, werd door soldaten bewaakt, reed door het donker, en mijn nachtmerries kon niemand iets schelen.

Rond middernacht parkeerden we bij een groot, twee verdiepingen hoog, vaag verlicht gebouw van natuursteen. We liepen over een pad langs de hoofdingang en gingen door een zijdeur naar binnen. Een trap leidde naar een smalle gang. Ook de wanden waren van steen en het plafond bestond uit zware balken en ruw gezaagde planken. We zagen waar we liepen dankzij kale peertjes aan het plafond. We passeerden een volgende deur en kwamen toen in een cellenblok terecht. Een van de soldaten, die was weggelopen, haalde ons in, deed een van de celdeuren open en gebaarde dat ik naar binnen moest.

Het meubilair bestond uit drie britsen, een houten tafel en een vaas bloemen. Tot mijn verrassing was de cel heel schoon. Toen ik naar binnen liep, keek een jonge Peruaan van hoogstens achttien of negentien jaar oud me van achter de deur zachtmoedig aan. De soldaat sloot de deur achter me en liep weg. Ik ging op een van de britsen zitten, terwijl de jongeman zijn hand uitstak en de olielamp hoger zette. Toen het licht op zijn gezicht viel, zag ik dat hij een Indiaan was.

'Spreek je Engels?' vroeg ik.

'Ja, een beetje,' zei hij.

'Waar zijn we?'
'Bij Pullcupa.'
'Is dit een gevangenis?'
'Nee, iedereen is hier voor ondervraging over het Manuscript.'
'Hoe lang ben je hier al?'
Hij keek me met verlegen, bruine ogen aan. 'Twee maanden.'
'Wat hebben ze met je gedaan?'
'Ze willen dat ik niet meer in het Manuscript geloof en de namen geef van andere mensen met kopieën.'
'Hoe doen ze dat?'
'Door tegen me te praten.'
'Alleen praten? Niet dreigen?'
'Alleen praten,' herhaalde hij.
'Hebben ze gezegd wanneer ze je vrijlaten?'
'Nee.'
Ik zweeg even en hij keek me onderzoekend aan. 'Ben je gepakt met kopieën van het Manuscript?' vroeg hij.
'Ja. Jij ook?'
'Ja. Ik woon hier in de buurt in een weeshuis. Mijn onderwijzer gaf les uit het Manuscript. Ik mocht van hem de kinderen lesgeven. Hij wist te ontsnappen, maar ik ben gepakt.'
'Hoeveel inzichten heb je gezien?' vroeg ik.
'Die gevonden zijn,' zei hij. 'Jij?'
'Eh, allemaal behalve het Zevende en Achtste. Ik had het Zevende, maar voordat ik dat kon lezen, doken de soldaten op.'
De jongeman gaapte en vroeg: 'Zullen we nu gaan slapen?'
'Ja,' zei ik afwezig. 'Natuurlijk.'
Ik ging op mijn brits liggen en deed mijn ogen dicht, maar mijn hoofd tolde. Wat moest ik nu doen? Hoe kwam het dat ik me gevangen had laten nemen? Kon ik ontsnappen? Ik verzon allerlei strategieën en scenario's, en viel ten slotte in slaap.
Opnieuw droomde ik heel levendig. Ik zocht dezelfde sleutel, maar ditmaal was ik in een diep bos. Lange tijd had ik doelloos rondgelopen en wou dat iemand me aanwijzingen gaf. Na een tijdje stak een donderbui op waarbij het bos overstroomde. Tij-

dens die stortbui spoelde ik een diep ravijn in en kwam in een rivier terecht, die de verkeerde kant op stroomde. Ik dreigde te verdrinken. Het leek wel of ik dagenlang tegen de stroom vocht. Eindelijk kon ik me uit de woeste stroom bevrijden door me aan de rotsige oever vast te klampen. Ik klom langs de rotsen en steile kliffen langs de oever omhoog en kwam steeds hoger en hoger op steeds verraderlijker terrein terecht. Hoewel ik al mijn wilskracht en kunde had bijeengeraapt om de kliffen te beklimmen, hing ik op zeker moment gevaarlijk tegen de rotswand zonder verder omhoog te kunnen. Ik keek omlaag naar het terrein onder me. Met een schok besefte ik dat de rivier, waartegen ik zo gevochten had, het bos verliet en vriendelijk naar een mooi strand en grasveld stroomde. Op dat grasveld lag de sleutel, omringd door bloemen. Toen gleed ik uit en viel schreeuwend de diepte in tot ik het water raakte en zonk.

Hijgend ging ik met een ruk rechtop zitten. De jonge Indiaan was kennelijk al wakker en liep naar me toe. 'Wat is er?' vroeg hij.

Ik hield mijn adem in, keek rond en besefte waar ik was. Ik zag ook dat het vertrek een raam had en dat het buiten al licht was. 'Gewoon een nachtmerrie,' zei ik.

Hij glimlachte naar me alsof hij blij was met wat ik zei. 'Nachtmerries bevatten de belangrijkste boodschappen,' merkte hij op.

'Boodschappen?' vroeg ik, terwijl ik opstond en mijn overhemd aantrok.

Hij leek in verlegenheid omdat hij het moest uitleggen. 'Het Zevende Inzicht gaat over dromen,' zei hij.

'Wat staat er dan over dromen?'

'Hoe je ze moet...'

'Interpreteren?'

'Ja.'

'Wat zegt het daarover?'

'Dat je het verhaal van de droom moet vergelijken met het verhaal van je leven.'

Ik dacht even na, maar wist niet goed wat die aanwijzing betekende. 'Wat bedoel je met: verhalen vergelijken?'

De jonge Indiaan durfde me nauwelijks aan te kijken. 'Wil je dat ik je droom interpreteer?'

Ik knikte en vertelde wat ik ervaren had.

Hij luisterde aandachtig en zei toen: 'Vergelijk de onderdelen van het verhaal met je leven.'

Ik keek hem aan. 'Waar moet ik beginnen?'

'Bij het begin. Wat deed je aan het begin van je droom?'

'Ik zocht in een bos een sleutel.'

'Hoe voelde je je?'

'Hulpeloos.'

'Vergelijk die situatie met je echte situatie.'

'Misschien is er inderdaad verband,' zei ik. 'Ik zoek een paar antwoorden over dit Manuscript en voel me verdomde hulpeloos.'

'Wat gebeurde er in je echte leven nog meer?'

'Ik ben gevangengenomen,' zei ik. 'Ondanks alles wat ik geprobeerd heb, zit ik achter slot en grendel. Voorlopig kan ik alleen maar hopen dat ik iemand kan overhalen om me naar huis te laten gaan.'

'Verzet je je tegen je gevangenschap?'

'Natuurlijk.'

'Wat gebeurde er toen in je droom?'

'Ik vocht tegen de stroom.'

'Waarom?' vroeg hij.

Het begon me te dagen waar hij naar toe wilde. 'Omdat ik op dat moment dacht dat ik zou verdrinken.'

'En als je je niet tegen het water had verzet?'

'Dan had het me bij de sleutel gebracht. Waar wil je eigenlijk heen? Dat ik misschien nog steeds de antwoorden kan krijgen die ik zoek als ik me niet tegen deze situatie verzet?'

Opnieuw keek hij verlegen. 'Ik zeg helemaal niets. De droom zegt iets.'

Ik dacht even na. Was deze interpretatie juist?

De jonge Indiaan keek naar me op en vroeg: ‘Als je die droom opnieuw kreeg, wat zou je dan anders doen?’

‘Ik zou me niet tegen het water verzetten, ook al had ik het idee dat ik verdronk. Ik zou beter weten.’

‘Wat bedreigt je op dit moment?’

‘De soldaten, neem ik aan. Dat ik word vastgehouden.’

‘Wat houdt de boodschap dus in?’

‘Denk je dat de boodschap van de droom is dat ik positief naar mijn gevangenschap moet kijken?’

Hij antwoordde niet, maar glimlachte alleen.

Ik zat op mijn brits met mijn rug tegen de muur. Die interpretatie wond me op. Als die juist was, had ik op die kruising dus toch geen fout gemaakt en hoorde dit allemaal bij wat er gebeuren moest. ‘Hoe heet je?’ vroeg ik.

‘Pablo,’ zei hij.

Ik glimlachte en stelde me voor. Ik vertelde in het kort waarom ik in Peru was en wat er gebeurd was. Pablo zat op zijn brits met zijn ellebogen op zijn knieën. Hij had kort, zwart haar en was heel mager. ‘Waarom ben je hier?’ vroeg hij.

‘Om dingen over het Manuscript te ontdekken,’ antwoordde ik.

‘Wat precies?’ vroeg hij opnieuw.

‘Iets over het Zevende Inzicht en waar mijn vrienden Wil en Marjorie zijn... en ook, denk ik, waarom de Kerk zo tegen het Manuscript is.’

‘Er zijn hier veel priesters met wie je kunt praten,’ zei Pablo.

Over die uitspraak dacht ik even na en vroeg: ‘Wat zegt het Zevende Inzicht nog meer over dromen?’

‘Dromen kunnen ons iets over ons leven vertellen dat we over het hoofd zien,’ zei Pablo, en hij zei nog iets anders, maar in plaats van te luisteren begon ik aan Marjorie te denken. Ik zag haar gezicht helder voor me en vroeg me af waar ze was. Toen zag ik haar glimlachend naar me toe rennen. Plotseling drong tot me door dat Pablo niets meer zei. Ik keek hem aan. ‘Sorry, ik was met mijn gedachten even ergens anders. Wat zei je?’

‘Geeft niet,’ antwoordde hij. ‘Waar dacht je aan?’

'Gewoon aan een vriendin van me. Niks bijzonders.'
Hij keek alsof hij er dieper op in wilde gaan, maar iemand kwam naar de celdeur toe. Door de tralies zagen we een soldaat de bout van het slot wegschuiven.
'Tijd voor het ontbijt,' zei Pablo.
De soldaat maakte de deur open en verduidelijkte met een hoofdgebaar dat we de gang in moesten. Pablo liep voorop de stenen gang door. We kwamen bij een trappenhuis en bereikten na één trap een kleine eetzaal. Vier of vijf soldaten stonden in een hoek van de kamer, en een paar burgers—twee mannen en een vrouw—wachtten in een rij tot ze eten kregen.
Ik bleef staan en kon mijn ogen niet geloven. De vrouw was Marjorie. Tegelijkertijd kreeg ze ook mij in het oog. Ze legde haar hand op haar mond en sperde verrast haar ogen open. Ik wierp een blik op de soldaat achter me. Hij liep naar de andere soldaten in de hoek, glimlachte nonchalant en zei iets in het Spaans. Ik liep achter Pablo aan naar de achterkant van de rij. Marjorie kreeg haar eten. De twee andere mannen namen al pratend hun dienbladen mee naar een tafel. Marjorie staarde me een paar keer aan. Onze blikken kruisten elkaar en ze moest moeite doen om niets te zeggen. De tweede keer dat dat gebeurde, raadde Pablo dat we elkaar kenden en keek me vragend aan. Marjorie bracht haar eten naar een tafel, en toen ook wij onze portie gekregen hadden, gingen we bij haar zitten. De soldaten praatten nog steeds met elkaar en hadden zo te zien onze bewegingen niet in de gaten. 'God, wat ben ik blij dat ik je zie,' zei ze. 'Hoe ben je hier terechtgekomen?'
'Ik heb me een tijdje bij een paar priesters verstopt,' antwoordde ik. 'Toen ging ik weg om Wil te zoeken, maar gisteren ben ik gevangengenomen. Hoe lang zit jij hier al?'
'Sinds ze me op de bergrug vonden,' zei ze.
Ik zag dat Pablo ons aandachtig aankeek en stelde hem aan haar voor. 'Dit zal dan wel Marjorie zijn,' zei hij.
Ze praatten even, en toen vroeg ik aan Marjorie: 'Wat is er nog meer gebeurd?'

'Niet veel,' zei ze. 'Ik weet niet eens waarom ze me vasthouden. Elke dag brengen ze me voor ondervraging naar een van de priesters of officieren. Ze willen weten met wie ik op Viciente contact heb gehad en of ik weet waar andere kopieën zijn. Telkens weer.'

Marjorie glimlachte kwetsbaar, en toen ze dat deed, voelde ik me opnieuw sterk tot haar aangetrokken. Ze keek me vanuit haar ooghoeken scherp aan. Allebei lachten we zachtjes. Daarna zwegen we en aten ons bord leeg. Vervolgens ging de deur open en samen met iemand die kennelijk een hoge officier was, kwam een formeel geklede priester binnen.

'Dat is de hoofdpriester,' zei Pablo.

De officier zei iets tegen de soldaten, die in de houding waren gesprongen, en de priester liep door de kamer naar de keuken. Hij keek me recht aan en onze blikken kruisten elkaar minstens een seconde. Ik wendde mijn blik af en nam nog een hap, want ik wilde geen aandacht trekken. De twee mannen liepen de keuken door en gingen door een deur naar buiten.

'Was dat een van de priesters met wie je gepraat hebt?' vroeg ik Marjorie.

'Nee,' zei Marjorie. 'Die heb ik nog nooit gezien.'

'Ik ken die priester,' zei Pablo. 'Hij is gisteren aangekomen. Hij heet kardinaal Sebastián.'

Ik ging rechtop zitten. 'Dat was Sebastián?'

'Je schijnt van hem gehoord te hebben,' zei Marjorie.

'Dat klopt,' antwoordde ik. 'Hij is de drijvende kracht achter het verzet van de Kerk tegen het Manuscript. Ik dacht dat hij op de missiepost van pater Sánchez was.'

'Wie is pater Sánchez?'

Dat wilde ik net vertellen, toen de soldaat die ons hierheen had gebracht naar de tafel kwam en Pablo en mij wenkte om hem te volgen.

'Tijd voor het luchten,' zei Pablo.

Marjorie en ik keken elkaar aan. Haar ogen verrieden bezorgdheid.

'Maak je geen zorgen,' zei ik. 'Bij de volgende maaltijd praten we weer. Alles komt goed.'

Toen ik wegliep, vroeg ik me af of mijn optimisme realistisch was. Deze mensen konden ons op elk moment spoorloos laten verdwijnen. De soldaat leidde ons naar een korte gang en door een deur die naar een buitentrap leidde. We liepen omlaag naar een zijterrein dat door een hoge stenen muur was omgeven. De soldaat ging bij de ingang staan. Pablo beduidde me met een hoofdknik dat ik met hem mee moest lopen langs de omtrek van het terrein. Onder het lopen bukte hij zich meermalen om een van de bloemen te plukken die in bedden langs de muur groeiden.

'Wat zegt het Zevende Inzicht nog meer?' vroeg ik.

Hij bukte zich en plukte een nieuwe bloem. 'Het zegt dat niet alleen dromen ons leiden, maar ook gedachten of dagdromen.'

'Ja, dat zei pater Carl ook. Vertel eens hoe dagdromen ons leiden.'

'Die laten een tafereel, een gebeurtenis zien, en dat kan een aanwijzing zijn dat het werkelijkheid kan worden. Als we er aandacht aan besteden, kunnen we voor deze nieuwe wending in ons leven klaar zijn.'

Ik keek hem aan. 'Weet je, Pablo, ik kreeg het beeld dat ik Marjorie tegenkwam. En toen gebeurde dat.'

Hij glimlachte.

Een kil gevoel kroop langs mijn ruggegraat omhoog. Ik was kennelijk op de juiste plek. Ik had intuïtief iets aangevoeld dat ook gebeurd was. Ik had me dikwijls voorgesteld dat ik Marjorie zou weerzien, en nu was dat gebeurd. De toevalligheden vonden plaats. Ik voelde me lichter. 'Het gebeurt bij mij niet vaak dat dat soort gedachten uitkomt,' zei ik.

Pablo wendde zijn blik af en zei toen: 'Volgens het Zevende Inzicht hebben wij allemaal veel meer van dat soort gedachten dan we beseffen. Om ze te herkennen, moeten we de positie van waarnemer innemen. Als een gedachte komt, moeten we ons afvragen: waarom? Waarom kwam die ene gedachte uitgerekend nu? Hoe staat die in verband met mijn levensvragen? De waarnemerspositie helpt ons ontsnappen aan de behoefte om alles te beheersen en plaatst ons in de evolutiestroom.'

'Maar negatieve gedachten dan?' vroeg ik. 'Die angstbeelden dat er iets slechts gebeurt, bijvoorbeeld dat iemand van wie we houden iets overkomt of dat we iets niet bereiken wat we heel graag willen?'

'Heel simpel,' zei Pablo. 'Volgens het Zevende Inzicht moeten angstbeelden zo snel mogelijk worden onderdrukt. Dan moeten we zorgen dat een andere gedachte met een goede uitkomst bij ons opkomt. Algauw komen negatieve beelden bijna nooit meer voor en betreft je intuïtie alleen nog positieve dingen. Als desondanks negatieve beelden opduiken, moet je die volgens het Manuscript heel ernstig nemen en niet volgen. Als je bijvoorbeeld het beeld ziet dat je vrachtwagen panne krijgt en dat iemand je een lift aanbiedt, moet je die uitnodiging afslaan.'

We hadden inmiddels het hele rondje langs de binnenplaats gemaakt en kwamen weer in de buurt van de wachtpost. Geen van beiden zeiden we iets toen we hem passeerden. Pablo plukte een bloem en ik haalde diep adem. De lucht was warm en vochtig en de begroeiing buiten de muur dicht en tropisch. Ik had diverse muskieten gezien.

'Komen!' riep de soldaat plotseling.

Hij duwde ons naar binnen en naar onze cel. Pablo liep het eerst door de deur, maar de soldaat stak zijn arm op en hield me staande. 'Jij niet,' zei hij, en beduidde met een hoofdknik dat ik de gang door moest lopen. Via een nieuwe trap kwamen we buiten door dezelfde deur als we gisteravond waren binnengekomen. Op het parkeerplein stapte kardinaal Sebastián op de achterbank van een grote auto. Een chauffeur sloeg de deur achter hem dicht. Sebastián keek me weer heel even aan, maar draaide zich toen om en zei iets tegen de chauffeur. De auto reed met een vaart weg.

De soldaat duwde me naar de hoofdingang van het gebouw. We liepen naar binnen en kwamen in een kantoor terecht. Ik moest op een houten stoel tegenover een wit metalen bureau gaan zitten. Een paar minuten later kwam een priester van een jaar of dertig binnen. Hij was klein, had peper-en-zoutkleurig haar en ging zitten zonder op mijn aanwezigheid te reageren. Hij bladerde minstens een minuut in een dossier en keek me toen aan. Met zijn ronde bril met gouden montuur zag hij eruit als een intellectueel. 'U bent gearresteerd met illegale staatspapieren in uw bezit,' zei hij zakelijk. 'Ik ben hier om te helpen vaststellen of vervolging geboden is. Ik zou uw medewerking op prijs stellen.'

Ik knikte.

'Waar hebt u die vertalingen vandaan?'

'Ik begrijp het niet,' zei ik. 'Waarom zijn kopieën van een oud manuscript illegaal?'

'Daar heeft de Peruaanse regering haar redenen voor,' zei hij. 'Beantwoord alstublieft mijn vraag.'

'Waarom bemoeit de Kerk zich ermee?' vroeg ik.

'Omdat dit Manuscript de tradities van onze godsdienst weerspreekt,' zei hij. 'Het stelt de waarheid van onze spirituele aard verkeerd voor. Waar...'

'Luister,' onderbrak ik hem. 'Ik wil het alleen maar begrijpen. Ik ben een gewone toerist die belangstelling voor het Manuscript heeft gekregen. Ik ben voor niemand een bedreiging. Ik wil alleen maar weten waarom het zo verontrustend is.'

Hij keek me peinzend aan alsof hij overwoog wat zijn beste strategie zou zijn. Ik bleef bewust naar details vragen.

'De Kerk vindt dat het Manuscript onze mensen in verwarring brengt,' zei hij zorgvuldig. 'Het geeft de indruk dat de mensen zelfstandig kunnen besluiten hoe ze moeten leven, ongeacht wat de Heilige Schrift zegt.'

'Welk deel van de Heilige Schrift?'

'Het gebod om je vader en moeder te eren bijvoorbeeld.'

'Wat bedoelt u?'

'Het Manuscript geeft de ouders de schuld van problemen en ondermijnt daarmee de eenheid van het gezin.'

'Ik dacht dat het juist sprak over beëindiging van oude wrokgevoelens,' zei ik. 'En het ontdekken van een positieve kijk op je jeugd.'

'Nee,' zei hij. 'Het is misleidend. Om te beginnen had er al nooit een negatief gevoel mogen bestaan.'

'Kunnen ouders geen ongelijk hebben?'

'Ouders doen zoveel mogelijk hun best. Kinderen moeten hen vergeven.'

'Maar daarover is het Manuscript toch juist heel duidelijk? Als we het positieve in onze kinderjaren zien, komt de vergevingsgezindheid toch vanzelf?'

Hij begon van woede harder te praten. 'Maar op grond van welk gezag doet het Manuscript uitspraken? Het is niet te vertrouwen!'

Hij liep zijn bureau rond en keek nog steeds woedend op me neer. 'U weet niet waarover u spreekt,' zei hij. 'Bent u theoloog? Ik denk van niet. U bent het levende bewijs van het soort verwarring dat het Manuscript zaait. Begrijpt u niet dat er alleen orde in de wereld is dankzij de wet en het gezag? Hoe kunt u in deze kwestie de autoriteiten in twijfel trekken?'

Ik zei niets, en dat leek hem nog bozer te maken. 'Ik zal u iets zeggen,' zei hij. 'De misdaad die u begaan hebt, kan u op jaren celstraf komen te staan. Bent u weleens in een Peruaanse gevangenis geweest? Snakt uw Yankee-nieuwsgierigheid naar een kennismaking? Dat kan ik regelen. Begrijpt u dat? Dat kan ik regelen!'

Hij legde zijn hand op zijn ogen en zweeg hijgend. Kennelijk probeerde hij te kalmeren. 'Ik zit hier om te ontdekken wie kopieën heeft en waar die vandaan komen. Ik vraag het u nog één keer. Waar hebt u die vertalingen vandaan?'

Zijn uitbarsting had me nogal zorgelijk gestemd. Met al mijn vragen verergerde ik de situatie alleen maar. Wat ging hij doen als ik medewerking weigerde? Aan de andere kant mocht ik pater Sánchez en pater Carl niet verraden. 'Ik heb wat bedenktijd nodig voordat ik u kan antwoorden,' zei ik.

Heel even leek hij een nieuwe woedeaanval te krijgen. Toen ontspande hij zich en keek heel moe. 'U krijgt tot morgenochtend de tijd,' zei hij, en wenkte de soldaat in de deur om me mee te nemen. Ik volgde de soldaat weer de gang door, rechtstreeks naar mijn cel. Zonder iets te zeggen liep ik naar mijn brits en ging liggen. Ik was zelf ook uitgeput.

Pablo keek door het tralievenster naar buiten. 'Heb je met pater Sebastián gepraat?' vroeg hij.

'Nee, het was een andere priester. Hij wilde weten van wie ik mijn kopieën heb.'

'Wat heb je gezegd?'

'Niets. Ik heb bedenktijd gevraagd, en die kreeg ik tot morgenochtend.'

'Heeft hij iets over het Manuscript gezegd?' vroeg Pablo.

Ik keek hem recht aan en ditmaal liet hij niet zijn hoofd zakken.

'Hij had het er even over dat het Manuscript het traditionele gezag ondermijnt,' zei ik. 'Toen kreeg hij het op zijn heupen en bedreigde me.'

Pablo leek oprecht verrast. 'Had hij grijsbruin haar en een ronde bril?'

'Ja.'

'Dat is pater Costous,' zei Pablo. 'Wat heb je nog meer gezegd?'

'Ik was het niet met hem eens dat het Manuscript de traditie ondermijnt,' antwoordde ik. 'Hij dreigde met de gevangenis. Denk je dat hij dat meent?'

'Dat weet ik niet,' zei Pablo. Hij liep naar zijn brits tegenover de mijne en ging zitten. Ik zag dat hij nog iets anders in gedachten had, maar ik was zo moe en bang dat ik mijn ogen sloot. Toen ik wakker werd, stond Pablo aan me te schudden. 'Lunchtijd,' zei hij

We volgden een wachtpost naar boven en kregen een bord aardappelen met rundvlees vol kraakbeen. De twee mannen die we al eerder hadden gezien, kwamen na ons binnen. Marjorie was er niet bij.

'Waar is Marjorie?' vroeg ik in een fluisterpoging.

De twee mannen leken doodsbang omdat ik iets tegen hen zei, en de soldaten keken me aandachtig aan.
'Volgens mij spreekt hij geen Engels,' zei Pablo.
'Ik vraag me af waar ze is,' zei ik.
Pablo antwoordde iets, maar ik luisterde niet. Plotseling had ik het gevoel dat ik wegrende en zag me door een soort straat vluchten, toen een deur induiken en de vrijheid bereiken.
'Waar zat je aan te denken?'
'Ik fantaseerde over een ontsnapping,' zei ik. 'Wat zei je?'
'Wacht,' zei Pablo. 'Zet die gedachte niet van je af, want het kan belangrijk zijn. Wat voor soort ontsnapping?'
'Ik rende door een steeg of straat en toen een deur door. Ik kreeg de indruk dat mijn ontsnapping succes had.'
'Wat vind je van dat beeld?'
'Ik weet het niet,' zei ik. 'Het leek niet logisch voort te vloeien uit waar we het over hadden.'
'Weet je nog waarover we praatten?'
'Ja. Ik vroeg iets over Marjorie.'
'Denk je niet dat er verband is tussen Marjorie en jouw gedachte?'
'Niet dat ik weet.'
'Een verborgen samenhang dan.'
'Ik zie helemaal geen samenhang. Hoe kan mijn ontsnapping verband houden met Marjorie? Denk je dat zij ontsnapt is?'
Hij keek nadenkend. 'Je gedachte was dat jíj ontsnapte.'
'Ja, dat klopt,' zei ik. 'Misschien ontsnap ik wel zonder haar.' Ik keek hem aan. 'Misschien ontsnap ik wel *met* haar.'
'Dat lijkt me heel goed mogelijk,' zei hij.
'Maar waar is ze?'
'Dat weet ik niet.'
We aten zwijgend ons bord leeg. Ik had honger, maar het eten leek te zwaar. Om een of andere reden voelde ik me moe en traag. Algauw had ik geen honger meer.
Ik zag dat Pablo evenmin at. 'Ik denk dat we weer naar onze cel moeten,' zei hij.

Ik knikte, en hij gebaarde naar de soldaat om ons terug te brengen. Eenmaal weer in onze cel ging ik languit op mijn brits liggen. Pablo ging zitten en keek me aan. 'Je energie lijkt op een laag pitje te staan,' zei hij.

'Dat klopt,' antwoordde ik. 'Ik weet niet wat er met me aan de hand is.'

'Probeer je je energie op te laden?' vroeg hij.

'Ik denk dat ik niks meer heb,' antwoordde ik. 'En aan dat eten heb ik ook niks.'

'Maar als je alles oplaadt, heb je niet veel voedsel nodig.' Hij zwaaide met zijn armen voor zijn borst om al zijn woorden te onderstrepen.

'Dat weet ik. Maar ik vind het moeilijk om in een situatie als deze de liefde aan het stromen te krijgen.'

Hij keek me vragend aan. 'Maar als je dat niet doet, schaad je jezelf.'

'Wat bedoel je?'

'Je lichaam trilt op een bepaald niveau. Als je je energieniveau te veel laat zakken, lijdt je lichaam. Dat is de samenhang tussen stress en ziekte. Liefde is onze manier om het trillingsniveau in stand te houden. Dat houdt ons gezond. Dat is belangrijk.'

'Geef me een paar minuten de tijd,' zei ik.

Ik paste de methoden toe die pater Sánchez me geleerd had. Onmiddellijk voelde ik me beter. De dingen om me heen hadden plotseling een individuele aanwezigheid. Ik deed mijn ogen dicht en concentreerde me op dat gevoel. 'Prima,' zei hij.

Ik deed mijn ogen open en zag hem breed naar me glimlachen. Zijn gezicht en lichaam waren nog steeds jongensachtig en onvolwassen, maar zijn ogen leken nu vol wijsheid. 'Ik zie de energie bij je binnenstromen,' zei hij.

Ik nam een vaag groen veld rond Pablo waar. De verse bloemen die hij in de vaas op tafel had gezet, leken te stralen.

'Om het Zevende Inzicht te begrijpen en echt aan de evolutie deel te nemen,' zei hij, 'moet je alle inzichten samenvatten tot één bestaansvorm.'

Ik zei niets.
'Kun je benoemen hoe de wereld als gevolg van de inzichten is veranderd?'
Ik dacht even na. 'Volgens mij ben ik ontwaakt en zie ik de wereld als een geheimzinnig oord dat alles verschaft wat we nodig hebben, mits we helderheid hebben en het pad bereiken.'
'Wat gebeurt er dan?' vroeg hij.
'Dan zijn we klaar voor de evolutiestroom.'
'En hoe hanteren we dat proces?'
Ik dacht even na. 'Door goed aan onze huidige levensvragen te blijven denken,' zei ik, 'en dan uit te kijken naar leiding, hetzij in een droom, hetzij in een intuïtief beeld, hetzij in de manier waarop de omgeving straalt en in het oog springt.' Ik zweeg weer, probeerde het hele inzicht samen te vatten en voegde eraan toe: 'We bouwen onze energie op, plaatsen onszelf in het middelpunt van onze situatie en ontvangen dan een soort intuïtieve leiding, een idee van waar we heen moeten of wat we moeten doen, en dan treden toevalligheden op die ons de kans geven om die richting in te slaan.'
'Ja! Ja!' zei Pablo. 'Dat is de manier. En steeds als die toevalligheden ons naar iets nieuws leiden, groeien we, worden we vollediger mens en bestaan we op een hoger trillingsniveau.'
Hij boog zich voorover en ik zag de ongelooflijke hoeveelheid energie om hem heen. Hij straalde en leek niet langer verlegen, niet eens jong. Hij leek vol macht.
'Pablo, wat is er met je gebeurd?' vroeg ik. 'Vergeleken met toen ik je voor het eerst zag, lijk je op een of andere manier veel zelfverzekerder en bekwamer en vollediger.'
Hij lachte. 'Toen je hier binnenkwam, had ik mijn energie laten wegstromen. Eerst dacht ik dat je me misschien kon helpen met mijn energiestroom, maar toen besefte ik dat je dat nog niet geleerd had. Dat leer je bij het Achtste Inzicht.'
Ik stond voor een raadsel. 'Wát heb ik nagelaten?'
'Je moet leren dat alle antwoorden die we op geheimzinnige manieren krijgen, eigenlijk van andere mensen komen. Denk maar

aan wat je geleerd hebt sinds je in Peru bent. Heb je niet alle antwoorden gekregen dankzij de mensen die je op een geheimzinnige manier tegenkwam?'

Ik dacht erover na. Hij had gelijk. Ik had steeds op het juiste moment de juiste mensen ontmoet: Charlene, Dobson, Wil, Dale, Marjorie, Phil, Reneau, pater Sánchez, pater Carl en nu Pablo.

'Zelfs het Manuscript is door iemand geschreven,' vulde Pablo aan. 'Maar niet alle mensen die je tegenkomt, zijn helder of energierijk genoeg om de boodschap te onthullen die ze voor je hebben. Je moet hen helpen door energie te sturen.' Hij zweeg even. 'Je vertelde over het vermogen om je energie op een plant te projecteren door je op zijn schoonheid te richten, nietwaar?'

'Ja.'

'Tegenover een mens doe je precies hetzelfde. Als jouw energie in hem stroomt, helpt dat diegene de waarheid zien. Dan kunnen zij die waarheid aan jou geven. Pater Costous is een voorbeeld,' vervolgde hij. 'Hij had een belangrijke boodschap voor je, maar je hebt hem niet geholpen om die te onthullen. Je probeerde antwoorden van hem te eisen, en dat schiep een concurrentie om energie tussen jullie. Toen hij dat merkte, kreeg zijn jeugddrama de overhand in het gesprek, namelijk de intimidator.'

'Wat had ik dan moeten zeggen?' vroeg ik.

Pablo antwoordde niet. Opnieuw hoorden we iemand bij de deur van de cel.

Pater Costous kwam binnen. Hij knikte met een lichte glimlach naar Pablo. Pablo glimlachte breed terug alsof hij de priester aardig vond. Diens blik verschoof naar mij en hij begon streng te kijken. Mijn maag verkrampte van angst. 'Kardinaal Sebastián wil je spreken,' zei hij. 'Vanmiddag word je naar Iquitos gebracht. Ik raad je aan al zijn vragen te beantwoorden.'

'Waarom wil hij me spreken?' vroeg ik.

'Omdat de bestelwagen waarin je gesnapt bent, van een van onze priesters is. We nemen aan dat je je kopieën van hem hebt gekregen. Dat een van onze eigen priesters de wet negeert, is hoogst ernstig.' Hij keek me vastbesloten aan.

Ik wierp een blik op Pablo, die me met een hoofdknik aanmoedigde om door te gaan. 'U denkt dat het Manuscript uw godsdienst ondermijnt?' vroeg ik Costous vriendelijk.

Hij keek me neerbuigend aan. 'Niet alleen onze godsdienst, *alle* godsdiensten. Denk je soms dat er geen plan voor deze wereld bestaat? God beheerst alles. Hij stelt onze lotsbestemming vast. Onze taak is gehoorzaamheid aan de wetten die God heeft uitgevaardigd. De evolutie is een mythe. God schept de toekomst op de manier zoals Hij dat wil. Wie zegt dat de mens kan evolueren, haalt Gods wil uit het geheel. Daardoor worden mensen zelfzuchtig en komen ze buiten de samenhang te staan. Ze denken dat niet Gods plan maar hun eigen evolutie het allerbelangrijkste is. Dan gaan ze elkaar nog erger behandelen dan nu.'

Ik kon geen andere vraag bedenken. De priester keek me even aan en zei toen bijna vriendelijk: 'Ik hoop dat kardinaal Sebastián op je medewerking mag rekenen.'

Hij draaide zich om en keek Pablo aan, kennelijk trots op de manier waarop hij mijn vragen had aangepakt. Pablo glimlachte alleen en knikte opnieuw. De priester liep naar buiten en een soldaat deed de deur achter hem dicht. Pablo boog zich op zijn brits voorover en keek me stralend aan. Zijn gedrag was nog steeds heel anders dan eerst en hij keek vol zelfvertrouwen.

Ik keek hem even aan en glimlachte.

'Wat is er volgens jou net gebeurd?' vroeg hij.

Ik probeerde iets grappigs te bedenken. 'Heb ik ontdekt dat ik zwaarder in de problemen zit dan ik dacht?'

Hij lachte. 'Wat nog meer?'

'Ik weet niet precies wat je bedoelt.'

'Wat waren je vragen toen je hier kwam?'

'Ik wilde Marjorie en Wil vinden.'

'En een van hen heb je gevonden. Wat was je andere vraag?'

'Ik had het gevoel dat die priesters niet uit boosaardigeid tegen het Manuscript waren maar omdat ze het verkeerd begrepen. Ik wilde weten wat ze dachten. Om een of andere reden had ik het idee dat ik ze tot andere gedachten kon brengen.' Toen ik dat gezegd had, begreep ik plotseling wat Pablo bedoelde. Hier en nu had ik Costous ontmoet, zodat ik kon ontdekken wat hem in het Manuscript zorgen baarde.

'En welke boodschap heb je gekregen?' vroeg hij.

'De boodschap?'

'Ja, de boodschap.'

Ik keek hem aan. 'Hij heeft moeite met het idee dat iemand deel heeft aan de evolutie, hè?'

'Ja,' zei hij.

'Dat zou kunnen kloppen. De gedachte van een materiële evolutie is al erg genoeg. Maar dat idee uitbreiden tot het leven van alledag, tot de individuele beslissingen die we nemen, tot de geschiedenis zelf, is onaanvaardbaar. Zij denken dat de mensen amok gaan maken met die evolutie en dat de verhouding tussen de mensen verslechtert. Geen wonder dat ze het Manuscript in de doofpot willen zien.'

'Zou jij ze kunnen overhalen tot iets anders?' vroeg Pablo.

'Nee... ik bedoel: daarvoor weet ik niet genoeg.'

'Wat zou iemand moeten kunnen om ze te kunnen overtuigen?'

'Die zou de waarheid moeten weten. Die zou moeten weten hoe de mensen elkaar behandelen als iedereen de inzichten volgt en evolueert.' Pablo keek tevreden.

'Wat?' vroeg ik, zijn glimlach onzeker beantwoordend.

'Hoe de mensen zich tegenover elkaar gedragen is het onderwerp van het volgende inzicht, het Achtste. Je vraag waarom de priesters tegen het Manuscript zijn, is beantwoord, en dat antwoord heeft op zijn beurt tot een nieuwe vraag geleid.'

'Ja,' zei ik diep in gedachten. 'Ik moet het Achtste vinden. Ik moet hier weg.'

'Niet te snel,' waarschuwde Pablo. 'Je moet zeker weten dat je het Zevende volledig begrijpt, anders kun je niet verder.'

'Denk jij dat ik het begrijp,' vroeg ik, 'en dat ik in de evolutiestroom blijf?'

'Wel als je altijd je vragen voor ogen houdt. Zelfs mensen die nog steeds onbewust leven, struikelen soms over antwoorden en zien achteraf de toevallen. Het Zevende Inzicht is werkzaam als we de antwoorden zien zodra ze komen. Dat versterkt onze dagelijkse ervaring. We moeten aannemen dat elke gebeurtenis betekenis heeft en een boodschap bevat die op een of andere manier met onze vragen verband houdt. Dat geldt met name voor wat we als negatieve dingen beschouwen. Het Zevende Inzicht zegt: de uitdaging is om bij elke gebeurtenis, hoe negatief ook, de zon achter de wolken te vinden. Je dacht eerst dat alles mislukt was omdat ze je gevangennamen. Inmiddels begrijp je dat je hier móést zijn. Want hier lagen je antwoorden.'

Hij had gelijk, maar als ik hier antwoorden kreeg en naar een hoger niveau evolueerde, dan moest dat ook voor Pablo gelden.

Plotseling hoorden we iemand door de gang lopen. Pablo keek me ernstig aan.

'Luister,' zei hij. 'Vergeet niet wat ik tegen je gezegd heb. Hierna is het Achtste Inzicht aan de beurt. Dat gaat over een intermenselijke ethiek, een manier om zodanig met andere mensen om te gaan dat meer boodschappen overkomen. Maar denk eraan: ga niet te snel. Blijf je op je situatie concentreren. Wat zijn je vragen?'

'Ik wil ontdekken waar Wil is,' zei ik. 'En ik wil het Achtste Inzicht vinden. En ik wil Marjorie vinden.'

'En wat was je sturende intuïtie over Marjorie?'

Ik dacht even na. 'Dat ik zou ontsnappen... dat we zouden ontsnappen.'

We hoorden iemand vlak buiten de deur. 'Heb ik je een boodschap gebracht?' vroeg ik Pablo haastig.

'Natuurlijk,' zei hij. 'Toen ik hier kwam, wist ik niet waarom ik hier was. Ik wist dat het iets te maken had met de overdracht van het Zevende Inzicht, maar ik twijfelde aan mijn bekwaamheid. Ik dacht dat ik niet genoeg wist,' vervolgde hij. 'Nu weet ik dat ik het kan. Dat was een van de boodschappen die ik van je gekregen heb.'

'Waren er dan nog meer?'
'Ja, ook je intuïtie dat de priesters overtuigd kunnen worden om het Manuscript te aanvaarden, is voor mij een boodschap. Ik begin te denken dat ik hier ben om pater Costous te overtuigen.'
Net toen hij dat gezegd had, deed een soldaat de deur open. Hij wenkte me.
Ik keek Pablo aan.
'Ik moet je een van de ideeën vertellen waar het volgende inzicht het over heeft,' zei hij.
De soldaat keek hem woedend aan, greep mijn arm, duwde me de deur uit en deed die op slot. Terwijl ik werd weggeleid, staarde Pablo door de tralies. 'Het Achtste Inzicht waarschuwt voor iets,' riep hij. 'Namelijk dat je je groei niet moet laten stoppen... Dat gebeurt als je verslaafd raakt aan iemand anders.'

DE INTERPERSONELE ETHIEK

Ik volgde de soldaat de trap op en het heldere zonlicht in. Pablo's waarschuwing klonk nog in mijn hoofd. Verslaving aan iemand anders? Wat bedoelde hij daarmee? Wat voor verslaving?
De soldaat leidde me over een pad naar een parkeerterrein, waar twee andere soldaten naast een militaire jeep stonden. Toen we naderbij kwamen, keken ze ons aandachtig aan. Eenmaal dicht genoeg in de buurt om in de jeep te kunnen kijken, zag ik dat er op de achterbank al een passagier zat. Marjorie! Ze was bleek en keek angstig. Voordat onze blikken elkaar konden kruisen, greep de soldaat achter me mijn arm en leidde me naar de plaats naast haar. De andere soldaten klommen op de voorste stoelen. De man op de chauffeursstoel wierp een korte blik achterom, startte de auto en reed in noordelijke richting weg.
'Spreekt u Engels?' vroeg ik de soldaten.
De soldaat op de bijrijdersstoel—een vlezige man—keek me uitdrukkingsloos aan, zei iets in het Spaans dat ik niet kon verstaan en draaide zich terug.
Ik wijdde mijn aandacht aan Marjorie. 'Gaat het een beetje met je?' vroeg ik fluisterend.
'Ik... eh...' Haar stem stierf weg en ik zag tranen over haar wangen biggelen.
'Alles komt goed,' zei ik, en legde mijn arm om haar heen. Ze keek naar me op, dwong zich tot een glimlach en legde haar hoofd tegen mijn schouder. Ik voelde weer hartstocht opwellen.
Een uur lang reden we bonkend over de onverharde weg. Maar na een bocht maakte de dichte begroeiing plaats voor wat een

klein stadje bleek. Links en rechts van de weg stonden rijen huizen met een houtskelet.

Honderd meter verderop was de weg door een grote vrachtwagen versperd. Een aantal soldaten gebaarde dat we moesten stoppen. Verderop stonden nog meer auto's, sommige met gele zwaailichten. Ik keek nu oplettend rond. Toen we tot stilstand kwamen, liep een van de soldaten buiten naar ons toe en zei iets dat ik niet begreep. Het enige woord dat ik herkende, was 'benzine'. Ons geleide stapte de jeep uit en ging buiten met de andere soldaten staan praten. Met hun wapens langs hun zij wierpen ze af en toe een blik op ons.

Mijn oog viel op een smalle zijstraat naar links. Toen ik naar de deuren en winkels keek, veranderde er iets in mijn waarneming. De vormen en kleuren van de gebouwen werden plotseling geaccentueerd en kwamen naar voren.

Ik fluisterde Marjories naam en voelde dat ze opkeek, maar voordat ze iets kon zeggen, deed een enorme ontploffing de jeep schudden. Een wolk van vuur en licht laaide voor ons op, en de soldaten sloegen tegen de grond. Meteen werd ons uitzicht door rook en vallende as verduisterd.

'Kom mee!' gilde ik, en ik trok Marjorie de jeep uit. We liepen door de chaos heen de straat af in de richting waarin ik gekeken had. In de verte achter ons hoorde ik schreeuwen en kreunen. Nog steeds omgeven door rook renden we een meter of vijftig verder. Plotseling zag ik links een deur. 'Hierin!' riep ik. De deur stond open, en allebei renden we naar binnen. Ik liet me tegen de deur vallen en sloot hem hermetisch. Toen ik me omdraaide, zag ik een vrouw van middelbare leeftijd ons aanstaren. We waren iemands huis ingestormd.

Toen ik haar aankeek en probeerde te glimlachen, merkte ik dat de vrouw niet doodsbang of kwaad was over het feit dat na een ontploffing twee vreemden haar huis ingerend kwamen. In plaats daarvan vertoonde ze een geamuseerd, berustend glimlachje alsof ze ons min of meer had verwacht en nu iets moest *doen*. Op een stoel in de buurt zat een kindje van een jaar of vier.

'Schiet op!' zei ze in het Engels. 'Ze komen je vast zoeken!' Haastig bracht ze ons naar de andere kant van de spaarzaam gemeubileerde woonkamer en via een gang en een houten trap naar een lange kelder. Het kind liep naast haar. We liepen snel de kelder door en kwamen via een nieuwe trap bij een buitendeur terecht die uitkwam op een steeg. De vrouw opende het portier van een autootje dat daar geparkeerd stond en duwde ons snel naar binnen. Ze zei dat we op de achterbank moesten gaan liggen, gooide een deken over ons heen en reed weg, voor mijn gevoel naar het noorden. Intussen liet ik me sprakeloos door het initiatief van de vrouw meesleuren. Een stortvloed van energie stroomde door mijn lichaam, en ik begreep ten volle wat er gebeurd was. Mijn ontsnappingsintuïtie was uitgekomen. Marjorie lag naast me en had haar ogen stijf dicht.

'Alles goed?' fluisterde ik.

Ze keek me met tranen in haar ogen aan en knikte.

Een kwartiertje later zei de vrouw: 'Jullie kunnen nu wel gaan zitten, denk ik.'

Ik duwde de deken weg en keek om me heen. We waren op dezelfde weg als voor de ontploffing, alleen verder naar het noorden. 'Wie bent u?' vroeg ik.

Ze draaide zich om en keek me met haar kleine glimlachje aan. Ze was een elegante vrouw van een jaar of veertig en had donker haar dat op haar schouder viel.

'Ik ben Karla Deez,' zei ze. 'Dit is mijn dochter Mareta.'

Het kind glimlachte en keek ons vanaf de bijrijdersstoel met grote, onderzoekende ogen aan. Ze had lang en gitzwart haar.

Ik vertelde wie we waren en vroeg: 'Hoe wist je dat je ons moest helpen?'

Karla's glimlach werd breder. 'Jullie vluchtten voor de soldaten vanwege het Manuscript, hè?'

'Ja, maar hoe wist je dat?'

'Ik ken het Manuscript ook.'

'Waar breng je ons heen?' vroeg ik.

'Dat weet ik niet,' zei ze. 'Jullie zullen me moeten helpen.'

Ik wierp een blik op Marjorie, die me aandachtig aankeek. 'Op dit moment weet ik niet waar ik heen moet,' zei ik. 'Toen ik gevangengenomen werd, probeerde ik Iquitos te bereiken.'
'Waarom wou je daarheen?'
'Ik probeerde een vriend te vinden. Hij zoekt het Negende Inzicht.'
'Dat is gevaarlijk.'
'Dat weet ik.'
'Daar brengen we jullie heen, hè, Mareta?'
Het kleine meisje giechelde en zei wijsneuzig: 'Uiteraard.'
'Wat voor een ontploffing was dat?' vroeg ik.
'Een tankauto met benzine, denk ik,' antwoordde ze. 'Die was bij een ongeluk lek geraakt.'
Ik was nog steeds verbaasd over de snelheid waarmee Karla besloten had ons te helpen en besloot dus door te vragen. 'Hoe wist je dat we vluchtten voor de soldaten?'
Ze haalde diep adem. 'Gisteren reden een heleboel militaire vrachtwagens door het dorp naar het noorden. Dat is ongewoon en deed me aan twee maanden geleden denken, toen mijn vrienden werden weggehaald. Mijn vrienden en ik bestudeerden samen het Manuscript. We waren de enigen in het dorp die alle acht inzichten hadden. Toen kwamen de soldaten en namen mijn vrienden mee. Sindsdien heb ik niets van ze gehoord. Toen ik gisteren die vrachtwagens zag rijden,' vervolgde ze, 'wist ik dat de soldaten nog steeds bezig waren om kopieën van het Manuscript op te sporen, en dat anderen hulp nodig hadden, net als mijn vrienden. Ik zag me die mensen helpen waar ik kon. Ik vermoedde natuurlijk de betekenis van het feit dat ik net op dat moment die gedachte had. Toen jullie dus mijn huis inrenden, was ik niet verbaasd.' Ze zweeg even en vroeg: 'Heb je dit weleens eerder meegemaakt?'
'Ja,' zei ik.
Karla ging langzamer rijden. Voor ons uit lag een kruising.
'Volgens mij moeten we hier naar rechts,' zei ze. 'Dat duurt langer maar is veiliger.'

Toen Karla rechtsaf sloeg, gleed Mareta naar links en moest zich aan haar stoel vasthouden om niet om te vallen. Ze giechelde. Marjorie staarde het meisje bewonderend aan. 'Hoe oud is Mareta?' vroeg ze aan Karla.

Karla keek verstoord, maar zei toen vriendelijk: 'Praat alsjeblieft niet over haar alsof ze er niet bij is. Als ze volwassen was geweest, had je dat rechtstreeks aan haar gevraagd.'

'Het spijt me heel erg,' zei Marjorie.

'Ik ben vijf,' zei Mareta trots.

'Hebben jullie het Achtste Inzicht bestudeerd?' vroeg Karla.

'Nee,' zei Marjorie, 'ik heb alleen het Derde gezien.'

'Ik ben aan het Achtste toe,' zei ik. 'Heb jij kopieën?'

'Nee,' zei Karla. 'De soldaten hebben alle kopieën meegenomen.'

'Zegt het Achtste iets over hoe je met kinderen moet omgaan?'

'Ja. Het gaat over hoe de mensen uiteindelijk zullen leren met elkaar om te gaan en beschrijft verschillende dingen, onder andere hoe je energie op anderen kunt projecteren en verslaving aan mensen kunt vermijden.'

Alweer die waarschuwing. Ik wilde Karla net vragen wat dat betekende, toen Marjorie vroeg: 'Wil je ons iets over het Achtste Inzicht vertellen?'

'Het Achtste Inzicht,' legde Karla uit, 'gaat over een nieuw soort energiegebruik in de omgang met mensen in het algemeen, maar begint bij het begin, namelijk bij de kinderen.'

'Hoe moeten we kinderen beschouwen?' vroeg ik.

'Als wat ze echt zijn, namelijk als eindpunten in een evolutie die ons voortwaarts leiden. Maar om te leren evolueren hebben ze onze constante en onvoorwaardelijke energie nodig. Het ergste dat je een kind kunt aàndoen, is hun energie aftappen door hun een standje te geven. Daardoor schep je beheersingsdrama's in hen, zoals je al weet. Maar die aangeleerde manipulaties van de kant van het kind kunnen vermeden worden als de volwassenen hun alle energie geven die ze nodig hebben, ongeacht de situatie. Daarom moeten ze altijd bij gesprekken betrokken worden,

vooral als die over hen gaan. En neem nooit de verantwoordelijkheid voor meer kinderen dan je aandacht kunt geven.'
'Dat zegt het Manuscript allemaal?' vroeg ik.
'Ja,' zei ze, 'en het legt veel nadruk op het punt van het kindertal.'
Ik begreep er niets van. 'Waarom is het aantal kinderen dat je hebt zo belangrijk?'
Ze keek me onder het rijden even aan. 'Omdat een volwassene zijn aandacht maar op één kind tegelijk kan richten. Als er te veel kinderen zijn voor het aantal volwassenen, worden de volwassenen overweldigd en kunnen ze niet genoeg energie geven. De kinderen beginnen te wedijveren om de tijd van de volwassene.'
'Rivaliteit tussen verwanten,' zei ik.
'Ja, maar volgens het Manuscript is dat probleem belangrijker dan de mensen denken. Volwassenen hebben vaak een prachtig beeld in hun hoofd over grote gezinnen en kinderen die samen opgroeien. Maar kinderen moeten van de volwassenen leren, niet van andere kinderen. In te veel culturen leidt dat alleen maar tot jeugdbendes. Volgens het Manuscript zullen de mensen langzaam begrijpen dat ze geen kinderen ter wereld moeten brengen tenzij minstens één volwassene de taak heeft om voortdurend alle aandacht aan elk kind te geven.'
'Maar wacht even,' zei ik. 'In veel gevallen moeten beide ouders werken om in leven te blijven. Die hebben dan geen recht op kinderen.'
'Niet noodzakelijk,' antwoordde ze. 'Volgens het Manuscript leren de mensen hun gezin uitbreiden tot voorbij de grenzen van de bloedverwantschap. Zodat iemand anders één-op-één-aandacht kan geven. Niet alle energie hoeft alleen maar van de ouders te komen. Het is zelfs beter van niet. Maar wie ook voor de kinderen zorgt: die één-op-één-aandacht is noodzakelijk.'
'Nou,' zei ik, 'jij hebt in ieder geval goed werk gedaan. Mareta is heel rijp voor haar leeftijd.'
Karla fronste en zei: 'Zeg dat niet tegen mij, maar tegen haar.'

'Ja, natuurlijk.' Ik keek naar het kind. 'Jij bent echt een heel groot meisje, Mareta.'
Even keek ze verlegen de andere kant op en zei toen: 'Dank u.'
Karla knuffelde haar warm en keek me trots aan. 'De laatste twee jaar heb ik Mareta proberen te behandelen volgens de aanwijzingen van het Manuscript, hè, Mareta?'
Het kind glimlachte en knikte.
'Ik heb haar energie proberen te geven en haar in elke situatie de waarheid verteld in een taal die ze begrijpt. Toen ze de vragen van kleine kinderen ging stellen, ben ik daar heel serieus op ingegaan en weerstond ik de verleiding om een onzinantwoord te geven dat alleen maar dient voor het vermaak van de volwassenen.'
Ik glimlachte. 'Je bedoelt onwaarheden, zoals dat baby's door ooievaars worden gebracht?'
'Ja, maar dat soort traditionele uitspraken is niet zo vreselijk. Kinderen hebben dat gauw genoeg in de gaten. Erger zijn verkeerde voorstellingen die volwassenen ter plekke bedenken voor hun eigen vermaak en omdat ze denken dat de waarheid voor een kind te ingewikkeld is. Maar dat is niet waar. De waarheid kan altijd op het begripsniveau van het kind worden uitgedrukt. Je moet er alleen even over nadenken.'
'Wat zegt het Manuscript over dat onderwerp?'
'Dat we altijd een manier moeten zien te vinden om een kind de waarheid te vertellen.'
Ik was het daar niet zonder meer mee eens: ik maakte altijd graag pret met kinderen. 'Begrijpen kinderen meestal niet heel goed dat de volwassenen een spelletje spelen?' vroeg ik. 'Volgens mij worden ze hier veel te gauw volwassen door en missen ze een deel van de pret van hun jeugd.'
Ze keek me streng aan. 'Mareta heeft pret genoeg. We zitten elkaar achterna en stoeien en doen alle fantasiespelletjes van kinderen. Het verschil is dat zij precies weet wanneer we fantaseren.'
Ik knikte. Ze had natuurlijk gelijk.

'Mareta heeft veel zelfvertrouwen,' vervolgde Karla, 'omdat ik er altijd voor haar geweest ben. Ik heb haar één-op-één-aandacht gegeven als ze die nodig had. En als ik er niet was, was mijn zus er, die naast ons woont. Ze had altijd een volwassene die haar vragen beantwoordde, en omdat ze oprechte aandacht kreeg, heeft ze nooit het gevoel gehad dat ze zich moest aanstellen of raar doen. Ze heeft altijd genoeg energie gehad, en dus neemt ze aan dat dat in de toekomst zo zal blijven. Daardoor wordt de overgang van energie ontlenen aan volwassenen naar ontlening aan het universum—waar we nu al over praten—voor haar veel makkelijker te begrijpen.'

Ik keek naar het landschap buiten. We reden inmiddels door een dicht oerwoud, en hoewel ik de zon niet kon zien, wist ik dat die al laag aan de hemel moest hangen. 'Halen we vanavond Iquitos?' vroeg ik.

'Nee,' zei Karla. 'Maar we kunnen overnachten in een huis dat ik ken.'

'Hier in de buurt?' vroeg ik.

'Ja, daar woont een vriend van me. Hij werkt voor de milieudienst.'

'Van de overheid?'

'Een deel van het Amazonegebied is beschermd. Hij is de plaatselijke vertegenwoordiger, maar heeft veel invloed. Hij heet Juan Hinton. Maak je geen zorgen. Hij gelooft in het Manuscript en ze hebben hem nog nooit lastig gevallen.'

Toen we daar aankwamen, was het al stikdonker. Het oerwoud om ons heen was vol nachtgeluiden, en het was klam. Aan het einde van een open plek in het dichte gebladerte stond een houten huis. Overal was het licht aan. Twee grote gebouwen en diverse jeeps stonden in de buurt. Een andere auto stond op houten blokken, en daaronder waren twee mannen met lampen aan het werk.

Een magere, duur geklede Peruaan deed de deur open toen Karla aanklopte. Hij glimlachte—tot hij Mareta, Marjorie en mijzelf op de trap zag staan wachten. Hij begon zenuwachtig en verstoord te kijken en praatte tegen haar in het Spaans. Ze antwoordde met iets smekends in haar stem, maar zijn toon en houding maakten duidelijk dat hij niet wilde dat we bleven.

Toen zag ik door de kier van de deur een eenzame vrouwelijke gestalte in de hal staan. Ik deed een stapje opzij om haar gezicht te kunnen zien. Het was Julia. Toen ik keek, draaide zij haar hoofd om, zag me en kwam met een verbaasde blik snel naar de deur. Ze raakte de schouder van de man aan en zei snel iets in zijn oor. De man knikte en deed toen de deur met een berustende blik open. Hinton leidde ons naar de studeerkamer. Julia keek me aan en zei: 'Zo komen we elkaar dus weer tegen.' Ze droeg een kaki broek met zakken en een lichtrood T-shirt.

'Inderdaad,' zei ik.

Een Peruaanse bediende hield Hinton staande, en na even gepraat te hebben liepen de twee mannen naar een ander deel van het huis. Julia ging op een stoel bij een salontafel zitten en gebaarde de rest om plaats te nemen op een sofa tegenover haar. Marjorie leek in paniek en keek me gespannen aan. Ook Karla leek zich van Marjories stemming bewust. Ze liep naar haar toe en pakte haar bij de hand. 'Laten we thee gaan zetten,' stelde ze voor.

Toen ze wegliepen, wierp Marjorie een blik achterom op mij. Ik glimlachte en keek hen na tot ze de hoek naar de keuken omliepen. Toen wendde ik me tot Julia.

'Wat betekent dit volgens jou?' vroeg ze.

'Wat betekent wat?' antwoordde ik afwezig.

'Dat we elkaar weer tegen het lijf lopen.'

'O... dat weet ik niet.'

'Hoe ben je bij Karla terechtgekomen, en waar ga je heen?'

'Ze heeft ons gered. Marjorie en ik waren door de Peruaanse soldaten gearresteerd.'

Julia vroeg geïnteresseerd: 'Wat is er gebeurd?'

Ik leunde achterover en vertelde het hele verhaal: het moment dat ik pater Carls bestelwagen had genomen, mijn arrestatie en onze uiteindelijke ontsnapping.

'En Karla was bereid jullie naar Iquitos te brengen?' vroeg Julia.

'Ja.'

'Waarom wil je daarheen?'

'Pater Carl zei dat Wil daarnaar toe ging. Wil is kennelijk het Negende Inzicht op het spoor. Bovendien is Sebastián daar om een of andere reden.'

Julia knikte. 'Ja, Sebastián heeft daar in de buurt een missiepost. Hij heeft er naam gemaakt met de bekering van Indianen.'

'En jij?' vroeg ik. 'Wat doe jij hier?'

Julia vertelde dat ook zij het Negende Inzicht zocht maar geen aanknopingspunten had. Ze was hiernaar toe gekomen nadat ze herhaaldelijk aan haar oude vriend Hinton had moeten denken.

Ik luisterde nauwelijks. Marjorie en Karla kwamen uit de keuken terug en stonden met kopjes thee in hun hand in de gang te praten. Marjorie ving mijn blik op maar zei niets.

'Heeft zij veel van het Manuscript gelezen?' vroeg Julia met een hoofdknik naar Marjorie.

'Alleen het Derde Inzicht,' zei ik.

'Waarschijnlijk krijgen we haar Peru wel uit, als ze dat wil.'

Ik draaide me om en keek haar aan. 'Hoe?'

'Rolando vertrekt morgen naar Brazilië. We hebben daar op de Amerikaanse ambassade een paar vrienden. Die krijgen haar wel naar de Verenigde Staten. Op die manier hebben we ook andere Amerikanen geholpen.'

Ik keek haar aan en knikte aarzelend. Ik merkte dat ik haar mededeling met gemengde gevoelens ontving. Enerzijds wist ik dat weggaan voor Marjorie het beste was. Anderzijds wilde ik dat ze bij me bleef. Met haar in de buurt voelde ik me anders, energieker. 'Ik moet maar even met haar praten,' zei ik ten slotte.

'Natuurlijk,' zei Julia. 'Wij praten later nog wel.'

Ik stond op en liep de kamer uit. Karla ging weer naar de keuken. Marjorie verdween net om een hoek in de gang. Toen ik haar vond, stond ze met haar rug tegen de muur.

Ik nam haar in mijn armen. Ik trilde over mijn hele lichaam. 'Voel je die energie?' vroeg ik fluisterend in haar oor.

'Het is ongelooflijk,' zei ze. 'Wat betekent dat?'

'Dat weet ik niet. We hebben een soort verbinding met elkaar.'

Ik keek rond. Niemand zag ons. We kusten elkaar hartstochtelijk.

Toen ik mijn hoofd achterover hield om haar te kunnen aankijken, leek ze op een of andere manier anders, sterker. Ik moest aan de dag denken dat we elkaar op Viciente ontmoetten en aan het gesprek in het restaurant in Cula. Het energieniveau dat ik voelde als zij in de buurt was en me aanraakte, was onvoorstelbaar.

Ze hield me stijf vast. 'Sinds die dag op Viciente,' zei ze, 'heb ik bij je willen zijn. Toen wist ik nog niet wat ik daarvan denken moest, maar die energie is heerlijk. Ik heb nog nooit zoiets gevoeld.'

Vanuit mijn ooghoek zag ik Karla glimlachend in onze richting komen. Ze zei dat het eten klaar was, en dus liepen we naar de eetkamer, waar een enorm buffet van vers fruit en groente en brood wachtte. Iedereen schepte zelf op en ging rond een grote tafel zitten. Mareta zong een danklied, en daarna zaten we anderhalf uur te eten en over van alles en nog wat te praten. Hinton was zijn zenuwen de baas geworden en hij zorgde voor wat vrolijke noten die hielpen om de spanning van onze ontsnapping te verminderen. Marjorie praatte vrijuit en lachte. Ik zat naast haar en vloeide over van warme liefde.

Na het eten bracht Hinton ons weer naar de studeerkamer, waar een nagerecht van custard met een zoete likeur werd opgediend. Marjorie en ik zaten op de sofa en kwamen in een lang gesprek over ons verleden en belangrijke levenservaringen terecht. We leken steeds dichter bij elkaar te komen en ontdekten maar één probleem: zij woonde aan de westkust en ik in het zuiden. Later wuifde Marjorie dat probleem weg en lachte hartelijk. 'Ik kan niet wachten tot we weer thuis zijn,' zei zij. 'Dat heen-en-weergereis is vast hartstikke leuk.'

Ik leunde achterover en keek haar ernstig aan. 'Volgens Julia kan ze op dit moment een terugreis voor je regelen.'

'Je bedoelt zeker voor ons, hè?' vroeg ze.

'Nee. Ik... ik kan niet weg.'

'Waarom niet?' vroeg ze. 'Ik ga niet zonder jou. Maar ik wil hier ook geen minuut langer blijven. Ik word hier gek.'

'Je zult vast vooruit moeten. Binnenkort kan ik ook zelf weg.'

'Nee!' zei ze hardop. 'Dat verdraag ik niet!'

Karla had Mareta in bed gelegd en kwam net weer in de studeerkamer terug. Ze wierp een snelle blik op ons en keek toen de andere kant op. Hinton en Julia zaten nog steeds te praten en hadden Marjories uitbarsting kennelijk niet gehoord.

'Alsjeblieft,' zei Marjorie, 'laten we gewoon naar huis gaan.'

Ik wendde mijn blik af.

'Oké, prima!' zei ze. 'Blijf dan maar!' Ze stond op en liep kordaat naar het slaapkamergedeelte.

Mijn maag draaide zich om toen ik Marjorie zag weglopen. De energie die ik bij haar had opgedaan plofte ineen, en ik voelde me zwak en verward. Ik probeerde dat gevoel van me af te schudden. Ik had haar, hield ik me voor, helemaal niet zo vreselijk lang gekend. Aan de andere kant, dacht ik, had ze misschien gelijk. Misschien moest ik wel gewoon naar huis. Wat kon ik hier immers uitrichten? Eenmaal thuis kon ik misschien steun voor het Manuscript organiseren en bovendien in leven blijven. Ik stond op en wilde haar door de gang achternalopen, maar om een of andere reden ging ik weer zitten. Ik kon niet besluiten wat ik doen moest.

'Mag ik even bij je komen zitten?' vroeg Karla plotseling. Ik had niet eens gemerkt dat ze naast de sofa stond.

Ze ging zitten en keek me vol medeleven aan. 'Ongewild heb ik gehoord waar jullie het over hadden,' zei ze. 'En ik dacht: voordat je een beslissing neemt, wil je misschien weten wat het Achtste Inzicht over verslaving aan anderen zegt.'

'Ja, alsjeblieft. Ik wil weten wat dat betekent.'

'Als iemand voor het eerst helderheid krijgt en zijn evolutie weer op gang komt, kan dat plotseling worden afgebroken door verslaafd te raken aan iemand anders.'

'Je hebt het over Marjorie en mij, hè?'

'Ik zal je het proces uitleggen,' zei ze. 'Daarna oordeel je zelf.'

'Oké.'

'Ik moet op de eerste plaats bekennen dat ik het met dit deel van het inzicht heel moeilijk heb gehad. Ik zou het ook nooit begrepen hebben als ik professor Reneau niet had ontmoet.'

'Reneau!' riep ik uit. 'Die ken ik. Ik kwam hem tegen toen ik het Vierde Inzicht leerde.'

'Nou,' zei ze, 'ik ontmoette hem toen we allebei het Achtste Inzicht bereikt hadden. Hij is dagenlang bij mij thuis geweest.'

Ik knikte verbaasd.

'Volgens hem verklaart het idee van een verslaving, zoals het Manuscript dat verwoordt, waarom in liefdesrelaties machtsgevechten ontstaan. We hebben ons altijd afgevraagd waarom de zaligheid en de euforie van de liefde eindigen en plotseling omslaan in een conflict. Nu weten we dat. Dat komt door de energiestroom tussen de betrokkenen. Als twee mensen verliefd worden, geven ze elkaar onbewust energie, en allebei voelen ze zich licht en opgetogen. Dat is dat ongelooflijk uitgelaten gevoel dat we "verliefdheid" noemen. Maar als ze eenmaal verwachten dat die energie van die andere persoon komt, snijden ze zich helaas af van de energie in het universum en beginnen ze nog zwaarder op elkaars energie te leunen—alleen lijkt er nu plotseling niet meer genoeg. Ze houden dus op met elkaar energie geven en vallen weer op hun drama's terug in een poging elkaar te beheersen en de energie van de ander hun kant op te dwingen. Op dat moment vervalt de relatie in de gebruikelijke machtsstrijd.'

Ze zweeg even om dit tot me te laten doordringen, en vervolgde: 'Reneau vertelde dat onze vatbaarheid voor dit soort verslaving in psychologische termen beschreven kan worden, als je het daarmee makkelijker begrijpt.'

Ik maakte met een hoofdknik duidelijk dat ze moest doorgaan.

'Volgens Reneau begint het probleem vroeg in onze jeugd. Vanwege de energieconcurrentie in het gezin heeft niemand van ons

een belangrijk psychisch proces kunnen afronden, namelijk de integratie van onze tegengestelde seksuele kant.'
'Onze wat?'
'In mijn geval,' vervolgde ze, 'was ik niet in staat mijn mannelijke kant te integreren. Jullie waren niet in staat jullie vrouwelijke kant te integreren. We raken aan iemand van het andere geslacht verslaafd omdat we de energie van de andere sekse in onszelf niet hebben aangeboord. De mystieke energie die we als innerlijke bron kunnen aanboren, is namelijk zowel mannelijk als vrouwelijk. We kunnen ons er uiteindelijk voor openstellen, maar als we gaan evolueren, moeten we heel voorzichtig zijn. Dat integratieproces kost tijd. Als we ons op zoek naar mannelijke of vrouwelijke energie voortijdig aansluiten op een menselijke bron, blokkeren we de toevloed uit het universum.'
Ik zei dat ik het niet begreep.
'Denk maar aan hoe die integratie in een ideaal gezin zou moeten werken,' legde ze uit. 'Dan zie je misschien wat ik bedoel. In elk gezin moet het kind zijn eerste energie van de volwassenen in zijn leven ontvangen. Meestal komen de identificatie en energie-integratie met de ouder van hetzelfde geslacht makkelijk tot stand, maar energie ontvangen van de andere ouder kan vanwege het geslachtsverschil moeilijker zijn. Laten we een vrouwelijk kind als voorbeeld nemen. Als een klein meisje haar eerste pogingen doet om haar mannelijke kant te integreren, weet ze alleen maar dat ze zich buitengewoon voelt aangetrokken tot haar vader. Ze wil hem altijd dicht bij haar in de buurt. Het Manuscript legt uit dat ze eigenlijk mannelijke energie wil—want die mannelijke energie vult haar vrouwelijke kant aan. Uit die mannelijke energie put ze een gevoel van heelheid en euforie. Maar ze denkt ten onrechte dat ze die energie maar op één manier kan krijgen: door haar vader seksueel te bezitten en hem fysiek in de buurt te hebben. Dat is interessant. Omdat ze voelt dat die energie voor haar eigenlijk naar willekeur beheersbaar zou moeten zijn, wil ze haar vader leiden alsof hij een deel van haarzelf is. Ze vindt hem fantastisch, volmaakt en volgens haar

is hij in staat om aan al haar grillen te voldoen. In een niet zo volmaakt gezin leidt dat tot een machtsconflict tussen het meisje en haar vader. Haar drama's komen tot stand als ze zich zo leert gedragen dat ze hem manipuleert om haar de energie te geven die ze verlangt. Maar in een ideaal gezin zou de vader elke concurrentie blijven weigeren. Hij zou een eerlijke relatie handhaven en genoeg energie houden om haar daarmee onvoorwaardelijk te voorzien, ook al kan hij niet alles doen wat ze vraagt. Wat dit ideaalvoorbeeld betreft is het belangrijk om te weten dat de vader open en mededeelzaam blijft. Zij vindt hem volmaakt en fantastisch, maar als hij eerlijk uitlegt wie hij is en wat hij doet en waarom, dan kan het meisje zijn speciale stijl en vermogens integreren en haar onrealistische kijk op hem overwinnen. Uiteindelijk zal ze hem zien als gewoon een menselijk wezen met talenten en gebreken. Als ze eenmaal dat juiste inzicht heeft, maakt het kind een makkelijke overgang door: ze ontvangt die andere-geslachtsenergie niet meer van haar vader, maar als onderdeel van de globale energie van het universum als geheel. Het probleem is,' vervolgde ze, 'dat de meeste ouders tot dusver met hun eigen kinderen hebben geconcurreerd om energie, en daaronder hebben we allemaal geleden. Juist vanwege die concurrentie heeft niemand van ons de kwestie van het andere geslacht goed onder de knie gekregen. We zitten nog steeds vast in het stadium dat we buiten onszelf andere-geslachtsenergie zoeken in de persoon van een man of vrouw die we ideaal en fantastisch vinden en seksueel kunnen bezitten. Zie je het probleem?'

'Ja,' zei ik. 'Ik geloof van wel.'

'Wat ons vermogen tot bewuste evolutie betreft,' vervolgde ze, 'staan we voor een kritieke situatie. Zoals ik al zei: als we beginnen te evolueren, beginnen we volgens het Achtste Inzicht ook automatisch onze andere-geslachtsenergie te ontvangen. Maar we moeten oppassen, want als iemand anders langskomt die deze energie rechtstreeks aanbiedt, kunnen we onszelf afsnijden van de echte bron... en terugvallen.' Ze grinnikte.

'Waarom lach je?' vroeg ik.

'Reneau maakte een keer de volgende vergelijking,' zei ze. 'Hij zei: totdat we die situatie leren vermijden, lopen we rond als een halfvoltooide cirkel, als de letter C. We zijn heel vatbaar voor de mogelijkheid dat iemand van het andere geslacht, een andere letter C, zich bij ons aansluit, op die manier de cirkel sluit en ons een euforie- en energiestoot geeft die net op de heelheid van een volledige verbinding met het universum lijkt. In werkelijkheid hebben we alleen maar een verbinding met iemand anders, die net als wij buiten hem of haar op zoek is naar een andere helft. Volgens Reneau is dat de klassieke verhouding van wederzijdse afhankelijkheid, en de inherente problemen daarvan steken direct de kop op.' Ze aarzelde, alsof ze verwachtte dat ik iets zou zeggen. Maar ik knikte alleen.

'Het probleem met die geheelde persoon, die letter O die beiden bereikt denken te hebben, is dat er twee mensen nodig zijn om die ene hele persoon te vormen. De ene verschaft vrouwelijke energie, de andere mannelijke. Die ene hele persoon heeft dus twee hoofden of ego's. Beiden willen ze die ene hele persoon—die ze samen geschapen hebben—beheersen, en net als in hun jeugd willen beiden de ander leiden alsof die ander henzelf was. Dit soort illusie van heelheid slaat altijd om in een machtsstrijd. Uiteindelijk moet ieder individu de ander accepteren en zelfs onderdrukken; anders kunnen ze zichzelf niet in de richting leiden die ze willen. Maar dat werkt natuurlijk niet, in ieder geval niet meer. Misschien was vroeger een van de partners nog bereid zich aan de ander te onderwerpen—meestal de vrouw, soms de man—maar tegenwoordig worden we wakker. Niemand wil meer onderdanig zijn aan iemand anders.'

Ik dacht aan wat het Eerste Inzicht me geleerd had over machtsgevechten binnen intieme relaties, en over de uitbarsting van die vrouw in het restaurant met Charlene. 'Daar gaan m'n romances,' zei ik.

'O, er is niets tegen een romance,' antwoordde Karla. 'Maar eerst moeten we onze eigen cirkel sluiten. We moeten onze pijpleiding naar het universum stabiel maken. Dat kost tijd, maar daarna zijn we nooit meer vatbaar voor dit probleem en kunnen we aangaan wat het Manuscript een hogere relatie noemt. Gaan we daarna met een andere hele persoon een liefdesrelatie aan, dan scheppen we een superindividu... maar dat haalt je nooit van het pad van je individuele evolutie.'

'En jij denkt dat Marjorie en ik dat op dit moment met elkaar aan het doen zijn? Elkaar van ons pad halen?'

'Ja.'

'Maar hoe voorkom je dat soort ontmoetingen?' vroeg ik.

'Door die "liefde op het eerste gezicht"-gevoelens een tijdje te onderdrukken, door te leren om met leden van het andere geslacht platonische relaties aan te gaan. Maar denk altijd aan het proces. Die relaties kun je alleen hebben met mensen die volledig open zijn en je vertellen wat ze doen en hoe ze dat doen—net zoals in een ideale jeugd gebeurd zou zijn met de ouder van het andere geslacht. Als je begrijpt wie die vrienden van het andere geslacht vanbinnen echt zijn, doorbreek je je eigen fantasieprojectie over dat andere geslacht, en dan word je vrij genoeg om weer contact te vinden met het universum. Vergeet ook niet,' vervolgde ze, 'dat dat niet makkelijk is, vooral niet als je je eerst moet losmaken van een bestaande, wederzijds afhankelijke relatie. Dan wordt echt energie losgescheurd. Dat doet pijn. Maar dat kan niet anders. Wederzijdse afhankelijkheid is geen nieuwe ziekte die sommigen van ons hebben. Allemaal zijn we wederzijds afhankelijk, en allemaal beginnen we daaroverheen te groeien. Waar het om gaat is dat je dat gevoel van welzijn en euforie van het eerste ogenblik van een wederzijds afhankelijke relatie ook moet leren ervaren als je alleen bent. Je moet hem of haar binnen in jezelf zien te krijgen. Daarna evolueer je en ben je klaar om de romantische relatie te vinden die echt bij je past.'

Ze zweeg even. 'En wie weet. Als jij en Marjorie verder evolueren, ontdekken jullie misschien dat jullie echt bij elkaar horen. Maar begrijp me goed: jouw relatie met haar kan op dit moment nooit functioneren.'

Ons gesprek werd onderbroken toen Hinton naar ons toe kwam en zei dat hij zich terugtrok voor de nacht. We betuigden beiden onze dank voor zijn gastvrijheid, en toen hij wegliep, zei Karla: 'Ik denk dat ik ook maar naar bed ga. We spreken elkaar nog wel.'

Ik knikte en keek haar na toen ze wegliep. Toen voelde ik een hand op mijn schouder. Het was Julia. 'Ik ga naar mijn kamer,' zei ze. 'Weet je waar de jouwe is? Ik kan je er even naar toe brengen.'

'Graag,' zei ik, en vroeg toen: 'Waar is Marjories kamer?'

Ze glimlachte terwijl we door de gang liepen en bij een deur stopten. 'Niet in de buurt van de jouwe,' zei ze. 'Meneer Hinton is heel conservatief.'

Ik glimlachte terug en wenste haar welterusten. Toen liep ik naar binnen en bedwong mijn emoties tot ik in slaap viel.

Ik werd wakker van de heerlijke geur van koffie, die door het hele huis hing. Ik kleedde me aan en ging naar de studeerkamer. Een oudere huisbediende bood me een glas vers druivesap aan, dat ik met graagte aannam.

'Goeiemorgen,' zei Julia achter me.

Ik draaide me om. 'Goeiemorgen.'

Ze keek me aandachtig aan en vroeg: 'Heb je al ontdekt waarom we elkaar weer tegen het lijf zijn gelopen?'

'Nee,' zei ik. 'Heb er nog niet over kunnen nadenken. Ik heb die verslavingen proberen te begrijpen.'

'Ja,' zei ze. 'Dat zag ik.'

'Wat bedoel je?'

'Ik zag aan je energieveld wat er gebeurde.'

'Hoe zag het eruit?' vroeg ik.

'Je energie was aangesloten op die van Marjorie. Toen jij hier zat en zij in de andere kamer was, rekte je veld zich helemaal tot daar uit en haakte zich aan het hare.'

Ik schudde mijn hoofd.

Ze glimlachte en legde een hand op mijn schouder. 'Je was je aansluiting op het universum kwijt. Als surrogaat was je verslaafd geworden aan Marjories energie. Zo gaat het met alle verslavingen—je probeert je via iets of iemand anders met het universum te verbinden. Daar kun je maar op één manier mee omgaan: laad jezelf op met energie en concentreer je weer op wat je hier aan het doen bent.'

Ik knikte en liep naar buiten. Zij wachtte in de studeerkamer. Tien minuten lang bouwde ik energie op zoals Sánchez me geleerd had. Langzamerhand keerde de schoonheid terug en voelde ik me veel lichter. Ik liep het huis weer in.

'Je ziet er beter uit,' zei Julia.

'Ik voel me ook beter,' antwoordde ik.

'En wat zijn op dit moment je vragen?'

Ik dacht even na. Ik had Marjorie gevonden. Die vraag was beantwoord. Maar nog steeds wilde ik ontdekken waar Wil was. En nog steeds wilde ik leren begrijpen hoe mensen zich opstellen als ze het Manuscript volgen. Als het Manuscript positieve effecten had, waar over zouden Sebastián en de andere priesters zich dan zorgen maken? Ik keek Julia aan. 'Ik wil de rest van het Achtste Inzicht begrijpen en ik wil nog steeds Wil zien te vinden. Misschien heeft hij het Negende.'

'Morgen ga ik naar Iquitos,' zei ze. 'Wil je mee?'

Ik aarzelde.

'Ik denk dat Wil daar is.'

'Hoe weet je dat?'

'Vanwege de beelden die ik vannacht van hem gehad heb.'

Ik zei niets.

'Ik heb ook beelden over jou gezien,' vervolgde Julia. 'Namelijk dat we samen naar Iquitos gingen. Jij hebt hier op een of andere manier mee te maken.'

'Waarmee?' vroeg ik.

Ze grijnsde. 'Met het vinden van het laatste inzicht voordat Sebastián dat doet.'

Terwijl ze praatte, kwam een beeld bij me op: Julia en ik kwamen in Iquitos, maar besloten toen om een of andere reden verschillende kanten op te gaan. Ik wist dat ik een doel had, maar dat bleef onduidelijk.

Ik richtte mijn blik weer op Julia. Ze glimlachte. 'Waar was je?' vroeg ze.

'Sorry,' zei ik. 'Ik moest aan iets denken.'

'Iets belangrijks?'

'Dat weet ik niet. Ik dacht dat als we in Iquitos zijn... dat we dan verschillende kanten op gaan.' Rolando kwam de kamer in.

'Ik heb de spullen waar je om vroeg,' zei hij tegen Julia. Hij herkende me en knikte beleefd.

'Prima. Bedankt,' antwoordde Julia. 'Heb je veel soldaten gezien?'

'Nee, niet één,' zei hij.

Op dat moment kwam Marjorie binnen en leidde me af, maar ik hoorde Julia aan Rolando uitleggen dat Marjorie wel met hem mee zou willen naar Brazilië, waar ze een vlucht terug naar de Verenigde Staten zou regelen.

Ik liep naar Marjorie. 'Lekker geslapen?' vroeg ik.

Ze keek me aan alsof ze zich afvroeg of ze nog boos moest blijven. 'Niet zo erg,' zei ze.

Ik maakte een hoofdgebaar naar Rolando. 'Dat is een vriend van Julia. Vanochtend vertrekt hij naar Brazilië. Vandaaruit helpt hij je thuiskomen.'

Ze keek bang.

'Luister,' zei ik, 'alles komt goed. Ze hebben ook andere Amerikanen geholpen. Ze kennen mensen van de Amerikaanse ambassade in Brazilië. Voor je het weet, ben je weer thuis.'

Ze knikte. 'Ik maak me zorgen over jou.'

'Dat is nergens voor nodig. Maak je geen zorgen. Zodra ik weer thuis ben, bel ik je op.'

Achter me kondigde Hinton aan dat het ontbijt klaarstond. We liepen naar de eetkamer. Na het ontbijt leken Julia en Rolando haast te hebben. Julia legde uit dat Rolando en Marjorie beslist vóór het donker de grens over moesten zijn en dat die tocht de hele dag zou duren.

Marjorie pakte wat kleren in die ze van Hinton had gekregen, en later, toen Julia en Rolando bij de deur stonden te praten, nam ik haar even apart.

'Maak je nergens zorgen over,' zei ik. 'Hou gewoon je ogen open. Misschien zie je dan de andere inzichten wel.'

Ze glimlachte, maar zei niets. Samen met Julia keek ik toe hoe Rolando haar spullen in zijn kleine auto hielp laden. Toen ze wegreden, kruisten onze blikken elkaar even.

'Denk je dat ze hier heelhuids doorheen komt?' vroeg ik Julia.

Ze keek me met een knipoog aan. 'Natuurlijk. En laten we zelf ook maar gaan. Ik heb wat kleren voor je.' Ze gaf me een rugzak met kleren, en die laadden we samen met diverse dozen voedsel in het kleine vrachtwagentje. We namen afscheid van Hinton, Karla en Mareta en reden in noordoostelijke richting naar Iquitos.

Onderweg werd het landschap steeds oerwoudachtiger en zagen we maar weinig sporen van mensen. Ik begon na te denken over het Achtste Inzicht. Dat bevatte duidelijk een nieuw begrip van hoe de mensen met elkaar moesten omgaan, maar ik begreep het nog niet helemaal. Karla had me verteld hoe je met kinderen moest omgaan en hoe gevaarlijk verslaving aan één iemand was. Maar zowel Pablo als Karla had toespelingen gemaakt op een manier om bewust energie op anderen te projecteren. Hoe zat dat? Ik ving Julia's blik op en zei: 'Ik heb het Achtste Inzicht nog niet helemaal begrepen.'

'Onze benadering van anderen hangt af van hoe snel we evolueren en hoe snel onze levensvragen worden beantwoord,' zei ze.

'Hoe werkt dat?'

'Denk maar aan je eigen situatie,' zei ze. 'Hoe zijn je vragen beantwoord?'

'Door mensen die ik tegenkwam, denk ik.'

'Stond je helemaal open voor hun boodschap?'

'Niet echt. Ik bleef vaak op een afstand.'

'Gold dat ook voor de mensen die je die boodschappen brachten?'

'Nee, die waren heel open en behulpzaam. Ze...' Ik aarzelde en kon geen goede manier bedenken om mijn gedachten te formuleren.

'Hebben ze je geholpen door zich open te stellen?' vroeg ze. 'Hebben ze je niet op een of andere manier opgeladen met warmte en energie?'

Bij die opmerking kwam een stortvloed van herinneringen boven. Ik moest denken aan Wils kalmerende optreden toen ik in Lima bijna in paniek raakte; aan Sánchez' vaderlijke gastvrijheid; aan de welgemeende goede raad van pater Carl en Pablo en Karla. En nu ook van Julia. Allemaal hadden ze dezelfde blik.

'Ja,' zei ik. 'Dat hebben jullie allemaal gedaan.'

'Dat klopt,' zei ze. 'Dat hebben we, en dat deden we bewust volgens de richtlijnen van het Achtste Inzicht. Door je een handje toe te steken en je te helpen helder na te denken, konden wij de waarheid, de boodschap zoeken die jij voor ons had. Begrijp je dat? Energie aan jou geven was het beste dat we voor onszelf konden doen.'

'Wat zegt het Manuscript daar precies over?'

'Dat er altijd een boodschap voor ons is als mensen ons pad kruisen. Toevallige ontmoetingen bestaan niet. Maar hoe we op die ontmoetingen reageren, bepaalt of we die boodschap kunnen ontvangen. Als we praten met iemand die ons pad kruist en geen boodschap zien die te maken heeft met onze huidige vragen, dan betekent dat nog niet dat er geen boodschap is. Het betekent alleen maar dat we die om een of andere reden over het hoofd hebben gezien.' Ze dacht even na en vervolgde toen: 'Ben je weleens een oude vriend of kennis tegengekomen met wie je even praatte en die je toen vervolgens diezelfde dag of week opnieuw tegen het lijf liep?'

'Jazeker,' zei ik.

'En wat zeg je dan meestal? Zoiets als: "Hé, wat leuk, daar ben je alweer", en dan lach je en ga je weg?'

'Zoiets.'

'Het Manuscript zegt wat we in zo'n situatie moeten doen, namelijk ophouden met waaraan we bezig zijn—wat dat ook is—en ontdekken welke boodschap we voor diegene hebben, en die persoon voor ons. Het Manuscript voorspelt dat onze interactie trager en doelgerichter en weloverwogener wordt zodra de mensen die werkelijkheid begrijpen.'

'Maar is dat niet heel moeilijk, vooral bij mensen die niet weten waarover je het hebt?'

'Ja, maar het Manuscript geeft de procedures aan.'

'Je bedoelt de precieze manier waarop we met elkaar moeten omgaan?'

'Inderdaad.'

'Wat zegt het dan?'

'Weet je nog, het Derde Inzicht, dat zegt dat de mensen in een wereld van energie de enigen zijn die die energie bewust kunnen richten?'

'Ja.'

'Weet je nog hoe dat moet?'

Ik herinnerde me Johns lessen. 'Ja, door aandachtig naar de schoonheid van iets te kijken tot er genoeg energie tot ons komt om liefde te voelen. Dan kunnen we energie terugsturen.'

'Precies. Hetzelfde principe geldt tegenover mensen. Als we de vorm en het gedrag van iemand bekijken en ons echt op die persoon concentreren tot zijn vorm en gelaatstrekken helderder en meer aanwezig zijn, kunnen we hem energie sturen en een opkikker geven. De eerste stap is natuurlijk om zelf vol energie te blijven. Dan kunnen we zorgen dat de energiestroom door ons gaat en via ons bij die ander terechtkomt. Hoe meer we hun heelheid en innerlijke schoonheid schouwen, des te meer energie vloeit naar hen toe en natuurlijk ook naar ons.'

Ze lachte. 'Het is eigenlijk iets heel hedonistisch,' zei ze. 'Hoe meer we anderen kunnen liefhebben en bewonderen, des te meer energie er op ons afkomt. Daarom is het beminnen en opkikkeren van anderen het beste wat we voor onszelf kunnen doen.'

'Dat heb ik al eens eerder gehoord,' zei ik. 'Pater Sánchez zegt dat vaak.' Ik keek Julia aandachtig aan. Ik had het gevoel dat ik voor het eerst haar diepste persoonlijkheid zag.
Ze beantwoordde mijn blik even en concentreerde zich toen weer op de weg. 'De projectie van energie heeft een immens effect op iemand,' zei ze. 'Op dit moment vul jij me bijvoorbeeld met energie. Dat voel ik. Terwijl ik mijn gedachten formuleer, voel ik me lichter en helderder. Jij geeft me meer energie dan ik anders gehad zou hebben, en daarom kan ik mijn waarheid zien en makkelijker aan jou geven. Als ik dat doe, krijg jij een gevoel van openbaring bij wat ik zeg. Dat zorgt dat jij mijn hogere zelf nog vollediger ziet en je er op een nog dieper niveau op richt, wat mij nog meer energie geeft en het inzicht in mijn waarheid verdiept. Daarna begint de cyclus opnieuw. Als twee of meer mensen dat samen doen, kunnen ze ongelooflijke hoogtes bereiken en ze worden onmiddellijk beloond. Maar je moet begrijpen dat die samenhang heel iets anders is dan een wederzijds afhankelijke relatie. Een wederzijds afhankelijke relatie begint net zo, maar wordt algauw overheersend omdat de verslaving de partners afsnijdt van hun bron, zodat energiegebrek optreedt. Een echte energieprojectie heeft geen binding of doel.'
Terwijl zij praatte, dacht ik over iets na. Pablo had gezegd dat ik pater Costous' boodschap aanvankelijk niet begrepen had omdat ik zijn jeugddrama had geprovoceerd. 'Wat doen we,' vroeg ik Julia, 'als degene met wie we praten een beheersingsdrama opvoert en ons erbij probeert te betrekken? Hoe breek je daardoorheen?'
Julia antwoordde prompt: 'Volgens het Manuscript moeten we ons niet tot het bijbehorende drama laten verleiden. Dan strandt het drama van die ander vanzelf.'
'Ik weet niet zeker of ik dat begrijp,' zei ik.
Julia keek naar de weg voor ons uit. Ik zag dat ze diep in gedachten was. 'Ergens rechtsaf is een huis waar we benzine kunnen kopen.' Ik keek naar de benzinemeter. Die gaf aan dat de tank nog half vol was.
'We hebben nog benzine zat,' zei ik.

'Dat weet ik,' antwoordde ze. 'Maar ik kreeg het beeld dat ik stopte en tankte. Dat moeten we dus maar doen.'
'Oké.'
'Daar is de weg,' zei ze, naar rechts wijzend.
We sloegen af en reden ruim een kilometer het oerwoud in, tot we een bevoorradingswinkel voor vissers en jagers bereikten. Het gebouwtje stond aan de oever van een rivier en er lagen diverse vissersboten afgemeerd. We parkeerden bij een roestige benzinepomp, en Julia ging naar binnen om de eigenaar te zoeken.
Ik klom uit de auto, rekte me uit en liep rond het gebouw naar de waterkant. Het was hier buitengewoon vochtig. Een dik bladerdek hield de zon tegen, maar ik voelde dat hij bijna recht boven ons hoofd hing. Algauw zou het bloedheet worden.
Plotseling zei een man achter me op boze toon iets in het Spaans. Ik draaide me om en zag een korte, gedrongen Peruaan. Hij keek me dreigend aan en herhaalde zijn uitspraak.
'Ik begrijp niet wat u tegen me zegt.'
Hij ging op Engels over. 'Wie ben je? Wat moet je hier?'
Ik probeerde hem te negeren. 'We willen alleen maar benzine. We zijn over een paar minuten weg.' Ik draaide me om, keek weer naar het water en hoopte dat hij zou weggaan.
Hij kwam naast me staan. 'Je kunt maar beter vertellen wie je bent, Yankee.'
Ik keek hem weer aan. Hij leek het te menen. 'Ik ben Amerikaan,' zei ik. 'Ik weet niet precies waar ik naar toe ga. Ik rijd met een vriendin mee.'
'Een verdwaalde Amerikaan,' zei hij vijandig.
'Dat klopt,' zei ik.
'Waar ben je op uit, Amerikaan?'
'Ik ben nergens op uit,' zei ik, en wilde teruglopen naar de auto. 'En ik heb u niets gedaan. Laat me met rust.'
Plotseling zag ik Julia naast de auto staan. Toen ik opkeek, draaide de Peruaan zich om en keek eveneens. 'Laten we maar doorrijden,' zei Julia. 'De winkel is niet meer in bedrijf.'

'Wie ben je?' vroeg de Peruaan vijandig.
'Waarom bent u zo boos?' vroeg Julia op haar beurt.
Het gedrag van de man veranderde. 'Omdat het mijn werk is om de boel hier te bewaken.'
'Dat doet u ongetwijfeld heel goed. Maar de mensen praten niet makkelijk als u hen bang maakt.'
De man staarde Julia aan en probeerde zijn gedachten te ordenen.
'We zijn op weg naar Iquitos,' zei Julia. 'We werken samen met pater Sánchez en pater Carl. Kent u die?'
Hij schudde zijn hoofd, maar toen hij de namen van die twee priesters hoorde, kalmeerde hij nog meer. Eindelijk knikte hij en liep weg.
'We gaan,' zei Julia.
We stapten in de auto en reden weg. Pas nu merkte ik hoe bang en zenuwachtig ik geweest was. Ik probeerde dat van me af te schudden. 'Is er binnen iets gebeurd?' vroeg ik.
Julia keek me aan. 'Wat bedoel je?'
'Ik bedoel: is er binnen iets gebeurd dat verklaart waarom je de gedachte kreeg om hier te stoppen?'
Ze lachte en zei: 'Nee, alleen buiten.'
Ik keek haar aan. 'Snap je het nog niet?' vroeg ze.
'Nee,' antwoordde ik.
'Waaraan dacht je vlak voordat we hier aankwamen?'
'Dat ik mijn benen wilde strekken.'
'Nee, daarvoor. Waar vroeg je naar toen we praatten?'
Ik dacht na. We hadden het over jeugddrama's gehad. Toen wist ik het weer. 'Je had iets gezegd wat ik verwarrend vond,' zei ik. 'Jij had gezegd dat iemand geen beheersingsdrama met ons kan spelen tenzij wij het bijbehorende drama opvoeren. Dat begreep ik niet.'
'Nu wel?'
'Eigenlijk niet. Waar wil je heen?'
'Die scène buiten demonstreerde heel goed wat er gebeurt als je dat aanvullende drama wél speelt.'

'Hoe dan?'
Ze keek me even aan. 'Welk drama speelde die man met jou?'
'Duidelijk de intimidator.'
'Precies. En welk drama speelde jij?'
'Ik probeerde hem alleen maar kwijt te raken.'
'Dat weet ik, maar welk drama speelde jij?'
'Eh... ik begon met mijn afstandelijkheidsdrama, maar hij bleef me bestoken.'
'En toen?'
Het gesprek begon me te irriteren, maar ik probeerde me te concentreren en me niet te laten afleiden. Ik keek Julia aan en zei: 'De arme ik, denk ik.'
'Heel goed.' Ze glimlachte.
'Maar ik zag dat jij hem probleemloos aankon,' zei ik.
'Alleen maar omdat ik niet het drama speelde dat hij verwachtte. Vergeet niet dat elk beheersingsdrama uit de kindertijd tot stand komt in relatie met een ander drama. Daarom heeft elk drama een aanvullend drama nodig om zich te kunnen ontplooien. Om energie te krijgen heeft een intimidator hetzij een arme ik, hetzij een andere intimidator nodig.'
'Hoe heb je dat dan aangepakt?' vroeg ik nog steeds verward.
'Mijn drama-antwoord zou een andere intimidator zijn geweest, een poging om hem te intimideren. Dat was waarschijnlijk op vechten uitgelopen. Maar in plaats daarvan deed ik wat het Manuscript voorschrijft. Ik benoemde het drama dat hij speelde. Alle drama's zijn heimelijke strategieën om aandacht te krijgen. Hij probeerde je zo te intimideren dat je energie afstond. Toen hij dat bij mij probeerde, noemde ik zijn strategie bij de naam.'
'Daarom vroeg je waarom hij zo boos was?'
'Ja. Volgens het Manuscript kunnen heimelijke energiemanipulaties niet bestaan als je ze bewust maakt door ze aan te wijzen. Dan zijn ze namelijk niet heimelijk meer. Dat is een heel eenvoudige methode. De echte waarheid over wat er in een gesprek gebeurt, krijgt dan altijd de overhand. Daarna moet de ander realistischer en eerlijker worden.'

'Dat klinkt logisch,' zei ik. 'Volgens mij heb ik vroeger ook zelf weleens drama's benoemd, ook al wist ik niet wat ik deed.'
'Ongetwijfeld. Dat doet iedereen weleens. Alleen leren we nu meer over wat er op het spel staat. En de sleutel tot je succes ligt in het feit dat je tegelijkertijd door het drama heen naar de echte persoon kijkt die voor je staat en dat je hem zoveel mogelijk energie stuurt. Als ze voelen dat sowieso energie hun kant op komt, houden ze makkelijker op met manipuleren.'
'Wat zag je in die vent?' vroeg ik.
'Een ietwat onzeker jongetje met een wanhopige energiebehoefte. Bovendien had hij prachtig op tijd een boodschap voor je, hè?'
Ik keek haar aan. Ze leek op het punt om in lachen uit te barsten. 'Jij denkt dat we gestopt zijn zodat ik leerde begrijpen hoe je moet omgaan met iemand die een drama speelt?'
'Dat was de vraag die je stelde, nietwaar?'
Ik glimlachte en voelde mijn goede humeur terugkeren. 'Ja, dat moet wel.'

Ik werd wakker van een zoemende muskiet rond mijn gezicht. Ik keek naar Julia. Ze glimlachte alsof ze aan iets grappigs moest denken. Nadat we ons boeltje aan de rivier hadden opgebroken, hadden we urenlang zwijgend doorgereden, kauwend op het eten dat Julia voor de tocht had klaargemaakt.
'Je bent wakker,' zei Julia.
'Ja,' antwoordde ik. 'Hoe ver is het nog naar Iquitos?'
'Vijftig kilometer, maar over een paar minuten zijn we bij de Stewart Inn. Dat is een kleine herberg voor jagers. De eigenaar is een Engelsman en hij steunt het Manuscript.' Ze glimlachte weer. 'We hebben het daar vaak heel gezellig gehad. Hij zal er wel zijn, tenzij er iets gebeurd is. Ik hoop dat we daar een spoor van Wil vinden.'
Ze parkeerde de auto langs de kant van de weg en keek me aan. 'Laten we ons even concentreren op waar we zijn,' zei ze. 'Voordat ik jou weer tegenkwam, liep ik van hot naar her op zoek naar

hulp om het Negende Inzicht te vinden, maar ik wist niet waar ik heen moest. Op een gegeven moment besefte ik dat ik bij herhaling aan Hinton had gedacht. Ik ga naar zijn huis, en wie zie ik daar? Jou. En jij vertelt dat je op zoek bent naar Wil, die naar verluidt in Iquitos is. Mijn intuïtie zegt dat jij en ik allebei betrokken zijn bij het vinden van het Negende Inzicht, en vervolgens zegt jouw intuïtie dat we op zeker moment verschillende kanten op gaan. Dat is het wel zo'n beetje, hè?'

'Ja,' zei ik.

'Nou, en ik moet je nog vertellen dat ik daarna aan Willie Stewart en de herberg begon te denken. Daar gaat iets gebeuren.'

Ik knikte.

Ze reed de auto weer de weg op en nam een bocht. 'Daar is de herberg,' zei Julia.

Een meter of tweehonderd voor ons uit, waar de weg opnieuw een scherpe bocht naar rechts maakte, stond een huis in Victoriaanse stijl met twee verdiepingen. We reden een parkeerterrein van grind op en stopten. Een paar mannen zaten op de veranda te praten.

Ik deed het portier open en wilde net uitstappen, toen Julia mijn schouder aanraakte. 'Vergeet niet,' zei ze, 'dat niemand hier bij toeval is. Blijf open voor boodschappen.'

Ik liep achter haar aan naar de veranda. De mannen waren goed geklede Peruanen en knikten afwezig toen we hen passeerden en het huis inliepen. Eenmaal in de grote hal wees Julia naar een eetzaal en vroeg me een tafel te kiezen en daar even te wachten terwijl zij de eigenaar zocht.

Ik bekeek de ruimte. Er stond een tiental tafels in twee rijen. Achter mij kwamen nog drie Peruanen binnen en gingen aan de andere kant van de zaal zitten. Direct daarna kwam opnieuw iemand binnen, die een meter of zeven rechts van mij een tafel koos. Hij zat met zijn rug iets schuin naar me toe. Ik zag dat hij een vreemdeling was, misschien uit Europa. Julia kwam binnen, zag me en kwam tegenover me zitten. 'De eigenaar is er niet,' zei ze, 'en de receptionist weet niets over Wil.'

'Wat nu?' vroeg ik.

Ze keek me aan en haalde haar schouders op. 'Dat weet ik niet. Laten we maar aannemen dat iemand hier een boodschap voor ons heeft.'

'Wie denk je?'

'Dat weet ik niet.'

'Hoe weet je dan dat dat gebeurt?' vroeg ik met een plotselinge scepsis. Zelfs na alle geheimzinnige toevalligheden die me waren overkomen sinds ik in Peru was, vond ik het nog steeds moeilijk te geloven dat er een zou plaatsvinden alleen maar omdat wij dat wilden.

'Vergeet het Derde Inzicht niet,' antwoordde Julia. 'Het universum is energie, energie die reageert op onze verwachtingen. Ook de mensen zijn een deel van dat energie-universum. Als we dus een vraag hebben, duiken vanzelf de mensen met het antwoord op.'

Ze wierp een scherpe blik op de andere mensen in de zaal. 'Ik weet niet wie die anderen zijn, maar als we lang genoeg met hen zouden praten, zouden we de waarheid ontdekken die iedereen voor ons heeft, in sommige gevallen een deel van het antwoord op onze vragen.'

Ik keek haar zijdelings aan. Ze boog zich over de tafel naar voren. 'Laat het tot je doordringen. Iedereen die ons pad kruist, heeft een boodschap voor ons. Anders zouden ze een ander pad hebben genomen of eerder of later zijn afgeslagen. Het feit dat deze mensen hier zijn, betekent dat ze hier om een bepaalde reden zijn.'

Ik keek haar aan. Ik wist nog steeds niet zeker of het wel zo simpel was.

'Het probleem is,' zei ze, 'dat je moet vaststellen met wie je tijd moet uittrekken voor een gesprek, want praten met allemaal is onmogelijk.'

'Hoe bepaal je dat?' vroeg ik.

'Volgens het Manuscript zijn er tekenen.'

Ik luisterde aandachtig naar Julia, maar om een of andere reden keek ik tegelijk rond. Mijn blik viel op de man rechts van mij. Op precies datzelfde moment draaide ook hij zich om en keek me aan. Toen ik zijn blik opving, wendde hij de zijne weer af naar zijn bord. Ik deed hetzelfde.

'Wat voor tekenen?'

'Een teken zoals dat,' zei ze.

'Zoals wat?'

'Zoals wat je net deed.' Ze maakte een hoofdgebaar naar de man rechts van me.

'Wat bedoel je?'

Julia boog zich weer naar me toe. 'Volgens het Manuscript zullen we leren dat een plotseling, spontaan oogcontact een teken is dat twee mensen moeten praten.'

'Maar gebeurt dat dan niet altijd?' vroeg ik.

'Inderdaad,' zei ze. 'Maar als dat gebeurd is, vergeten de meeste mensen het weer en gaan door met wat ze aan het doen waren.'

Ik knikte. 'Welke tekenen noemt het Manuscript nog meer?' vroeg ik.

'Een gevoel van herkenning,' antwoordde ze. 'Iemand zien die bekend lijkt, hoewel je.weet dat je die persoon nooit eerder hebt gezien.'

Toen ze dat zei, moest ik aan Dobson en Reneau denken, die zo bekend hadden geleken toen ik hen voor het eerst zag.

'Vertelt het Manuscript ook waaróm mensen zo vertrouwd lijken?' vroeg ik.

'Nauwelijks. Er staat alleen in dat we samen met bepaalde andere mensen lid zijn van een gedachtengroep. Gedachtengroepen ontwikkelen zich meestal in dezelfde belangstellingsrichting. Hun denken is hetzelfde, en dat schept dezelfde blik en uiterlijke indruk. We herkennen leden van onze eigen gedachtengroep intuïtief, en heel vaak hebben die boodschappen voor ons.' Ik keek nog een keer naar de man rechts van me. Hij kwam me vagelijk bekend voor. Terwijl ik naar hem keek, draaide hij ongelooflijk genoeg opnieuw zijn hoofd om en keek me aan. Snel keek ik weer naar Julia.

'Je móet met die man praten,' zei Julia.

Ik antwoordde niet. Ik vond het een onprettig idee om gewoon op hem af te stappen. Ik wilde weg, naar Iquitos. Ik wilde dat net voorstellen, toen Julia zei: 'Hier moeten we zijn, niet in Iquitos. We moeten hiervan profiteren. Het probleem met jou is dat je je verzet tegen het idee om naar hem toe te gaan en een gesprek te beginnen.'

'Hoe heb je 'm dat gelapt?' vroeg ik.

'Wat gelapt?'

'Dat je wist wat ik dacht.'

'Daar is niks geheimzinnigs aan. Gewoon een kwestie van aandachtig naar je gezichtsuitdrukking kijken.'

'Wat bedoel je?'

'Als je mensen op een dieper niveau schouwt, zie je hun diepste gedachten achter elk masker dat ze opzetten. Als je je echt op dat niveau richt, zie je aan subtiele gezichtsuitdrukkingen wat iemand denkt. Dat is heel normaal.'

'Voor mij is dat telepathie,' zei ik.

Ze grijnsde. 'Telepathie is doodnormaal.'

Ik wierp weer een blik op de man. Hij keek niet om.

'Zorg maar dat jullie energieën samenkomen en praat met hem,' zei Julia, 'voordat je kans vervliegt.'

Ik concentreerde me op vergroting van mijn energieveld tot ik me sterker voelde en vroeg toen: 'Wat moet ik tegen die vent zeggen?'

'De waarheid,' zei ze. 'Kleed de waarheid zodanig in dat hij die herkent.'

'Oké.' Ik schoof mijn stoel naar achteren en liep naar de man toe. Hij keek verlegen en zenuwachtig—net zoals Pablo tijdens de nacht dat ik hem ontmoette. Ik probeerde het diepere niveau achter 's mans zenuwachtigheid te zien, en toen ik dat deed, meende ik een nieuwe, meer energieke uitdrukking op zijn gezicht te zien.

'Hallo,' zei ik. 'Volgens mij komt u niet uit Peru. Ik hoop dat u me kunt helpen. Ik zoek een vriend van mij, Wil James.'

'Ga alstublieft zitten,' zei hij met een zwaar Scandinavisch accent. 'Ik ben professor Edmond Connor.' Hij stak een hand uit en zei: 'Het spijt me, maar ik ken uw vriend Wil niet.'
Ik stelde me voor en legde uit—alleen gebaseerd op het voorgevoel dat hij wist waarover ik het had—dat Wil het Negende Inzicht zocht.
'Ik ben bekend met het Manuscript,' zei hij. 'Ik ben hier om de authenticiteit ervan te onderzoeken.'
'Alleen?'
'Ik zou hier een zekere professor Dobson treffen. Maar die is niet komen opdagen. Ik begrijp niet waarom. Hij verzekerde me dat hij hier zou zijn als ik aankwam.'
'Kent u Dobson?'
'Ja. Hij is de man die een inspectie van het Manuscript organiseert.'
'En is alles goed met hem? Komt hij hier?'
De professor keek me onderzoekend aan. 'Dat waren we van plan. Is er iets misgegaan?'
Mijn energie zakte in. Ik begreep dat Dobsons ontmoeting met Connor was afgesproken voordat Dobson gearresteerd was. 'Ik heb hem in het vliegtuig op weg naar Peru ontmoet,' legde ik uit. 'Hij is in Lima gearresteerd. Ik heb geen idee wat er met hem gebeurd is.'
'Gearresteerd? Mijn God!'
'Wanneer hebt u hem voor het laatst gesproken?' vroeg ik hem.
'Al weken geleden, maar onze afspraak hier stond vast. Hij zei dat hij zou bellen als er iets tussenkwam.'
'Weet u nog waarom hij u hier wilde ontmoeten, en niet in Lima?' vroeg ik.
'Hij zei dat er hier in de buurt een paar ruïnes waren en dat hij in deze streek zou zijn om met een andere onderzoeker te praten.'
'Vertelde hij ook waar hij met die andere man ging praten?'
'Ja. Hij zei dat hij naar eh... San Luis moest, geloof ik. Waarom?'
'Dat weet ik niet... Ik vroeg het me gewoon af.' Terwijl ik dat zei,

gebeurden er twee dingen tegelijkertijd. Ten eerste kreeg ik het beeld dat ik Dobson weer zag. We kwamen elkaar langs een weg vol hoge bomen tegen. Op datzelfde moment keek ik naar buiten en zag tot mijn verbazing pater Sánchez het trapje van de veranda opkomen. Hij zag er moe uit en zijn kleren waren vuil. Op de parkeerplaats wachtte een andere priester in een oude auto.

'Wie is dat?' vroeg professor Connor.

'Pater Sánchez!' riep ik uit, en kon mijn opwinding nauwelijks bedwingen. Ik draaide me om en zocht Julia, maar ze zat niet meer aan onze tafel. Ik stond op toen Sánchez de zaal inkwam. Toen hij me zag, bleef hij met een blik van stomme verbazing abrupt staan, liep naar me toe en omhelsde me. 'Hoe is het?' vroeg hij.

'Prima,' zei ik. 'Wat doet u hier?'

Ondanks zijn vermoeidheid grinnikte hij een beetje. 'Ik wist niet waar ik anders heen moest. En ik heb het bijna niet gered. Honderden soldaten komen deze kant op.'

'Waarom komen er soldaten?' vroeg Connor achter me. Hij kwam naar ons toe.

'Het spijt me,' antwoordde Sánchez. 'Ik weet niet wat ze van plan zijn. Maar het zijn er veel.'

Ik stelde de twee mannen aan elkaar voor en vertelde pater Sánchez over Connors situatie. De man leek bijna in paniek.

'Ik moet weg,' zei hij. 'Maar ik heb geen chauffeur.'

'Pater Paul wacht buiten,' zei Sánchez. 'Hij gaat zo dadelijk naar Lima terug. U mag meerijden als u wilt.'

'Dat stel ik bijzonder op prijs,' zei Connor.

'Wacht even. Stel dat ze die soldaten tegen het lijf lopen?' vroeg ik.

'Ik denk niet dat ze pater Paul aanhouden,' zei Sánchez. 'Hij is niet erg bekend.'

Op dat moment kwam Julia de zaal weer in en zag Sánchez. De twee omhelsden elkaar warm en opnieuw stelde ik Connor voor. Connor leek intussen steeds banger te worden, en na een paar minuten zei Sánchez tegen hem dat pater Paul maar eens terug moest. Connor ging weg om zijn bagage uit zijn kamer te halen en was algauw weer terug. Sánchez en Julia brachten hem naar buiten, maar ik nam binnen afscheid van hem en wachtte aan mijn tafel. Ik wist dat mijn ontmoeting met Connor op een of andere manier van belang was, en het feit dat Sánchez ons hier trof eveneens, maar ik begreep het niet goed.

Niet lang daarna kwam Julia de zaal weer in en ging naast me zitten. 'Ik zei je toch al dat er iets ging gebeuren?' zei ze. 'Als we hier niet waren gestopt, hadden we Sánchez niet gezien, en Connor evenmin. Wat ben je overigens van Connor te weten gekomen?'

'Dat weet ik nog niet,' zei hij. 'Waar is pater Sánchez?'

'Hij heeft een kamer genomen om wat te rusten. Hij heeft in geen twee dagen geslapen.'

Ik keek de andere kant op. Ik wist dat Sánchez moe was, maar het stelde me teleur dat ik hem niet kon spreken. Ik wilde dolgraag met hem praten en kijken of hij duidelijkheid kon scheppen in wat er gaande was, vooral wat die soldaten betrof. Ik voelde me niet prettig en overwoog samen met Connor weg te vluchten.

Julia merkte mijn ongeduld. 'Wind je niet op,' zei ze. 'Kalmeer en vertel me wat je tot dusver van het Achtste Inzicht vindt.'

Ik keek haar aan en probeerde me te concentreren. 'Ik weet niet goed waar ik beginnen moet.'

'Wat zegt het Achtste Inzicht volgens jou?'

Ik probeerde me alles te herinneren. 'Het gaat over de manier om met mensen in contact te treden, met kinderen en volwassenen. Het gaat over het benoemen en doorbreken van beheersingsdrama's en je op zo'n manier op anderen richten dat je hun energie stuurt.'

'En wat nog meer?' vroeg ze.

Ik keek haar aandachtig aan en zag direct wat ze bedoelde. 'En als we goed letten op met wie we praten, krijgen we als gevolg daarvan de antwoorden die we zoeken.'

Julia glimlachte breed.
'Heb ik het Inzicht begrepen?' vroeg ik.
'Bijna,' zei ze. 'Maar er is nog iets anders. Je begrijpt hoe je iemand anders kunt opbeuren. Nu ben je klaar om te zien wat er gebeurt in een groep, als alle deelnemers weten hoe ze op die manier op elkaar moeten reageren.'

Ik liep de veranda op en ging in een van de smeedijzeren stoelen zitten. Na een paar minuten kwam Julia naar buiten en kwam bij me zitten. We hadden op ons gemak en zonder veel te zeggen gedineerd en besloten vervolgens buiten van de avond te genieten. Sánchez was al drie uur geleden naar zijn kamer gegaan, en ik begon weer ongeduldig te worden.
Toen Sánchez plotseling buiten kwam en bij ons kwam zitten, was ik opgelucht. 'Hebt u iets over Wil gehoord?' vroeg ik.
Toen ik dat zei, verschoof hij zijn stoel zodat hij recht tegenover ons kwam te zitten. Ik zag dat hij zijn stoel met zorg zodanig neerzette dat hij op gelijke afstand van ons beiden zat. 'Ja,' zei hij. 'Inderdaad.' Hij zweeg weer en leek in gedachten verzonken.
Ik vroeg: 'Wat hebt u gehoord?'
'Ik zal je alles vertellen wat er gebeurd is,' zei hij. 'Toen pater Carl en ik teruggingen naar mijn missiepost, verwachtte ik daar niet alleen soldaten, maar ook kardinaal Sebastián aan te treffen. We verwachtten een onderzoek. Toen we aankwamen, bleken Sebastián en de soldaten een boodschap te hebben gekregen. Ze waren al uren weg. Een hele dag lang wisten we niet wat er gaande was, maar gisteren kregen we bezoek van een zekere pater Costous, en ik heb begrepen dat je die kent. Wil herinnerde zich kennelijk de naam van mijn missiepost, omdat hij al eens eerder met pater Carl gepraat had en intuïtief wist dat we de informatie nodig hadden die pater Costous voor ons had. Pater Costous heeft besloten het Manuscript te steunen.'
'Waarom ging Sebastián zo overhaast weg?' vroeg ik.
'Omdat hij de uitvoering van zijn plannen wilde versnellen. De

boodschap die hij kreeg, luidde dat pater Costous op het punt stond te onthullen dat Sebastián het Negende Inzicht wil vernietigen.'

'Heeft Sebastián het gevonden?'

'Nog niet, maar hij verwacht van wel. Ze hebben een ander document gevonden dat aangeeft waar het Negende is.'

'Waar dan wel?' vroeg Julia.

'In de Celestijnse ruïnes.'

'Waar zijn die?' wilde ik weten.

Julia keek me aan. 'Een kleine honderd kilometer hiervandaan. Die zijn door uitsluitend Peruaanse wetenschappers en met nogal wat geheimhouding uitgegraven. De ruïnes bestaan uit diverse lagen oude tempels, eerst van de Maya's, daarna van de Inka's. Beide culturen geloofden kennelijk dat die plaats iets bijzonders had.'

Ik merkte dat Sánchez zich met ongewone intensiteit op het gesprek concentreerde. Als ik praatte, richtte hij zich volledig op mij en wendde zijn blik geen moment af. Als Julia iets zei, veranderde Sánchez zijn zit en richtte zich helemaal op haar. Dat leek een heel bewust gedrag. Ik vroeg me af wat hij deed, en op datzelfde moment viel er een stilte. Ze keken me allebei vol verwachting aan.

'Wat?' vroeg ik.

Sánchez glimlachte. 'Jouw beurt om iets te zeggen.'

'Praten we om beurten?' vroeg ik.

'Nee,' zei Julia, 'we voeren een bewust gesprek. Iedereen zegt iets als de energie zijn kant op komt. We zagen dat die nu bij jou was.'

Ik wist niet wat ik zeggen moest.

Sánchez keek me warm aan. 'Een deel van het Achtste Inzicht betreft het leren hoe je in een groep een bewuste wisselwerking aangaat. Maar je moet niet verlegen worden. Probeer gewoon het proces te begrijpen. Als de groepsleden praten, heeft op elk gegeven moment maar één van hen de krachtigste gedachte. Als iedereen openstaat, voelen de anderen in de groep wie op het punt staat iets te zeggen. Dan kunnen ze hun energie bewust op diegene richten en zorgen dat die gedachte zo helder mogelijk geuit wordt. Als het gesprek doorgaat, krijgt iemand anders de krachtigste gedachte, daarna weer iemand anders, enzovoorts. Als je je concentreert op wat er gezegd wordt, kun je voelen wanneer het jouw beurt is. Die gedachte komt vanzelf in je op.'

Sánchez richtte zijn blik op Julia, die vroeg: 'Welke gedachte had je, die je niet uitdrukte?'

Ik dacht na. 'Ik vroeg me af,' zei ik eindelijk, 'waarom pater Sánchez zo intens naar iedereen keek die aan het woord was. Ik vroeg me af wat dat betekende.'

'De sleutel tot het proces is,' zei Sánchez, 'dat je praat als jouw moment gekomen is, en je je energie op iemand anders richt als het diens beurt is.'

'Er kan veel misgaan,' onderbrak Julia hem. 'Sommige mensen raken opgeblazen als ze in een groep zijn. Ze voelen de kracht van een gedachte en uiten die, maar omdat die toestroom van energie zo lekker aanvoelt, blijven ze praten, ook nadat de energie allang naar iemand anders had moeten gaan. Ze proberen de groep te monopoliseren. Anderen blijven op de achtergrond, en zelfs als ze de kracht van een gedachte voelen, durven ze die niet uit te spreken. Als dat gebeurt, valt de groep uiteen en profiteren de leden niet van alle boodschappen. Hetzelfde gebeurt als sommige groepsleden niet door iedereen aanvaard worden. Dan wordt verhinderd dat de afgewezen individuen energie ontvangen en mist de groep dus het profijt van hun gedachten.'

Julia zweeg, en allebei keken we naar Sánchez, die ademhaalde om iets te zeggen. 'Hoe mensen worden uitgesloten, is belangrijk,' zei hij. 'Als we iemand onaardig vinden of ons door iemand bedreigd voelen, is onze natuurlijke neiging ons op datgene te richten wat we in die persoon niet prettig vinden, wat ons irriteert. Maar als we dat doen—als we niet de diepere schoonheid van die persoon zien en hem geen energie geven—halen we energie bij hem weg en doen hem schade. Hij weet alleen maar dat hij zich plotseling minder mooi en zelfverzekerd voelt, en dat komt omdat we zijn energie aftappen.'

'Daarom is dat proces zo belangrijk,' zei Julia. 'Met hun agressieve concurrentie maken de mensen elkaar in een enorm tempo ouder.'

'Maar vergeet het volgende niet,' voegde Sánchez daaraan toe. 'In een echt functionerende groep gebeurt precies het omgekeerde. Daar moeten de energie en het trillingsniveau van alle leden stijgen vanwege de energie die alle anderen uitzenden. Als dat gebeurt, versmelt het energieveld van ieder individu met dat van alle anderen en vormt het één energievoorraad. Net alsof de groep één lichaam is, maar dan met vele hoofden. Soms praat het ene hoofd namens het lichaam, soms het andere. In een groep die op die manier functioneert, weet ieder individu wanneer hij iets moet zeggen en wat hij dan moet zeggen, omdat hij het leven echt helderder ziet. Dat is het Hogere Zelf waarover het Achtste Inzicht het heeft in verband met een liefdesrelatie tussen man en vrouw. Maar ook andere groepen kunnen één geheel worden.'

Bij pater Sánchez' woorden moest ik plotseling aan pater Costous en Pablo denken. Had de jonge Indiaan pater Costous eindelijk van mening doen veranderen, zodat hij het Manuscript nu in stand wilde houden? Was Pablo daartoe in staat dankzij de macht van het Achtste Inzicht? 'Waar is pater Costous nu?' vroeg ik.

De twee anderen leken licht verrast door mijn vraag, maar pater Sánchez antwoordde snel: 'Hij en pater Carl besloten naar Lima te gaan en met de kerkelijke leiding te praten over wat kardinaal Sebastián van plan is.'

'Ik denk dat hij daarom met alle geweld met u naar uw missiepost wilde. Hij wist dat hij nog iets anders doen moest.'

'Precies,' zei Sánchez.

Het gesprek stokte en we keken elkaar aan. Allemaal wachtten we op de volgende gedachte.

'Maar de vraag is,' zei pater Sánchez eindelijk, 'wat *wij* moeten doen.'

Julia was de eerste die de stilte verbrak. 'Ik zie al heel lang beelden dat ik met het Negende Inzicht te maken heb en dat ik het lang genoeg in mijn bezit heb om iets te doen... maar echt duidelijk zie ik het niet.'

Sánchez en ik keken haar vragend aan.

'Ik zie het op een speciale plek gebeuren...' vervolgde ze. 'Wacht even. De plek die ik voor me zie, ligt in de ruïnes, de Celestijnse ruïnes. Tussen de tempels ligt een bijzondere plek. Dat was ik bijna vergeten.' Ze beantwoordde onze blik. 'Daar moet ik naar toe. Ik moet naar de Celestijnse ruïnes.'

Toen Julia zweeg, wendden zij en Sánchez hun blikken tot mij.

'Ik weet het niet,' zei ik. 'Het heeft mij altijd geïnteresseerd waarom Sebastián en zijn mensen zo fel tegen het Manuscript zijn. Ik heb ontdekt dat er maar één reden is: ze vrezen onze innerlijke evolutie... maar ik weet niet waar ik heen moet... die soldaten komen... het ziet ernaar uit dat Sebastián als eerste het Negende Inzicht vindt... ik weet het niet. Ik heb gezien dat ik hem op een of andere manier help overtuigen dat hij het niet moet vernietigen.'

Ik zweeg. Ik moest opnieuw aan Dobson denken, en toen plotseling aan het Negende Inzicht. Plotseling begreep ik dat het Negende Inzicht ging onthullen wat de bestemming van de menselijke evolutie was. Ik had me afgevraagd hoe de mensen op basis van het Manuscript met elkaar zouden omgaan. Die vraag was met het Achtste Inzicht beantwoord. De volgende vraag was natuurlijk: waartoe leidt dat alles? Hoe gaat de menselijke samenleving veranderen? Dat moest de inhoud van het Negende zijn.

Ik voelde dat die kennis ook bruikbaar was om Sebastiáns angst voor bewuste evolutie weg te nemen... als hij tenminste wilde luisteren.

'Ik denk nog steeds dat kardinaal Sebastián overtuigd kan worden van het feit dat hij het Manuscript moet steunen,' zei ik vol overtuiging.

'Zie je jezelf hem overtuigen?' vroeg Sánchez.

'Nee... nee, eigenlijk niet. Ik ben met iemand anders die hem kan bereiken, iemand die hem kent en op zijn eigen niveau met hem kan praten.'

Toen ik dat zei, keken Julia en ik allebei spontaan naar pater Sánchez. Hij produceerde een moeizame glimlach en zei berustend: 'Kardinaal Sebastián en ik vermijden al heel lang een confrontatie over het Manuscript. Hij is altijd mijn meerdere geweest. Hij beschouwde me als zijn beschermeling en ik moet toegeven dat ik naar hem opkeek. Maar ik moet ook altijd geweten hebben dat het hierop zou uitdraaien. Toen je het daar voor het eerst over had, wist ik dat het mijn taak was om hem te overtuigen. Daar heeft mijn hele leven me op voorbereid.'

Hij keek Julia en mij betekenisvol aan en vervolgde: 'Mijn moeder was een progressieve katholiek. Bij de verkondiging van het evangelie had ze een afkeer van het gebruik van schuld en dwang. Ze vond dat de mensen een godsdienst niet uit angst maar uit liefde moeten omhelzen. Maar mijn vader was iemand van de oude school, die later in zijn leven priester is geworden en net als Sebastián rotsvast in traditie en gezag geloofde. Zijn erfenis is dat ik binnen de gezagsstructuur van de Kerk wil werken, maar altijd manieren zoek om die zodanig te hervormen dat een hogere godsdienstige ervaring benadrukt wordt. De confrontatie met Sebastián is mijn volgende stap. Ik heb me ertegen verzet, maar ik weet dat ik naar Sebastiáns missiepost in Iquitos moet.'

'Ik rijd met u mee,' zei ik.

DE ONTLUIKENDE CULTUUR

De weg naar het noorden kronkelde door een dicht oerwoud en over een aantal rivieren—zijrivieren van de Amazone, vertelde pater Sánchez. We waren vroeg opgestaan, hadden snel afscheid van Julia genomen, en vertrokken toen in een auto die pater Sánchez had geleend: een vrachtwagentje met bovenmaatse banden en vierwielaandrijving. Toen we verder kwamen, steeg de weg een beetje en werden de bomen hoger en minder dicht.

'Dit lijkt wel het gebied rond Viciente,' zei ik tegen Sánchez.

Hij glimlachte naar me en zei: 'We zijn net een gebied ingereden van zo'n vijfenzeventig kilometer lang en dertig kilometer breed. Het is hier anders, energierijker, en het gebied loopt helemaal tot de Celestijnse ruïnes door. Overal eromheen ligt puur oerwoud.'

Ver naar rechts, aan de rand van het woud, zag ik een stuk ontboste grond. 'Wat is dat?' vroeg ik wijzend.

'Dat noemt de regering landbouwontwikkeling.'

Een brede strook bomen was platgewalst. Ze waren op stapels gelegd en deels verbrand. Een kudde vee graasde doelloos tussen de wilde grassen op de geërodeerde toplaag. Toen we passeerden keken diverse koeien, afgeleid door het geluid, onze kant op. Ik zag nog een andere strook recentelijk gebulldozerde grond en begreep dat het project oprukte naar de hogere bomen waar we doorheen reden.

'Wat afschuwelijk,' zei ik.

'Ja,' zei Sánchez. 'Zelfs kardinaal Sebastián is er tegen.'

Ik moest aan Phil denken. Misschien was dit het gebied dat hij probeerde te beschermen. Hoe was het hem vergaan? Plotseling dacht ik weer aan Dobson. Volgens Connor was Dobson van plan geweest naar de herberg te komen. Waarom was Connor daar geweest om me dat te vertellen? Waar was Dobson nu? Uitgewezen? In de gevangenis? Ik kon niet over het hoofd zien dat ik spontaan een beeld van Dobson kreeg in verband met Phil. 'Hoe ver is het nog naar Sebastiáns missiepost?' vroeg ik.

'Een uurtje,' antwoorde Sánchez. 'Hoe voel je je?'

'Wat bedoelt u?'

'Ik bedoel: hoe gaat het met je energieniveau?'

'Prima, denk ik,' zei ik. 'Al die schoonheid hier.'

'Wat vond je van ons gesprek van gisteravond?' vroeg hij.

'Ik vond het verbazingwekkend.'

'Heb je begrepen wat er gebeurde?'

'U bedoelt de manier waarop bij ons drieën op verschillende momenten ideeën opborrelden?'

'Ja, maar ook de hogere betekenis daarvan.'

'Nee, dat weet ik niet.'

'Ik heb erover zitten nadenken. Deze attitude waarbij mensen bewust met elkaar in verbinding treden, waarbij iedereen probeert het beste in de ander naar boven te halen in plaats van macht over elkaar uit te oefenen, is een houding die uiteindelijk het hele menselijke ras zal overnemen. Stel je voor hoe op dat moment ieders energieniveau en evolutietempo gaat stijgen!'

'Klopt,' zei ik. 'Ik heb me afgevraagd hoe de menselijke cultuur gaat veranderen als het algemene energieniveau stijgt.'

Hij keek me aan alsof ik met mijn opmerking de spijker op de kop had geslagen. 'Dat wil ik ook heel graag weten,' zei hij.

We keken elkaar even aan en ik wist dat we allebei wachtten om te zien wie de volgende gedachte kreeg. Uiteindelijk zei hij: 'Het antwoord op die vraag moet in het Negende Inzicht liggen. Dat moet verklaren wat er gebeurt als de cultuur evolueert.'

'Dat denk ik ook,' zei ik.

Sánchez ging langzamer rijden. We naderden een kruising, en hij leek niet goed te weten welke weg hij moest nemen.

'Komen we in de buurt van San Luis?' vroeg ik.
Hij keek me recht aan. 'Alleen als we hier linksaf gaan. Waarom?'
'Connor vertelde dat Dobson van plan was om op weg naar de herberg via San Luis te rijden. Volgens mij was dat een boodschap.'
We bleven elkaar aankijken. 'U vertraagde al vóór deze kruising,' zei ik. 'Waarom?'
Hij haalde zijn schouders op. 'Dat weet ik niet. De kortste weg naar Iquitos is rechtdoor. Ik voelde alleen ineens een aarzeling.'
Een koude rilling trok door me heen.
Sánchez trok een wenkbrauw op en grijnsde. 'Dan gaan we maar via San Luis, hè?'
Ik knikte en voelde een energiestoot. Dat we bij de herberg waren uitgestapt en in contact kwamen met Connor, kreeg er een nieuwe betekenis bij. Toen Sánchez links afsloeg en naar San Luis begon te rijden, keek ik vol verwachting langs de berm. Dertig of veertig minuten gingen voorbij. Er gebeurde niets. We reden San Luis door, en nog steeds gebeurde er niets opvallends. Toen werd er plotseling getoeterd. We draaiden ons om en zagen een zilverkleurige jeep met brullende motor achter ons rijden. De chauffeur zwaaide verwoed. Hij kwam me bekend voor. 'Dat is Phil!' zei ik.
We parkeerden langs de kant van de weg, Phil sprong uit zijn auto, rende naar mijn kant van de bestelwagen, greep mijn hand en knikte naar Sánchez. 'Ik weet niet wat je hier doet,' zei hij, 'maar verderop stikt het van de soldaten. Je kunt beter even terugrijden en samen met ons wachten.'
'Hoe wist je dat we hierlangs kwamen?' vroeg ik.
'Dat wist ik niet,' zei hij. 'Ik keek even op en toen zag ik jullie passeren. We zitten een kleine kilometer verderop.' Hij keek even rond en zei: 'We kunnen maar beter van die weg af gaan.'
'We rijden achter je aan,' zei pater Sánchez.
Phil draaide zijn jeep en reed in de richting waaruit we gekomen waren. Wij reden achter hem aan. Bij een afslag reed hij naar het

oosten en parkeerde snel. Van achter een groepje bomen kwam een andere man naar de auto. Ik kon mijn ogen niet geloven. Het was Dobson!

Ik stapte de bestelwagen uit en liep naar hem toe. Hij was even verrast als ik en omhelsde me warm. 'Wat fantastisch om je te zien!' zei hij.

'En jou,' antwoordde ik. 'Ik dacht dat je was doodgeschoten!'

Dobson klopte me op de rug en zei: 'Nee. Ik denk dat ik alleen maar in paniek raakte; ze hebben me gevangengezet. Later hebben een paar ambtenaren die positief tegenover het Manuscript staan, me vrijgelaten. Sindsdien ben ik op de vlucht.'

Hij zweeg en glimlachte naar me. 'Ik ben blij dat je niks mankeert. Toen Phil vertelde dat hij je op Viciente had ontmoet en later met jou gearresteerd was, wist ik niet wat ik denken moest. Maar ik had moeten weten dat we elkaar weer tegen het lijf zouden lopen. Waar gaan jullie heen?'

'Naar kardinaal Sebastián. We denken dat hij van plan is het Negende Inzicht te vernietigen.'

Dobson knikte en wilde iets zeggen, maar pater Sánchez kwam naar ons toe. Ik stelde hen snel aan elkaar voor. 'Ik heb uw naam geloof ik in Lima horen noemen,' zei Dobson tegen Sánchez, 'in verband met een paar priesters die werden vastgehouden.'

'Pater Carl en pater Costous?' vroeg ik.

'Ik geloof van wel.'

Sánchez schudde alleen zachtjes zijn hoofd. Ik keek eerst hem en toen Dobson even aan en besteedde een paar minuten aan een beschrijving van wat er gebeurd was sinds we elkaar waren kwijtgeraakt. Hij vertelde dat hij alle acht inzichten bestudeerd had en leek dolgraag nog iets te willen zeggen, maar ik onderbrak hem en vertelde dat we Connor ontmoet hadden en dat hij terug was naar Lima. 'Daar wordt hij waarschijnlijk gearresteerd,' zei Dobson. 'Het spijt me dat ik niet op tijd in de herberg kon zijn, maar ik wilde eerst naar San Luis om een andere wetenschapper te spreken. Uiteindelijk bleek ik die man niet te kunnen vinden, maar ik ontmoette er Phil en...'

'Wat is er?' vroeg Sánchez.

'Misschien moeten we even gaan zitten,' zei Dobson. 'We hebben ongelooflijk nieuws. Phil heeft een kopie van een deel van het Negende Inzicht gevonden.'

Niemand bewoog zich. 'Een vertaalde kopie?' vroeg pater Sánchez.

'Ja.'

Phil was in zijn auto bezig geweest en kwam nu naar ons toe.

'Heb jij een deel van het Negende gevonden?' vroeg ik.

'Eigenlijk niet gevonden,' zei hij, 'maar gekregen. Toen jij en ik gevangen waren genomen, ben ik naar een andere stad gebracht. Ik weet niet waar dat was. Na een tijdje dook kardinaal Sebastián op. Hij bleef maar doorvragen over mijn werk op Viciente en mijn pogingen om de wouden te redden. Ik wist niet waarom, totdat een wachtpost me een stukje van het Negende Inzicht gaf. Dat had die man van een paar mensen van Sebastián gestolen, die het kennelijk net hadden vertaald. Het gaat over de energie van oude wouden.'

'Hoe luidt het dan?' vroeg ik Phil.

Hij zweeg en dacht na. Dobson herhaalde dat we moesten gaan zitten. Hij bracht ons naar een open plek waar een stuk zeildoek was uitgespreid. Het was er prachtig. Een tiental hoge bomen vormde een cirkel van een meter of tien in doorsnee. Binnen die cirkel stonden bijzonder geurige tropische struiken en langstelige varens—de groenste die ik ooit had gezien. We gingen tegenover elkaar zitten.

Phil keek naar Dobson. Toen keek Dobson Sánchez en mij aan en zei: 'Het Negende Inzicht legt uit hoe de menselijke cultuur in de loop van het volgende millennium als gevolg van onze bewuste evolutie verandert. Het beschrijft een aanmerkelijk andere levenswijze. Het Manuscript voorspelt bijvoorbeeld dat de mensen bewust hun aantal zullen beperken om allemaal op de machtigste en mooiste plekken ter wereld te kunnen wonen. Maar opmerkelijk is dat er in de toekomst veel meer van die plekken zullen zijn, omdat we de bossen doelbewust ongekapt zullen laten zodat ze volwassen kunnen worden en energie opbouwen. Volgens het Negende Inzicht,' vervolgde hij, 'zullen de meeste mensen tussen vijfhonderd jaar oude bomen en zorgvuldig verzorgde tuinen wonen, maar op korte reisafstand van een stedelijk gebied dat uit ongelooflijke technologische hoogstandjes bestaat. Tegen die tijd zijn onze basisbehoeften—voedsel, kleding, transport—volledig geautomatiseerd en voor iedereen beschikbaar. Aan al onze behoeften wordt volledig voldaan zonder ruil van geldmiddelen, maar ook zonder overdreven zelfverwenning of luiheid. Door intuïtie geleid weet iedereen precies wat hij doen moet en wanneer, en dat past harmonisch bij de handelingen van de anderen. Niemand consumeert overdreven omdat geen bezit en beheersing meer nodig zijn om ons veilig te voelen. In het volgende millennium heeft het leven een andere betekenis gekregen. Volgens het Manuscript,' vervolgde hij, 'wordt onze behoefte aan doelgerichtheid bevredigd door de opwinding van onze eigen evolutie—door de verrukking bij het ontvangen van intuïtie en ons aandachtig toekijken hoe onze lotsbestemming zich ontplooit. Het Negende schildert een mensenwereld waar iedereen tot rust is gekomen en open staat, altijd uitkijkend naar een nieuwe, betekenisvolle ontmoeting. We weten dan dat die altijd kan plaatsvinden: op een pad dat door een bos kronkelt bijvoorbeeld, of op een brug over een ravijn. Kunnen jullie je menselijke ontmoetingen met zoveel betekenis voorstellen? Stel je voor hoe het is als twee mensen elkaar voor het eerst ontmoeten! Elk van beiden slaat het energieveld van de ander gade om manipulaties vast te stellen. Zijn die er niet, dan delen ze bewust elkaars levensverhalen. Opgewonden worden boodschappen ontdekt. Daarna vervolgt iedereen weer zijn eigen pad, maar aanmerkelijk veranderd. Ze trillen op een nieuw niveau en raken daarna anderen op een manier die vóór hun ontmoeting onmogelijk was geweest.'

Naarmate we Dobson meer energie gaven, werd hij steeds welsprekender in zijn geïnspireerde beschrijving van de nieuwe menselijke cultuur. En wat hij zei, klonk waarachtig. Ik persoonlijk twijfelde er niet aan dat hij een bereikbare toekomst beschreef. Maar ik wist ook dat in de loop van de geschiedenis al vele visionairen een glimp van die wereld hadden opgevangen. Dat gold bijvoorbeeld voor Marx, maar die had geen manier gevonden om zo'n utopie te verwezenlijken. Het communisme was een tragedie geworden.

Zelfs met de kennis die ik bij de eerste acht inzichten had opgedaan, kon ik me niet voorstellen hoe het menselijk ras het punt kon bereiken dat het Negende beschreef, gelet op het menselijk gedrag in het algemeen. Toen Dobson zweeg, zei ik dat.

'Volgens het Manuscript bereiken we dat omdat we van nature geneigd zijn de waarheid te zoeken,' legde Dobson uit, die me aankeek en glimlachte. 'Maar om te begrijpen hoe zo'n ontwikkeling plaatsvindt, moeten we het volgende millennium misschien op dezelfde manier visualiseren als jij in het vliegtuig het huidige bestudeerd hebt. Weet je nog? Alsof je dat allemaal tijdens één leven meemaakte?'

Dobson legde dat proces in het kort aan de anderen uit en vervolgde: 'Denk maar aan wat er in dit millennium al gebeurd is. Tijdens de middeleeuwen leefden we in een overzichtelijke wereld van goed en kwaad, gedefinieerd door de Kerk. Maar tijdens de renaissance bevrijdden we ons daarvan. We wisten dat de situatie van de mens in het universum meer omvatte dan de Kerk wist, en wilden het hele verhaal. Toen zonden we wetenschappers uit om onze echte situatie te ontdekken, maar toen hun inspanningen niet direct de benodigde antwoorden opleverden, besloten we het ons makkelijk te maken en veranderden onze moderne arbeidsethiek in een preoccupatie waarbij de werkelijkheid verwereldlijkt werd en ieder mysterie uit de wereld werd verbannen. Inmiddels begrijpen we de echte reden voor het feit dat we eeuwenlang hebben gewerkt aan de materiële onderbouwing van het menselijk leven: dat was een voorbereiding voor iets anders, voor een levenswijze die het mysterie weer een plaats in ons bestaan geeft. Daarop wijst de informatie die we tegenwoordig van de wetenschappelijke methode krijgen. De mensheid op deze planeet gaat bewust evolueren. En het Negende Inzicht zegt dat de algehele cultuur op een heel voorspelbare manier gaat veranderen naarmate we leren evolueren en ons eigen pad van de ene waarheid naar de andere volgen.'

Hij zweeg, maar niemand zei iets. Ze wilden kennelijk nog meer horen. 'Als we de kritische massa bereiken,' vervolgde hij, 'en de inzichten op wereldschaal beginnen door te dringen, maakt het menselijk ras allereerst een periode van sterke introspectie door. Dan gaan we begrijpen hoe mooi en spiritueel de wereld van de natuur eigenlijk is. We gaan bomen en rivieren en bergen als tempels van grote macht beschouwen waar we met eerbied en ontzag naar kijken. We eisen dat economische activiteiten die die schat bedreigen, gestaakt worden. En de mensen die het dichtst bij die situatie staan, zullen alternatieve oplossingen voor het vervuilingsprobleem ontdekken, want als zij hun eigen evolutie gaan zoeken, zal iemand die alternatieven vinden. Dat is een onderdeel van de eerste grote verschuiving die plaatsvindt,' vervolgde hij, 'en dat betekent een dramatische verhuizing van mensen van het ene beroep naar het andere. Want als mensen helder aanvoelen wie ze werkelijk zijn en wat ze zouden moeten doen, zullen ze vaak ontdekken dat ze het verkeerde beroep hebben en op een ander soort werk moeten overstappen om te kunnen blijven groeien. Volgens het Manuscript zullen sommige mensen in die periode meermalen in hun leven van carrière veranderen.

De volgende culturele verschuiving is de geautomatiseerde produktie van goederen. De technici, de mensen die dat tot stand brengen, voelen dat als een behoefte om de economie soepeler te laten draaien. Maar naarmate hun intuïtie helderder wordt, zullen ze inzien wat de automatisering eigenlijk betekent: mensen bevrijden van arbeid zodat ze andere dingen kunnen nastreven. De rest van ons volgt intussen zijn eigen intuïtie binnen het beroep van zijn keuze en wenst alleen nog maar meer vrije tijd. We gaan beseffen dat de waarheid die we moeten uitdragen en de dingen die we moeten doen uniek zijn en niet binnen een normale arbeidsomgeving passen. Twee of drie mensen hebben nog steeds de ouderwetse fulltime-baan. Die tendens maakt het voor mensen die door de automatisering overbodig zijn geraakt, makkelijker om in ieder geval part-time te gaan werken.'

'Maar het geld dan?' vroeg ik. 'Ik geloof nooit dat mensen genoegen nemen met lagere inkomens.'

'O, maar dat hoeft ook niet,' zei Dobson. 'Volgens het Manuscript blijft ons inkomen stabiel dankzij de mensen die ons geld geven voor de inzichten die we verschaffen.'

Ik lachte bijna. 'Wat?'

Hij glimlachte en keek me recht in de ogen. 'Het Manuscript zegt het volgende. Als we meer ontdekken over de energiedynamica van het universum, gaan we zien wat er echt gebeurt als we iemand iets geven. Tot dusver omvat ons enige spirituele idee over het geven niet meer dan het enge begrip van de kerkelijke tienden.'

Zijn blik verschoof naar pater Sánchez. 'Zoals u weet wordt het bijbelse begrip van de tienden meestal opgevat als het voorschrift om tien procent van je inkomen aan de Kerk te geven. Daarachter schuilt het idee dat we alles wat we geven, meervoudig terug ontvangen. Maar het Negende Inzicht legt uit dat iets geven een universeel steunprincipe is, niet alleen voor Kerken maar voor iedereen. Als we geven, ontvangen we iets terug vanwege de manier waarop de energie in het universum reageert. Als wij energie op iemand richten, ontstaat een leegte in onszelf die, als we contact hebben, weer wordt aangevuld. Geld werkt op precies dezelfde manier. Als we eenmaal voortdurend beginnen te geven, krijgen we volgens het Manuscript altijd meer inkomsten dan we mogelijkerwijs zouden kunnen weggeven. En onze giften,' vervolgde hij, 'horen naar de mensen te gaan die ons spirituele waarheden hebben gegeven. Als mensen op precies het juiste moment in ons leven komen om de antwoorden te geven die we nodig hebben, moeten we hun geld geven. Op die manier beginnen we onze inkomens aan te vullen en kunnen we langzamerhand onze beperkende bezigheden vaarwel zeggen. Naarmate meer mensen bij die spirituele economie betrokken raken, begint een echte verschuiving naar de cultuur van het volgende millennium. Dan hebben we de fase waarin we naar de juiste bezigheid verhuizen achter ons en betreden we de fase waarin we betaald krijgen voor het feit dat we vrijuit evolueren en onze unieke waarheid aan anderen aanbieden.'

Ik keek Sánchez aan; hij luisterde aandachtig en leek te stralen. 'Ja,' zei hij tegen Dobson. 'Dat zie ik duidelijk voor me. Als iedereen meedoet, geven en ontvangen we voortdurend en die interactie met anderen, die uitwisseling van informatie, wordt ieders nieuwe baan, onze nieuwe economische oriëntatie. We worden betaald door mensen die zich door ons geraakt weten. In die situatie kunnen alle materiële levensbehoeften geautomatiseerd worden, want we zouden het te druk hebben om die systemen te bezitten of te bedienen. We willen dan dat de materiële produktie een geautomatiseerde openbare dienst wordt. Daarin hebben we misschien aandelen, maar die situatie geeft ons de vrijheid voor een uitbreiding van wat nu al het informatietijdperk is. Maar het allerbelangrijkste op dit moment is dat we nu begrijpen waar we heen gaan. Vroeger konden we nooit het milieu redden en de hele wereld democratiseren en de armen voeden, omdat we ons niet van onze vrees voor schaarste en behoefte aan beheersing konden bevrijden en dingen aan anderen konden geven. We konden ons niet bevrijden, omdat geen levensopvatting een alternatief bood. Maar nu wel!'

Hij keek Phil aan. 'Maar hebben we dan geen goedkope energiebron nodig?'

'Kernfusie, supergeleiding, kunstmatige intelligentie,' zei Phil. 'De automatiseringstechnologie ligt waarschijnlijk binnen handbereik nu we eenmaal weten waarom we het doen.'

'Dat klopt,' zei Dobson. 'Het allerbelangrijkste is dat we de waarheid van deze manier van leven zien. We zijn hier niet op deze planeet om persoonlijke machtsdomeinen op te bouwen maar om te evolueren. Als we anderen voor hun inzichten gaan betalen, begint de transformatie, en naarmate grotere delen van de economie geautomatiseerd worden, verdwijnt het geld volledig. We hebben het dan niet meer nodig. Als we ons op de juiste manier door onze intuïtie laten leiden, nemen we alleen wat we nodig hebben.'

'En dan begrijpen we,' kwam Phil ertussen, 'dat de natuurgebieden van de aarde gekoesterd en beschermd moeten worden omdat het bronnen van zulke ongelooflijke macht zijn.'

Toen Phil dat zei, richtte iedereen zijn volledige aandacht op hem. De opkikker die hij daarvan kreeg, leek hem te verrassen. 'Ik heb niet alle inzichten bestudeerd,' zei hij met een blik op mij. 'Toen die bewaker me hielp ontsnappen, had ik dat deel van het Negende misschien wel weggegooid als ik niet eerst jullie tegen het lijf was gelopen. Ik wist nog dat je zei dat dat Manuscript belangrijk was. Want ik heb dan misschien niet de andere inzichten gelezen, maar ik begrijp wel hoe belangrijk het is dat de automatisering in harmonie blijft met de energiedynamica van de aarde. Ik heb altijd belang gesteld in bossen en in de milieurol die ze spelen,' vervolgde hij. 'Ik weet nu dat dat al sinds mijn vroegste jeugd zo is. Het Negende Inzicht zegt: naarmate het menselijk ras spiritueel evolueert, zullen we de bevolking vrijwillig beperken tot een niveau dat de aarde kan onderhouden. We zullen allemaal vastbesloten zijn om te leven binnen de natuurlijke energiesystemen van de planeet. De landbouw wordt geautomatiseerd, behalve de teelt van planten die we persoonlijk extra energie willen geven om ze daarna op te eten. De bomen die nodig zijn voor de bouw worden in speciaal afgebakende gebieden gekweekt. Dan kan de rest van de bomen op aarde vrijuit groeien en ouder worden en eindelijk tot machtige wouden rijpen. Die wouden zullen uiteindelijk eerder regel dan uitzondering zijn, en alle menselijke wezens zullen dicht bij dit soort energiebronnen wonen. Stel je voor in wat voor energierijke wereld we dan wonen!'

'Daar moet ieders energieniveau van gaan stijgen,' zei ik.

'Ja, dat klopt,' zei Sánchez afwezig, alsof hij zich al voorstelde wat die energievergroting ging betekenen.

Iedereen wachtte. 'Daarmee gaat het tempo van onze evolutie versnellen,' zei hij eindelijk. 'Hoe makkelijker de energie door ons heen stroomt, des te geheimzinniger zal het universum reageren door mensen in ons leven te brengen die onze vragen beantwoorden.' Opnieuw keek hij nadenkend. 'En steeds als we onze intuïtie volgen en een geheimzinnige ontmoeting ons een stap verder brengt, stijgt ons persoonlijke trillingsniveau. Steeds hoger en hoger,' vervolgde hij half in zichzelf. 'Als de geschiedenis doorgaat...'

'Blijven we steeds hogere energie- en trillingsniveaus bereiken,' maakte Dobson zijn zin voor hem af.

'Ja,' zei Sánchez. 'Dat is het. Excuseer me even.' Hij stond op, liep een paar meter het bos in en ging in z'n eentje zitten.

'Wat zegt het Negende Inzicht nog meer?' vroeg ik aan Dobson.

'Dat weten we niet,' zei hij. 'Daarmee eindigt het deel dat we hebben. Wil je het zien?'

Ik zei dat ik dat graag wilde. Hij liep naar zijn auto en kwam met een map van manillapapier terug. Daar zaten twintig getypte bladzijden in. Ik las het manuscript en was onder de indruk van hoe grondig Dobson en Phil de belangrijkste punten begrepen hadden. Toen ik bij de laatste bladzij kwam, begreep ik waarom ze gezegd hadden dat dit maar een deel van het inzicht was. Het eindigde abrupt midden in een redenering. In de tekst was juist de gedachte naar voren gebracht dat de transformatie van de planeet een volledig spirituele cultuur schept en de menselijke wezens tot steeds hogere trillingsniveaus brengt; voorts werd gesteld dat die stijging nog tot iets anders leidde, maar er stond niet bij tot wat. Een uur later stond Sánchez op en kwam naar me toe. Ik had tevreden naar de planten zitten kijken en sloeg hun ongelooflijke energievelden gade. Dobson en Phil stonden achter hun jeep te praten.

'Volgens mij moeten we maar eens naar Iquitos,' zei hij.

'En de soldaten dan?' vroeg ik.

'Dat moeten we maar riskeren. Ik zag heel helder voor me dat we het redden als we nu meteen vertrekken.'

Ik was bereid zijn intuïtie te volgen. We gingen naar Dobson en Phil en vertelden van onze plannen. Allebei steunden ze ons idee. Dobson zei: 'Wij hebben ook gepraat over wat we doen moeten. Ik denk dat we maar rechtstreeks naar de Celestijnse ruïnes gaan. Misschien kunnen we de rest van het Negende Inzicht helpen redden.'

We namen afscheid en reden verder naar het noorden.

'Waar denkt u aan?' vroeg ik na een tijd zwijgen.

Pater Sánchez ging langzamer rijden en keek me aan. 'Aan kardinaal Sebastián en aan wat jij gezegd hebt: dat hij het Manuscript niet langer bestrijden zal als iemand het hem kan helpen begrijpen.'

Toen pater Sánchez dat zei, dwarrelde een dagdroom mijn geest binnen over een feitelijke confrontatie met Sebastián. Hij stond in een elegante kamer op ons neer te kijken. Op dat moment had hij de macht om het Negende Inzicht te vernietigen en we deden ons uiterste best om hem tot inzicht te brengen voordat het te laat was.

Toen het beeld voorbij was, merkte ik dat Sánchez me glimlachend aankeek. 'Wat zag je?' vroeg hij.

'Sebastián.'

'Wat gebeurde er?'

'Het beeld van onze confrontatie met Sebastián was duidelijker. Hij stond op het punt het laatste inzicht te vernietigen. Wij probeerden hem dat uit het hoofd te praten.'

Sánchez haalde diep adem. 'Het ziet ernaar uit dat van ons afhangt wat er van de rest van het Negende Inzicht wordt.'

Bij die gedachte verkrampte mijn maag. 'Wat moeten we tegen hem zeggen?'

'Dat weet ik niet. Maar we moeten hem overhalen om het positieve te zien. Hij moet begrijpen dat het Manuscript als geheel de waarheid van de Kerk niet ontkent maar juist verheldert. Ik weet zeker dat de rest van het Negende Inzicht precies daarover gaat.' We reden nog een uur verder en kwamen geen verkeer tegen. In gedachten ging ik snel alle gebeurtenissen na die zich sinds mijn komst naar Peru hadden voorgedaan. Ik wist dat de inzichten van het Manuscript zich in mijn geest eindelijk tot één bewustzijn hadden versmolten. Ik stond open voor de geheimzinnige manier waarop mijn leven evolueerde, zoals onthuld door het Eerste Inzicht. Ik wist dat ook de rest van de cultuur opnieuw dat mysterie voelde, en dat we bezig waren een nieuwe kijk op de wereld te ontwikkelen, zoals gesteld door het Tweede. Het Derde en Vierde hadden me laten zien dat het universum eigenlijk een enorm energiesysteem was en dat menselijke conflicten altijd een tekort aan en een manipulatie van die energie betekenden.

Het Vijfde Inzicht onthulde dat we die conflicten kunnen beëindigen door vanuit een hogere bron een energiestroom toe te laten. Dat vermogen was voor mij al bijna een gewoonte geworden. Het Zesde stelde dat we onze al heel lang herhaalde drama's kunnen verhelderen, en ook dat stond in mijn denken gegrift. Het Zevende had de evolutie van ons echte zelf in werking gesteld: door vragen te stellen, intuïtief aan te voelen wat we doen moeten, en op antwoorden te wachten. In deze magische stroom blijven was het ware geheim van het geluk. En het Achtste bood de kennis van een nieuwe verhouding tot andere mensen, waarbij je het beste in hen naar boven haalt, en dat was de sleutel om te zorgen dat het mysterie werkzaam bleef en dat de antwoorden bleven komen.

Als je alle inzichten in je bewustzijn integreerde, kreeg je een versterkt gevoel van openheid en verwachting. Ik wist dat het Negende nog ontbrak, en dat onthulde de richting van onze evolutie. We hadden een deel ervan ontdekt. Maar de rest?

Pater Sánchez stopte langs de weg. 'Over zes kilometer zijn we bij de missiepost van kardinaal Sebastián,' zei hij. 'We moeten maar eens praten.'

'Prima.'

'Ik weet niet wat ik mag verwachten, maar ik neem aan dat we maar één ding kunnen doen: gewoon naar binnen rijden.'

'Hoe groot is het daar?'

'Heel groot. Hij is al twintig jaar aan die missiepost bezig. Hij heeft deze plaats uitgekozen om de Indianen van het platteland te dienen. Hij vond dat die verwaarloosd werden. Maar tegenwoordig komen er studenten uit heel Peru. In Lima heeft hij taken binnen de organisatie van de Kerk, maar dit is zijn lievelingsproject. Hij is volledig toegewijd aan zijn missiepost.' Hij keek me recht aan. 'Blijf alsjeblieft openstaan. Er kan een moment komen dat we elkaar nodig hebben.'

Toen hij dat gezegd had, reed hij weer verder. Kilometers lang zagen we niets, maar toen passeerden we twee militaire jeeps die rechts van de weg geparkeerd stonden. De inzittende soldaten keken ons bij het langsrijden aandachtig aan.

'Nou,' zei pater Sánchez, 'ze weten dat we er zijn.'

Anderhalve kilometer verderop bereikten we de ingang van de missiepost. Een grote ijzeren poort beschermde het bestrate pad. De poort stond open, maar een jeep en vier soldaten versperden ons de weg. De soldaten gebaarden dat we moesten stoppen, en een van hen zei iets in een kortegolfzender.

Sánchez glimlachte toen een soldaat op ons af kwam. 'Ik ben pater Sánchez. Ik wil graag kardinaal Sebastián spreken.'

De man keek eerst Sánchez en toen mij onderzoekend aan. Hij draaide zich om en liep terug naar de soldaat met de zender. Ze praatten met elkaar zonder ons uit het oog te verliezen. Na een paar minuten kwam de soldaat terug en zei dat we hem moesten volgen.

De jeep bracht ons een paar honderd meter over een met bomen afgezet pad tot we het terrein van de missiepost bereikten. Er stond daar een indrukwekkende kerk van natuursteen, volgens mij groot genoeg voor wel duizend mensen. Links en rechts van de kerk stonden twee andere gebouwen, die eruitzagen als scholen. Ze waren allebei vier verdiepingen hoog.

'Indrukwekkend,' zei ik.

'Ja, maar waar zijn de mensen?' vroeg Sánchez.

Ik zag dat de paden leeg waren.

'Sebastián leidt hier een beroemde school,' zei hij. 'Waarom zijn er geen leerlingen?'

De soldaten brachten ons naar de ingang van de kerk en vroegen ons beleefd maar dringend uit te stappen en met hen mee naar binnen te gaan. Toen we de cementen trap opliepen, zag ik achter een aangrenzend gebouw allerlei trucks geparkeerd staan. Dertig of veertig soldaten stonden in de buurt in de houding. Eenmaal binnen werden we door het sanctuarium geleid en moesten we een kamertje in. Daar werden we grondig gefouilleerd en kregen te horen dat we moesten wachten. De soldaten gingen weg en deden de deur op slot.

'Waar is Sebastiáns kantoor?' vroeg ik.

'Helemaal achter in de kerk,' zei Sánchez.

Plotseling ging de deur open. Daar stond Sebastían, lang en kaarsrecht. Een aantal soldaten stond links en rechts van hem.

'Wat doe jij hier?' vroeg Sebastián aan Sánchez.

'Ik wil met u praten,' zei Sánchez.

'Waarover?'

'Over het Negende Inzicht van het Manuscript.'

'Er valt niets te praten. Dat wordt nooit gevonden.'

'We weten dat u het al gevonden hebt.'

Sebastiáns ogen gingen wijd open. 'Ik zal niet toestaan dat dit inzicht wordt verspreid,' zei hij. 'Het bevat geen waarheid.'

'Hoe weet u dat het geen waarheid bevat?' vroeg Sánchez. 'U hebt misschien ongelijk. Laat mij het lezen.'

Sebastiáns gelaatsuitdrukking verzachtte terwijl hij Sánchez aankeek. 'Vroeger dacht je altijd dat ik in dit soort kwesties de juiste beslissing zou nemen.'

'Dat weet ik,' zei Sánchez. 'U was mijn mentor. Mijn inspiratie. Mijn missiepost is opgezet naar het voorbeeld van de uwe.'

'Je respecteerde me totdat dit Manuscript opdook,' zei Sebastián. 'Snap je niet hoeveel verdeeldheid het zaait? Ik heb geprobeerd je je eigen weg te laten vinden. Ik heb je zelfs met rust gelaten toen ik al wist dat je de inzichten onderwees. Maar ik zal niet toestaan dat dit document alles vernietigt wat de Kerk heeft opgebouwd.'

Een nieuwe soldaat dook achter Sebastián op en vroeg hem te spreken. Sebastián wierp een blik op Sánchez en liep toen weer de gang in. We konden hen zien, maar niet verstaan wat ze zeiden. Sebastián schrok kennelijk van de boodschap. Toen hij zich omdraaide om weg te lopen, gebaarde hij alle soldaten om mee te gaan, op één na, die kennelijk het consigne had om bij ons te blijven. De soldaat liep de kamer in en leunde met een verontruste blik tegen de muur. Hij was een jaar of twintig.

'Wat is er aan de hand?' vroeg Sánchez aan hem.

De soldaat schudde alleen zijn hoofd.

'Gaat het over het Manuscript? Het Negende Inzicht?'

Het gezicht van de soldaat verried verbazing. 'Wat weet u over het Negende Inzicht?' vroeg hij verlegen.

'We zijn hier om het te redden,' zei Sánchez.

'Ik wil ook dat het gered wordt,' antwoordde de soldaat.

'Heb je het gelezen?' vroeg ik.

'Nee,' zei hij, 'maar ik heb erover gehoord. Het brengt onze godsdienst tot nieuw leven.'

Plotseling klonken van buiten de kerk schoten.

'Wat is er aan de hand?' vroeg Sánchez.

De soldaat bleef stokstijf staan.

Sánchez raakte voorzichtig zijn arm aan. 'Help ons.'

De jonge soldaat liep naar de deur, controleerde de gang en zei: 'Iemand heeft ingebroken in de kerk en een kopie van het Negende Inzicht gestolen. Ze moeten nog steeds ergens op het terrein zijn.'

Nieuwe schoten weerklonken.

'We moeten hen proberen te helpen,' zei Sánchez tegen de jongeman.

Hij keek doodsbang.

'We moeten doen wat onze plicht is,' zei Sánchez met nadruk. 'Dit gaat om het welzijn van de hele wereld.'

De soldaat knikte en zei dat we naar een ander deel van de kerk moesten, waar minder activiteit was; dan kon hij misschien een manier vinden om te helpen. Hij leidde ons de gang door en via twee trappen naar boven, tot we een bredere gang bereikten die over de hele breedte van de kerk liep. 'Sebastiáns kantoor ligt recht onder ons. Twee verdiepingen lager,' zei de jongeman.

Plotseling hoorden we een stel mensen door een aangrenzende gang onze kant op rennen. Sánchez en de soldaat liepen voor me uit en doken rechts een kamer in. Ik wist dat ik die kamer niet kon bereiken, rende dus de kamer ernaast in en deed de deur dicht.

Ik was in een klaslokaal. Schoolbanken, podium, kast. Ik rende naar de kast, die niet op slot bleek, en propte me tussen dozen en allerlei stoffig ruikende jasjes. Ik probeerde me zo goed mogelijk te verbergen, maar wist dat ik ontdekt zou worden als iemand in de kast keek. Ik probeerde me niet te bewegen, niet eens adem te halen. De deur naar het lokaal ging piepend open. Ik hoorde diverse mensen binnenkomen en door het lokaal lopen. Iemand leek naar de kast te komen, maar bleef toen staan en liep een andere kant op. Ze praatten hardop in het Spaans. Toen stilte. Geen beweging.

Ik wachtte tien minuten voordat ik de kastdeur op een kier zette en naar buiten keek. Het lokaal was leeg. Ik liep naar de deur. Buiten was geen teken van leven. Snel liep ik naar de kamer waar Sánchez en de soldaat zich verstopt hadden. Tot mijn verrassing bleek het helemaal geen kamer maar een gang. Ik luisterde maar hoorde niets. Met een maag die zwaar was van angst leunde ik tegen een muur. Zachtjes riep ik Sánchez. Geen antwoord. Ik was alleen. Ik voelde me een beetje duizelig van angst. Ik haalde diep adem en probeerde me moed in te praten; ik moest helder blijven denken en mijn energie versterken. Minutenlang deed ik mijn uiterste best, en toen kregen de kleuren en vormen in de gang meer aanwezigheid. Ik probeerde liefde te projecteren. Eindelijk voelde ik me beter en moest toen weer aan Sebastián denken. Als die in zijn kantoor was, was Sánchez ook daarheen.

De gang voor me eindigde bij een andere trap. Ik liep twee trappen af naar de begane grond. Door het raam van het trappenhuis keek ik de gang door. Niemand te zien. Ik deed de deur open en liep door, maar wist niet goed waar ik heen wilde.
Toen hoorde ik uit een kamer verderop Sánchez' stem. De deur stond op een kier. Sebastiáns dreunende stem gaf antwoord. Toen ik naar de deur liep, deed een soldaat binnen die plotseling open en richtte een geweer op mijn hart. Hij dwong me om binnen tegen de muur te gaan staan. Sánchez reageerde nauwelijks op mijn aanwezigheid en legde zijn hand op zijn plexus solaris. Sebastián schudde walgend zijn hoofd. De jonge soldaat die ons geholpen had, was nergens te zien.
Ik wist dat Sánchez' gebaar naar zijn maag iets betekende. Het enige dat ik kon bedenken, was dat hij energie nodig had. Terwijl hij praatte, concentreerde ik me op zijn gezicht en probeerde zijn hogere zelf te zien. Zijn energieveld werd breder.
'U kunt de waarheid niet tegenhouden,' zei Sánchez. 'De mensen hebben daar recht op.'
Sebastián keek Sánchez neerbuigend aan. 'Deze inzichten spreken de Heilige Schrift tegen. Ze kunnen niet waar zijn.'
'Maar spreken ze de Heilige Schrift écht tegen, of laten ze juist zien wat de Heilige Schrift bedoelt?'
'We wéten wat de bijbel bedoelt,' zei Sebastián. 'Dat weten we al eeuwen. Ben je je opleiding, al die jaren van studie vergeten?'
'Nee,' zei Sánchez. 'Maar ik weet ook dat deze inzichten onze spiritualiteit verbreden. Ze...'
'Volgens wie?' riep Sebastián. 'En wie heeft dat Manuscript dan wel geschreven? Een of andere heidense Maya die op een of andere manier Aramees heeft geleerd? Wat wisten die mensen eigenlijk? Ze geloofden in magische plaatsen en geheimzinnige energie. Ze waren primitief. De ruïnes waar het Negende Inzicht is gevonden, heten de Celestijnse Tempels. De *Hemelse* Tempels. Wat kan die cultuur over de hemel geweten hebben? Heeft hun cultuur standgehouden?' vervolgde hij. 'Nee. Niemand weet wat er met de Maya's is gebeurd. Ze zijn gewoon

spoorloos verdwenen. En jij wil dat we dat Manuscript geloven? Dat document doet het voorkomen alsof de mensen aan de touwtjes trekken, alsof wij de veranderingen in de wereld dirigeren. Dat is niet zo. God heeft de leiding. De enige vraag die de mensen zich moeten stellen is of ze de leerstellingen van de Heilige Schrift aanvaarden en daarmee hun verlossing bereiken.'

'Maar denk dan eens na over het volgende,' antwoordde Sánchez. 'Wat betekenen de aanvaarding van de leerstellingen en die verlossing eigenlijk? Via welk proces vinden die plaats? Laat het Manuscript soms niet precies zien hoe we spiritueler kunnen worden, nauwer verbonden met de wereld, gered—hoe dat aanvoelt? En laten het Achtste en Negende niet zien wat er gaat gebeuren als iedereen zich op deze manier gedraagt?'

Sebastián schudde zijn hoofd, liep weg, draaide zich om en keek Sánchez doordringend aan. 'Jij hebt het Negende Inzicht niet eens gezien.'

'Jawel. Een deel ervan.'

'Hoe dan?'

'Een deel ervan is me voor onze aankomst hier beschreven. Een ander deel heb ik een paar minuten geleden gelezen.'

'Wat?! Hoe?!'

Sánchez ging dichter bij de oudere priester staan. 'Kardinaal Sebastián, overal zijn mensen die willen dat het Negende Inzicht onthuld wordt. Dat geeft perspectief aan de andere inzichten. Het beschrijft onze lotsbestemming. En wat spiritueel bewustzijn precies is!'

'Wij wéten al wat spiritualiteit is, pater Sánchez.'

'Echt? Volgens mij niet. We praten er al eeuwen over, stellen het ons voor, zeggen dat we erin geloven. Maar die samenhang hebben we altijd als iets abstracts beschreven, iets waarin we intellectueel geloven. En altijd hebben we die samenhang voorgesteld als iets dat iemand moet doen om te voorkomen dat er iets slechts gebeurt in plaats van iets goeds en fantastisch te verwerven. Het Manuscript beschrijft de inspiratie die we krijgen als we van anderen houden en ons leven laten evolueren.'

'Evolueren! Evolueren! Hoor eens wat je daar zegt! Jij hebt je altijd tegen de invloed van de evolutie verzet. Wat is er met je gebeurd?'

Sánchez bedwong zich. 'Ja, ik heb gevochten tegen het evolutie-idee als vervanging van God, als een manier om zonder verwijzing naar God het universum te verklaren. Maar ik ben gaan inzien dat de waarheid een samenvatting is van de wetenschappelijke en de godsdienstige wereldopvatting. De waarheid is dat de evolutie de manier is waarop God geschapen heeft en nog steeds schept.'

'Maar er bestaat geen evolutie,' protesteerde Sebastián. 'God heeft deze wereld geschapen, en daarmee basta.'

Sánchez keek me aan, maar ik kon hem geen ideeën bieden. 'Kardinaal Sebastián,' vervolgde hij, 'het Manuscript beschrijft het verloop van achtereenvolgende generaties als de evolutie van het begrip, de evolutie naar een hogere spiritualiteit en een hoger trillingsniveau. Elke generatie neemt meer energie in zich op en verzamelt meer waarheid en geeft die toestand dan aan de volgende generatie door, die het opnieuw uitbreidt.'

'Kletskoek,' zei Sebastián. 'Er is maar één manier om spiritueler te worden, namelijk door de voorbeelden uit de Heilige Schrift te volgen.'

'Precies!' zei Sánchez. 'Maar wat zijn die voorbeelden eigenlijk? Is het verhaal van de Heilige Schrift niet een verhaal van mensen die Gods energie en wil in zich leren opnemen? Is dat niet waartoe de vroege profeten in het Oude Testament de mensen aanspoorden? En heeft die ontvankelijkheid voor Gods energie niet zijn hoogtepunt gevonden in het leven van een timmermanszoon, en wel zodanig dat we zeggen dat God zelf op aarde is neergedaald? Is het verhaal van het Nieuwe Testament,' vervolgde hij, 'niet het verhaal van een groep mensen die zodanig overliepen van energie dat ze veranderden? Heeft niet Jezus zelf gezegd dat ook wij kunnen wat hij deed, en zelfs meer? We hebben die gedachte tot dusver nooit echt serieus genomen. Pas nu gaan we begrijpen waar Jezus het over had, waarheen hij ons leidde. Het Manuscript legt uit wat hij bedoelde! Hoe dat moet!'

Rood van woede wendde Sebastián zijn blik af. Het gesprek stokte, en toen rende een hoge officier de kamer in, die tegen Sebastián zei dat de indringers gezien waren.

'Kijk,' zei de officier, en wees uit het raam. 'Daar zijn ze!'

Drie- of vierhonderd meter verderop zagen we twee mensen over een veld naar het bos rennen. Een stel soldaten aan de rand van het open stuk leken op het punt te staan om te schieten.

De officier draaide zijn rug naar het raam, stak zijn zender omhoog en keek Sebastián aan. 'Als ze het bos bereiken,' zei hij, 'zijn ze moeilijk te vinden. Heb ik toestemming om het vuur te openen?'

Toen ik die twee zag rennen, herkende ik ze plotseling. 'Het zijn Wil en Julia!' riep ik.

Sánchez kwam nog dichter bij Sebastián staan. 'In Godsnaam, u mag hierom geen mensen vermoorden!'

De officier hield aan. 'Kardinaal Sebastián, als u het Manuscript niet verspreid wilt hebben, moet ik nu het bevel geven.'

Ik bleef doodstil staan.

'Kardinaal, vertrouw me,' zei Sánchez. 'Het Manuscript ondermijnt niet wat u hebt opgebouwd, waarvoor u gevochten hebt. U mag deze mensen niet doden.'

Sebastián schudde zijn hoofd. 'Jou vertrouwen...?' Hij ging aan zijn bureau zitten en keek de officier aan. 'We schieten niemand dood. Zeg de soldaten dat ze hen levend gevangen moeten nemen.'

De officier knikte en liep de kamer uit. Sánchez zei: 'Dank u. U hebt de juiste beslissing genomen.'

'Om ze niet te doden, inderdaad,' zei Sebastián, 'maar ik verander niet van mening. Dit Manuscript is een vloek. Het ondermijnt de basis van ons spirituele gezag. Het verleidt mensen tot de gedachte dat ze hun eigen spirituele lotsbestemming beheersen. Het ondermijnt de discipline die nodig is om iedereen op deze aarde de Kerk in te leiden, en als de vervoering toeslaat, gaan mensen gebrek lijden.' Hij keek Sánchez met een harde blik aan. 'Op dit moment arriveren duizenden soldaten. Het maakt niet uit wat jij of iemand anders doet. Het Negende Inzicht zal Peru nooit verlaten. En nou m'n missiepost uit.'

Toen we in volle vaart wegreden, hoorden we in de verte tientallen trucks aan komen rijden.

'Waarom liet hij ons gaan?' vroeg ik.

'Hij zal wel denken dat het niets uitmaakt,' antwoordde Sánchez, 'omdat we toch niets kunnen uitrichten. Ik weet echt niet wat ik denken moet.' Zijn blik kruiste de mijne. 'Want we hebben hem niet overtuigd.'

Ook ik was in verwarring. Wat betekende dit allemaal? Misschien waren we hier wel helemaal niet om Sebastián te overtuigen, misschien alleen maar om tijd te winnen.

Ik wierp weer een blik op Sánchez. Hij concentreerde zich op de weg en speurde de berm af op zoek naar tekenen van Julia en Wil. We hadden besloten af te slaan in de richting waarin ze waren weggerend, maar tot dusver hadden we niets gezien. Onder het rijden dwaalden mijn gedachten af naar de Celestijnse ruïnes. Ik stelde me voor hoe die vindplaats eruitzag: de gelaagde opgravingen, de tenten van de archeologen, de hoog oprijzende piramidebouwsels op de achtergrond.

'Het lijkt wel of ze niet meer in het bos zijn,' zei Sánchez. 'Ze hadden vast een auto. We moeten beslissen wat we gaan doen.'

'Volgens mij moeten we naar de ruïnes,' zei ik.

Hij keek me aan. 'Waarom ook niet. We kunnen nergens anders heen.' Sánchez sloeg af naar het westen.

'Wat weet u van die ruïnes?'

'Zoals Julia al zei, zijn ze door twee culturen gebouwd. De eerste, die van de Maya's, bezat hier een bloeiende beschaving, hoewel hun meeste tempels verder naar het noorden, in Yucatán, liggen. Geheimzinnig genoeg zijn alle tekenen van hun beschaving rond 600 voor Christus zonder duidelijke reden verdwenen. Daarna ontwikkelden de Inka's op dezelfde plek een nieuwe beschaving.'

'Wat denkt u dat er met de Maya's is gebeurd?'

Sánchez keek me aan. 'Dat weet ik niet.'

We reden een paar minuten zwijgend verder, maar toen herinnerde ik me plotseling dat pater Sánchez tegen Sebastián zei dat hij nog een stuk van het Negende Inzicht had gelezen.

'Hoe komt het dat u nog een deel van het Negende hebt gezien?' vroeg ik.

'De jonge soldaat die ons hielp, wist waar nog een ander stuk verstopt was. Toen jij en ik elkaar kwijtraakten, nam hij me mee naar een andere kamer en liet het me zien. Het voegt maar een paar ideeën toe aan wat Phil en Dobson ons verteld hebben, maar het reikte me de thema's aan die ik in het gesprek met Sebastián heb gebruikt.'

'Wat staat er precies?'

'Dat het Manuscript vele godsdiensten verklaart. En hun belofte helpt vervullen. Iedere godsdienst, staat er, betreft de manier waarop de mensheid een verhouding leert aangaan met een hogere bron. En alle godsdiensten hebben het over de waarneming van een God in ons, een waarneming die ons vervult en groter maakt dan we waren. Godsdiensten verloederen als leiders worden aangesteld met de taak om Gods wil uit te leggen aan de mensen, in plaats van hun te leren hoe ze die leiding in zichzelf kunnen vinden. Volgens het Manuscript zou op zeker moment in de geschiedenis één iemand nauwkeurig begrijpen hoe hij zich met Gods energiebron en leiding in verbinding kon stellen, en dus een blijvend voorbeeld worden van het feit dat die verbinding mogelijk is.' Sánchez keek me aan. 'En is dat niet precies wat Jezus deed? Verhoogde hij niet zijn energie- en trillingsniveau tot hij licht genoeg was om...' Sánchez maakte zijn zin niet af en leek diep in gedachten verzonken.

'Waar denkt u aan?' vroeg ik.

Sánchez keek verbijsterd. 'Ik weet het niet. Daar eindigde de kopie van de soldaat. Er stond dat die persoon een pad zou banen en dat de hele mensheid dat pad uiteindelijk zal volgen. Er stond niet waarheen dat pad leidt.'

Een kwartier reden we zwijgend verder. Ik probeerde een aan-

wijzing te krijgen voor wat er ging gebeuren, maar kreeg geen enkel beeld. Kennelijk probeerde ik het te verwoed.
'Daar zijn de ruïnes,' zei Sánchez.
Tussen de bomen aan de linkerkant van de weg voor ons uit onderscheidde ik drie grote, piramidevormige constructies. Toen we parkeerden en erheen liepen, zag ik dat de piramides van natuursteen waren en allemaal op ongeveer honderd meter van elkaar stonden. Het terrein ertussen was met gladdere stenen geplaveid. Aan de voet van de piramiden waren verschillende opgravingen gedaan.
'Kijk daar!' zei Sánchez, naar de verste piramide wijzend.
Voor het bouwwerk zat een eenzame gestalte. Toen we die kant op liepen, voelde ik mijn energieniveau stijgen. Toen we het midden van het geplaveide gedeelte bereikten, voelde ik me onwaarschijnlijk energiek. Ik keek naar Sánchez, die een wenkbrauw optrok. Toen we in de buurt kwamen, herkende ik de vrouw die bij de piramide zat. Het was Julia. Ze zat in kleermakerszit met allerlei papieren op schoot.
'Julia!' riep Sánchez.
Julia draaide zich om en stond op. Haar gezicht leek licht uit te stralen.
'Waar is Wil?' vroeg ik.
Julia wees naar rechts. Zo'n honderd meter verderop zat Wil. In de steeds zwakkere schemering leek hij te gloeien.
'Wat is hij aan het doen?' vroeg ik.
'Het Negende,' antwoordde Julia, die ons de papieren toestak.
Sánchez vertelde haar dat we een deel van het inzicht gezien hadden, namelijk de voorspelling van een door bewuste evolutie veranderde mensenwereld. 'Maar waar leidt die evolutie heen?' vroeg hij.
Julia antwoordde niet. Ze hield alleen de papieren in haar hand, alsof ze verwachtte dat wij haar gedachten konden lezen.
'Nou?' vroeg ik. Sánchez stak zijn hand uit en raakte mijn onderarm aan. Zijn blik hielp me herinneren dat ik open moest blijven staan en wachten.

'Het Negende onthult onze uiteindelijke lotsbestemming,' zei Julia, 'en maakt die glashelder. Het herhaalt dat de mens het hoogtepunt van de hele evolutie is. Het vertelt dat de materie in een zwakke vorm begonnen is en toen steeds complexer werd en eerst element na element, toen soort na soort naar steeds hogere vibratieniveaus evolueerde. Toen de eerste mensen verschenen, zetten ze die evolutie onbewust voort door anderen te veroveren, energie te winnen en een klein stapje voorwaarts te doen, om dan zelf door iemand anders veroverd te worden en weer energie te verliezen. Die lichamelijke strijd duurde tot we de democratie uitvonden. Dat systeem maakte geen einde aan die strijd, maar verplaatste die van het lichamelijke naar het geestelijke niveau. Dat hele proces,' vervolgde Julia, 'maken we ons nu bewust. We beseffen dat de hele menselijke geschiedenis ons op deze bewuste evolutie heeft voorbereid. Nu kunnen we onze energie bewust vergroten en het toeval bewust ervaren. Daarmee zet de evolutie zich versneld voort en wordt ons energieniveau nog hoger.'

Ze aarzelde even, keek elk van ons aan en herhaalde toen wat ze had gezegd. 'Onze lotsbestemming is dat we ons energieniveau blijven verhogen. En naarmate ons energieniveau stijgt, stijgt ook het trillingsniveau van de atomen in ons lichaam.' Ze aarzelde opnieuw.

'Wat betekent dat?' vroeg ik.

'Dat betekent,' zei Julia, 'dat we lichter, zuiverder spiritueel worden.'

Ik keek Sánchez aan. Hij concentreerde zich op Julia.

'Het Negende Inzicht,' vervolgde Julia, 'zegt dat er bij die voortdurende stijging van het trillingsniveau iets verbazingwekkends gaat gebeuren. Hele groepen mensen die een bepaald niveau bereiken, worden plotseling onzichtbaar voor de mensen die nog steeds op een lager niveau trillen. Voor de mensen op dat lagere niveau lijken de anderen gewoon verdwenen, maar de groep zelf heeft het gevoel dat ze er nog steeds is—alleen voelen ze zich lichter.'

Terwijl Julia praatte, zag ik haar gezicht en lichaam een beetje veranderen. Haar lichaam kreeg de eigenschappen van haar energieveld. Haar gelaatstrekken waren nog steeds duidelijk te onderscheiden, maar ik keek niet langer naar spieren en huid. Ze leek uit zuiver licht te bestaan en van binnenuit te gloeien. Ik keek Sánchez aan. Hij zag er precies zo uit. Tot mijn verbazing gold dat ook voor al het andere: de piramiden, de stenen waarop we stonden, het omringende woud, mijn handen. De schoonheid die ik aanschouwde, overtrof alles wat ik ooit gezien had, zelfs die keer op de bergtop.

'Als de mensen hun trillingsniveau zodanig laten stijgen dat anderen hen niet meer kunnen zien,' vervolgde Julia, 'is dat het teken dat we de barrière overschrijden tussen dit leven en de andere wereld waaruit we afkomstig zijn en waar we na de dood heen gaan. Die bewuste oversteek is het pad dat Christus ons getoond heeft. Hij stelde zich voor de energie open tot hij zo licht was dat hij over water kon lopen. Hij oversteeg de dood al hier op aarde en was de eerste die de oversteek maakte en de materiële wereld uitbreidde tot in de spirituele. Hij bewees met zijn leven hoe dat moet, en als we ons in verbinding stellen met diezelfde bron, kunnen we stap voor stap dezelfde weg gaan. Op zeker moment is ieders trillingsniveau zo hoog dat we in onze eigen vorm de hemel in kunnen lopen.'

Ik merkte dat Wil langzaam naar ons toe kwam. Zijn bewegingen leken ongewoon gracieus, alsof hij gleed.

'Het Inzicht zegt,' vervolgde Julia, 'dat de meeste mensen dit trillingsniveau tijdens het derde millennium bereiken, en wel in groepen die bestaan uit mensen met wie zij het sterkst verbonden zijn. Maar sommige historische culturen hebben die trilling al eerder bereikt. Volgens het Negende Inzicht hebben de Maya's samen de oversteek gemaakt.'

Ze zweeg plotseling. Achter ons hoorden we gedempte stemmen in het Spaans. Tientallen soldaten liepen de ruïnes in en kwamen op ons af. Tot mijn verbazing was ik niet bang. De soldaten bleven ongeveer in onze richting lopen, maar kwamen

vreemd genoeg niet recht op ons af.
'Ze kunnen ons niet zien!' zei Sánchez. 'Ons trillingsniveau is te hoog!'
Ik keek weer naar de soldaten. Hij had gelijk. Ze liepen nu zo'n negen à tien meter links van ons, maar negeerden ons volledig. Plotseling hoorden we bij de piramide aan onze linkerhand hard geschreeuw in het Spaans. De soldaten die het dichtst bij ons in de buurt waren, bleven staan en renden die kant op.
Ik rekte mijn hals om te zien wat er gaande was. Een tweede groep soldaten kwam het bos uit. Ze hielden de armen van twee andere mannen vast. Dobson en Phil. Bij de aanblik van hun gevangenschap kreeg ik een schok en voelde mijn energieniveau razendsnel dalen. Ik keek naar Sánchez en Julia. Allebei staarden ze aandachtig naar de soldaten en leken even bezorgd als ik.
'Wacht!' leek Wil vanaf de andere kant te roepen. 'Verlies je energie niet!' Ik hoorde die woorden niet alleen, maar voelde ze ook. Ze klonken een beetje vervormd.
We draaiden ons om en zagen Wil snel op ons af komen. Hij leek nog iets anders te zeggen, maar ditmaal konden we er geen touw aan vastknopen. Ik merkte dat ik moeite kreeg met kijken. Zijn beeld werd wazig, vervormd. En onder mijn verbaasde blikken verdween hij langzamerhand helemaal.
Julia draaide zich om en keek Sánchez en mij aan. Haar energieniveau leek lager, maar ze was allerminst uit het veld geslagen. De gebeurtenissen van daarnet leken iets duidelijk te hebben gemaakt.
'We hebben ons trillingsniveau niet kunnen vasthouden,' zei ze. 'Als je bang bent, schiet dat omlaag.' Ze keek naar de plek waar Wil uit het zicht was verdwenen. 'Volgens het Negende Inzicht kunnen sommige mensen soms de oversteek maken, maar de algemene extase vindt pas plaats als we de vrees hebben uitgebannen en in elke situatie voldoende trillingsniveau kunnen handhaven.'
Julia werd steeds opgewondener. 'Snap je wat ik bedoel? Op dit

moment kunnen we dat nog niet, maar het Negende Inzicht is bedoeld om dat zelfvertrouwen tot stand te helpen brengen. Het Negende Inzicht is het inzicht van waar we heen gaan. Alle andere inzichten geven een beeld van de wereld als een plaats van een ongelooflijke schoonheid en energie, en van onszelf als mensen die hun band met die schoonheid versterken en haar op die manier kunnen zien. Hoe meer schoonheid we zien, des te meer we evolueren. Hoe meer we evolueren, des te hoger wordt ons trillingsniveau. Het Negende Inzicht laat zien dat onze versterkte waarneming en ons verhoogde trillingsniveau uiteindelijk een hemel openen die nu al voor ons ligt maar die we nog niet kunnen zien. Elke keer dat we aan ons pad twijfelen of het zicht op het proces verliezen, moeten we eraan denken waarheen we evolueren en waar het levensproces over gaat. We zijn hier om de hemel op aarde te bereiken. En nu weten we hoe dat mogelijk is... hoe dat werkelijkheid zal worden.'

Even zweeg ze. 'Volgens het Negende Inzicht bestaat er ook een Tiende. Dat onthult volgens mij...'

Voordat ze haar zin kon afmaken, vernielde een salvo uit een machinegeweer de stenen aan onze voeten. Allemaal lieten we ons op de grond vallen. Niemand zei iets toen de soldaten bij ons kwamen, de papieren in beslag namen en elk van ons een andere kant op leidden.

De eerste weken van mijn gevangenschap was ik aan één stuk door doodsbang. De ene officier na de andere ondervroeg me dreigend over het Manuscript, en mijn energieniveau daalde drastisch.

Ik speelde de domme toerist en bepleitte mijn onschuld. Het was immers waar dat ik geen idee had wie van de andere priesters kopieën bezat of in welke mate het document algemeen aanvaard werd. Na verloop van tijd leken de soldaten genoeg van me te krijgen en stelden me onder de hoede van een groep burgerambtenaren, die een andere aanpak hadden.

Ze probeerden me ervan te overtuigen dat mijn reis naar Peru van begin af aan waanzin was geweest, omdat het Manuscript volgens hen nooit echt bestaan had. Ze redeneerden dat de inzichten in feite waren bedacht door een kliek priesters die opstandigheid wilden aanwakkeren. Daarvan was ik de dupe geworden, zeiden die ambtenaren, en ik liet ze maar praten.

Na een tijdje werden de gesprekken bijna hartelijk. Iedereen begon me te behandelen als een onschuldig slachtoffer van een complot, als een onnozele Yankee die te veel avonturenverhalen had gelezen en verdwaald was in een vreemd land.

En omdat mijn energieniveau zo laag was, had die hersenspoeling misschien zelfs wel gewerkt als er niet iets anders was gebeurd. Van de militaire basis waar ik werd vastgehouden, werd ik plotseling naar een regeringskampement bij het vliegveld van Lima gebracht—en daar zat ook pater Carl. Dat toeval gaf me weer wat verloren zelfvertrouwen terug.

Ik liep op het open binnenplein toen ik hem voor het eerst zag. Hij zat op een bank te lezen. Ik bedwong mijn jubelende vreugde en liep achteloos naar hem toe in de hoop geen aandacht te trekken van de ambtenaren binnen. Toen ik ging zitten, keek hij op en grijnsde. 'Ik had je al verwacht,' zei hij.

'Echt waar?'

Hij legde zijn boek neer, en ik zag de vreugde in zijn blik.

'Toen pater Costous en ik in Lima kwamen,' legde hij uit, 'werden we direct gescheiden vastgezet, en ze hebben me hier al die tijd bewaakt. Ik begreep niet waarom, want er is niets gebeurd. Toen begon ik herhaaldelijk beelden van jou te krijgen.' Hij keek me veelbetekenend aan. 'Ik nam dus aan dat ik je wel zou zien verschijnen.'

'Ik ben blij dat u hier bent,' zei ik. 'Heeft iemand u verteld wat er bij de Celestijnse ruïnes gebeurd is?'

'Ja,' antwoordde pater Carl. 'Ik heb eventjes met pater Sánchez gepraat. Hij is hier een dag vastgehouden en toen weggebracht.'

'Hoe gaat het met hem? Wist hij hoe het de anderen is vergaan? En hemzelf? Naar welke gevangenis is hij gebracht?'

'Hij had geen informatie over de anderen, en ik weet niet waar pater Sánchez zit. De strategie van de regering is een methodische speurtocht naar en vernietiging van alle kopieën van het Manuscript. Daarna zullen ze de kwestie als één grote mystificatie voorstellen. We worden allemaal grondig in diskrediet gebracht, neem ik aan, maar wie weet wat ze uiteindelijk met ons gaan doen.'

'En de kopieën van Dobson?' vroeg ik. 'Het Eerste en Tweede Inzicht, die hij had thuisgelaten?'

'Die hebben ze al,' antwoordde pater Carl. 'Pater Sánchez vertelde dat agenten van de overheid ontdekten waar ze verstopt waren. Ze zijn gestolen. Kennelijk stikte het overal van de Peruaanse agenten. Van begin af aan wisten ze wat Dobson kwam doen en wat je vriendin Charlene ontdekt had.'

'En denkt u dat er geen kopieën meer zijn als de regering klaar is?'

'Volgens mij is het een wonder als er eentje overleeft.'

Ik wendde mijn blik af en voelde mijn herwonnen energie inzakken.

'Je weet wat dat betekent, hè?' vroeg pater Carl.

Ik keek hem aan maar zei niets.

'Dat betekent,' vervolgde hij, 'dat we allemaal precies moeten onthouden wat er in het Manuscript stond. Jij en Sánchez hebben kardinaal Sebastián niet kunnen overreden om het Manuscript vrij te geven, maar jullie hebben wel genoeg tijd gewonnen om het Negende Inzicht te begrijpen. Dat moet nu worden verspreid. Je zult je met die verspreiding moeten bezighouden.'

Bij die uitspraak voelde ik me onder druk gezet en in mijn binnenste kwam mijn afstandelijkheidsdrama op gang. Ik ging tegen de rugleuning van de bank zitten en keek de andere kant op—wat pater Carl aan het lachen maakte. Op datzelfde moment merkten we allebei dat een paar ambassadefunctionarissen ons door een kantoorraam gadesloegen.

'Luister,' zei pater Carl snel. 'Van nu af aan moeten de mensen hun inzichten met anderen gaan delen. Iedereen die de boodschap hoort en beseft dat de inzichten echt zijn, moet de boodschap doorgeven aan mensen die er klaar voor zijn. De mensen moeten zich gaan openstellen voor aansluiting op de energie. Ze moeten erover praten en ze moeten het verwachten; anders kan het hele menselijk ras gewoon weer net gaan doen alsof het belangrijkste in het leven de macht over anderen en de uitbuiting van de planeet is. Als dat gebeurt, overleven we het niet. Ieder van ons moet doen wat hij kan om de boodschap te verspreiden.'

Ik zag de twee functionarissen het gebouw uit lopen en op ons af komen.

'Nog één ding,' zei pater Carl zachtjes.

'Wat?' vroeg ik.

'Pater Sánchez vertelde dat Julia het over een Tiende Inzicht heeft gehad. Dat is nog niet gevonden, en niemand weet waar het kan zijn.'

De functionarissen waren al bijna bij ons.

'Ik kreeg het beeld,' vervolgde pater Carl, 'dat ze je gingen vrijlaten. Waarschijnlijk ben jij de enige die ze zoeken.'

De mannen onderbraken plotseling ons gesprek en leidden me naar het gebouw. Pater Carl glimlachte en zwaaide en zei nog iets waaraan ik maar half aandacht besteedde. Zodra pater Carl het Tiende Inzicht had genoemd, werd ik overweldigd door een beeld van Charlene. Waarom moest ik aan haar denken? Hoe hield ze verband met het Tiende Inzicht?

De twee mannen stonden erop dat ik de paar dingen die ik nog had, inpakte. Ze brachten me naar de ingang van de ambassade en zetten me in een officiële auto. Van daaruit werd ik rechtstreeks naar het vliegveld en de vertrekhal gebracht, waar een van hen me met een licht glimlachje van achter dikke brilleglazen aankeek.

Zijn glimlach vervaagde toen hij me een paspoort en een ticket voor een vlucht naar de Verenigde Staten gaf... en me toen met een zwaar Peruaans accent aanraadde om nooit, nooit meer terug te komen.